RORY SHY
MATILDA
POLICE
Detective!
F·B·I
CRIME
KOMMISSAR
KOMMISSAR VALKO
FRAU ZEIGLER

In der Reihe Rory Shy sind bislang erschienen:
Band 1: Rory Shy, der schüchterne Detektiv
Band 2: Rory Shy, der schüchterne Detektiv. Der Fall der Roten Libelle
Band 3: Rory Shy, der schüchterne Detektiv. Das Rätsel um Schloss Eichhorn
Band 4: Rory Shy, der schüchterne Detektiv. Das Verschwinden der Amanda Kent
Band 5: Rory Shy, der schüchterne Detektiv. Ein Clown unter Verdacht
Band 6: Rory Shy, der schüchterne Detektiv. Die Erpressung des Soßen-Königs
Band 7: Rory Shy, der schüchterne Detektiv. Der verratene Ganove
Band 8 erscheint im Frühjahr 2026!

MIX
Papier | Fördert gute Waldnutzung
FSC® C014138

2. Auflage 2025

ISBN 978-3-7641-5240-6

Lektorat: Kathleen Neumann
Umschlag- und Innenillustrationen: Fiete Koch
Satz: Greiner & Reichel, Köln
Druck und Bindung: Finidr s. r. o., Český Těšín
Gedruckt auf Papier aus geprüfter nachhaltiger Forstwirtschaft.
www.ueberreuter.de

Oliver Schlick

Rory Shy

DER SCHÜCHTERNE DETEKTIV

DAS VERSCHWINDEN DER AMANDA KENT

ueberreuter

Ode an die schüchterne Schöne

Du gehst stets auf Zehenspitzen,
das Haupt gesenkt, mit scheuem Blick.
Wo rohe Zeitgenossen lärmen,
ziehst du dich bald verschämt zurück.
Ein Flüstern nur ist deine Stimme,
so zart ist deiner Wangen Rot.
Wenn du sprichst, tust du es lächelnd,
denn Höflichkeit ist dir Gebot.
Voller Sanftmut ist dein Wesen,
voll wunderschöner Schüchternheit.
Du singst deine Weise leise
und ohne jede Eitelkeit.
Oh, schüchterne Schöne, wie du mich verzauberst.
Oh, schüchterne Schöne, wie du mich betörst.
Doch nie wirst du davon erfahren,
ich schweige still, mein Mund bleibt zu.
Ich kann dir nicht davon erzählen,
weil ich so schüchtern bin wie du.

Johann-Christian Rotwerd
Schüchterner Dichter der deutschen Romantik,
den es vielleicht gegeben hat.
Vielleicht aber auch nicht.

Inhalt

~ 1 ~
Ein Armbruch

Frau Gleine-Wanz hat doch nicht mehr alle Blätter am Baum! Da kommt die Frau in der letzten Schulstunde vor den Herbstferien allen Ernstes mit einem unangekündigten Mathe-Test um die Ecke! Wer rechnet denn mit so was, einen Tag vor den Ferien? Ich war völlig unvorbereitet und habe gerade mal die Hälfte der Aufgaben geschafft. Das wird bestenfalls und mit ganz viel unverschämtem Glück eine knappe Vier.

Als ich durch das Schultor stapfe und den Nachhauseweg antrete, bin ich auf hundertachtzig. Ich schimpfe laut vor mich hin und stoße üble Verwünschungen gegen meine Mathelehrerin aus. Ein älteres Paar, das mir auf der Straße entgegenkommt, betrachtet mich mit befremdeten Blicken, und mir wird klar, dass ich mich aufführe wie ein wildgewordenes Rumpelstilzchen.

Krieg dich mal wieder ein, Matilda!, sage ich mir und beschließe, einen kleinen Umweg durch den Flora-Park zu machen. Frische Luft soll ja eine beruhigende Wirkung aufs Gemüt haben.

Während ich über die laubbedeckten Wege des Parks spaziere, gelingt es mir, mich halbwegs abzuregen. Und als ich wieder klar denken kann, muss ich mir eingestehen, dass ich nicht so sehr auf Frau Gleine-Wanz, sondern vor allem auf mich selbst sauer sein sollte. Hätte ich gestern, statt in einem Krimi zu schmökern, ein bisschen was für die Schule getan, müsste ich jetzt keinen Frust schieben.

Nach und nach verraucht mein Ärger, stattdessen überkommt mich beim Anblick der rot und gelb gefärbten Blätter ein Hauch von herbstlicher Schwermut.

Ich bin mehr der Sommertyp und mag es knackig warm. Wenn die Blätter bunt werden, das Freibad schließt und die Tische und Stühle von der Terrasse des *Café Puderzucker* verschwinden, stimmt mich das immer wehmütig. Weil ich dann weiß, dass es mit den Picknicks im Grünen, den langen Abenden im Garten und dem Barfußlaufen für dieses Jahr vorbei ist. Andererseits ist der Herbst die perfekte Jahreszeit, um sich gemütlich unter eine Wolldecke zu kuscheln, ein Buch zu lesen und dabei gelegentlich an einem Kakao mit Sahne zu nippen, während der Regen gegen die Scheiben prasselt. Das hat auch was. Man könnte sagen, ich bin, was meine Meinung zum Herbst angeht, zwiegespalten.

Frau Zeigler, unsere Haushaltshilfe, hat eine eindeutige Meinung zum Herbst. Sie kann ihn nicht ausstehen.

»Ständig dieses feuchte Dreckswetter, bei dem die ganze Welt

erkältet ist. Ein einziges Gerotze und Geschniefe. Und überall liegen Blätter unnütz in der Gegend rum. Letztes Jahr ist mein Raimund auf nassem Laub ausgerutscht, hat sich den Knöchel gebrochen und war acht Wochen außer Gefecht. Und während der Herr bequem auf dem Sofa lag – wer durfte da jeden Morgen mit dem Laubbläser ran? Ich! Als hätte ich nichts Besseres zu tun gehabt. Der Herbst kann mir gestohlen bleiben!«

Würde man hingegen einen Schüchternen nach dem Herbst fragen, würde er sich vor (stiller) Begeisterung gar nicht mehr einkriegen. Der Herbst ist die Lieblings-Jahreszeit aller Schüchternen. Vermutlich deswegen, weil er im Vergleich zum mürrischen Winter ausgesprochen höflich und im Gegensatz zu Frühling und Sommer reichlich zurückhaltend daherkommt.

Ich verfüge über eine lebhafte Fantasie und kann mir anschaulich vorstellen, was Jahreszeiten sagen würden, wenn sie sprechen könnten. Der Winter würde schlecht gelaunt knurren: »Gehen Sie weiter, bevor Sie sich Frostbeulen holen. Hier gibt es nichts zu sehen.« Der Frühling würde fanfarengleich frohlocken: »Gleich geht es los, Leute!« Und der Sommer würde wie ein durchgeknallter Größenwahnsinniger durch die Gegend brüllen: »Ich bin da! Lassen wir es krachen, Freunde!«

Und der Herbst? Knurrt nicht und frohlockt nicht und brüllt nicht, sondern haucht schüchtern und höflich: »Das, äh, war es dann für dieses Jahr. Wir bedanken uns für Ihr, *räusper*, Interesse und hoffen sehr, dass es Ihnen gefallen hat. Als kleines Dankeschön für Ihre Aufmerksamkeit erlaube ich mir, Sie noch eine kleine Weile mit ein paar unaufdringlichen Sonnenstrahlen und, ähm, bunten Blättern zu erfreuen. Genießen Sie es. Natürlich nur, wenn es Ihnen keine Umstände macht.«

Abgesehen davon, dass Schüchterne eine Seelenverwandtschaft zum Herbst empfinden, gibt es auch ganz praktische Gründe, warum diese Jahreszeit bei ihnen beliebt ist: Laub bedeckt die Gehsteige und dämpft das Geräusch allzu lauter Schritte, und sowohl der herbstliche Morgennebel als auch die früh einsetzende Abenddämmerung verbergen schüchterne Spaziergänger vor den neugierigen Blicken anderer Menschen.

Und wieso kann ich mit so viel Fachwissen über Schüchterne glänzen? Ganz einfach. Weil ich vor einem dreiviertel Jahr Rory Shy, den berühmten schüchternen Detektiv, und seine nicht minder schüchterne Freundin Charlotte Sprudel kennengelernt habe. Dank dieser Bekanntschaft hatte ich ausreichend Gelegenheit, Schüchterne und ihr schüchternes Verhalten zu studieren.

Kleine Auswahl gefällig?

Wenn ein Schüchterner samstags oder sonntags in einem Fahrstuhl stecken bleibt, wartet er bis Montagmorgen, bevor er den Alarmknopf drückt. Weil er es als unhöflich und aufdringlich empfände, den Fahrstuhl-Mechaniker am Wochenende zu stören.

Steht bei Schüchternen der Dachstuhl in Flammen, fragen sie sich erst mal, ob das wirklich ein ausreichender Grund ist, die

Feuerwehr zu rufen. Und wenn sie sich dann doch dazu durchringen, klingt das in etwa so: »*Entschuldigen Sie bitte die Störung, aber ich befürchte, bei mir brennt es. Also … nur ein bisschen. Ist wahrscheinlich gar nicht so schlimm. Aber könnten Sie sich die Sache vielleicht mal ansehen? Nur, falls es keine Umstände macht. Obwohl … vielleicht geht das Feuer ja auch von selbst aus, wenn ich noch ein bisschen warte. Dann, ähm, müssten Sie sich gar nicht erst bemühen.*«

Schüchterne sind zu schüchtern, um sich zu beschweren, wenn der Ober im Restaurant zu wenig Wechselgeld herausgibt. Sie schlürfen mit Vorliebe ein Gebräu, das bei mir nur *schüchterner Kaffee* heißt, weil es so dünn ist, dass man durchsehen kann. Und wenn man zwei schüchterne Menschen bei einem Gespräch beobachtet, tut das beinah körperlich weh. Weil Unterhaltungen zwischen Schüchternen vor allem aus nicht beendeten Sätzen, verlegenem Räuspern und verschämtem Schweigen bestehen.

Ich bin das Gegenteil von schüchtern, hätte keinerlei Skrupel, einen Fahrstuhl-Mechaniker am Wochenende aufzuscheuchen, trinke Kaffee, durch den man *nicht* durchsehen kann, spreche viel und schnell und bin, wenn ich erst mal Fahrt aufgenommen habe, in meinem Redefluss kaum zu stoppen.

Was sogar Frau Zeigler, die selbst ein starkes Mitteilungsbedürfnis hat, mitunter entnervt stöhnen lässt: »Herrgott, Matilda! Gibt es bei dir irgendwo einen Knopf zum Ausschalten?«

Vielleicht ist es aber gerade die Kombination von unschüchterner Amateurdetektivin und schüchternem Profidetektiv, die Rory und mich als Ermittler-Duo so erfolgreich macht. Richtig gehört: Ermittler-Duo. Seit ich dem schüchternen Detektiv zum ersten Mal begegnet bin (und ihm aus einer üblen Klemme geholfen habe), arbeiten wir zusammen. Gemeinsam haben wir bereits drei Fälle aufgeklärt.

Als minderjährige Nachwuchsdetektivin habe ich natürlich mit einem ganz speziellen Problem zu kämpfen: Erziehungsberechtigte sehen es in der Regel nicht gerne, wenn ihre zwölfjährige Tochter Dieben, Erpressern oder sonstigen Kriminellen hinterherspioniert. Weswegen ich immer darauf bedacht sein muss, dass Papa und Mama von meiner Detektivarbeit nichts mitbekommen. Dabei spielt mir ein glücklicher Umstand in die Hände: Meine Eltern, Thomas und Kristina Bond, sind Tierfilmer. Ein Beruf, der es mit sich bringt, dass sie häufig unterwegs sind. Während der Abwesenheit von Papa und Mama ist es so geregelt, dass Frau Zeigler, die eigentlich nur zweimal die Woche kommt, bei uns einzieht und auf mich aufpasst.

Die Frau ist ein Phänomen: einerseits so misstrauisch, dass sie jede Spinatpackung nachwiegt, um sicherzugehen, dass sie auch exakt zweihundert Gramm Rahmspinat enthält. Auf der anderen Seite so leichtgläubig, dass es kaum zu fassen ist.

Um mit dem schüchternen Detektiv arbeiten zu können, habe ich ihr in der Vergangenheit die abwegigsten Geschichten erzählt: dass ich bei einem Passionsspiel mitwirken, Krokodile im Aqua-Zoo füttern oder als Aushilfe im *Café Puderzucker* jobben würde. Frau Zeigler hat alle meine Ausreden geschluckt. Was – wenn ich das mal so unbescheiden sagen darf – nicht ausschließlich an ihrer Leichtgläubigkeit lag, sondern auch daran, dass ich ein ausgesprochenes Talent für frei erfundene, aber logisch klingende Erzählungen habe.

So war es mir möglich, in den vergangenen Weihnachts-, Oster- und Sommerferien mit dem schüchternen Detektiv auf Verbrecherjagd zu gehen. Und natürlich habe ich gehofft, dass wir diese schöne Tradition auch in den Herbstferien fortsetzen würden.

Daraus wird aber nichts. Weil meine Eltern diesmal während der Ferien zu Hause sein werden.

Momentan befinden sie sich noch auf den Färöer-Inseln. Dort sind sie schon seit drei Wochen, um eine Dokumentation über die Vogelwelt der Färöer zu drehen und Sturmschwalben, Trottellummen und Papageientaucher zu filmen. Während dieser Zeit hat Frau Zeigler mal wieder die Stellung gehalten – aber am Sonntag werden meine Eltern zurückkommen, um mit mir die Herbstferien zu verbringen.

Was ich mit einem lachenden und einem weinenden Auge sehe. Wenn man Eltern hat, die häufig abwesend sind, freut man sich natürlich über jede Minute, die man gemeinsam mit ihnen verbringen kann. Auf der anderen Seite bedeutet es, dass ich bedauerlicherweise nicht mit dem schüchternen Detektiv ermitteln kann und meine kriminalistische Tätigkeit ruhen lassen muss.

Das ist jedenfalls Stand der Dinge, als ich unser Grundstück erreiche, den Vorgarten durchquere und die Haustür aufschließe.

Aber erstens kommt es immer anders und zweitens als man meistens denkt.

Ich bin noch nicht richtig in der Diele, als mir Doktor Herkenrath auch schon freudig hechelnd und mit einem aufgeregten *Guck mal, was ich kann*-Blick entgegengelaufen kommt. Er dreht sich dreimal um sich selbst, hüpft nach rechts, hüpft nach links, vollführt erneut eine Drehung, macht zwei ungelenke Luftsprünge, versucht auf den Hinterbeinen zu laufen – was wie immer schiefgeht – und legt eine Bruchlandung auf den Dielen hin. Dort bleibt er für fünf Sekunden dramatisch hingestreckt liegen, bis er sich erhebt, kurz schüttelt und mich anschielt, als würde er auf Applaus warten.

»Gaaanz toll, Doktor Herkenrath«, lobe ich ihn, obwohl ich die Nummer schon mindestens zwanzigmal gesehen habe. Seit Anfang September erfreut mich mein Cockerspaniel jedes Mal, wenn ich aus der Schule komme, mit seinem etwas hüftsteifen Tanz.

Ich tue aber ganz begeistert und kraule ihm die Ohren. Das

ist gut für sein Selbstbewusstsein. Doktor Herkenrath ist der wohl furchtsamste Cockerspaniel der Welt. Er hat eine Höllenangst vor Eichhörnchen, Katzen, Schmetterlingen und allem anderen, das läuft, schwimmt, kriecht, fliegt oder sich sonst wie bewegt. Manchmal auch vor etwas, das sich nicht bewegt: vor unserem Wäschetrockner beispielsweise. Oder vor Frau Zeiglers Thermomix, dessen Anblick Doktor Herkenrath dermaßen in Panik versetzt, dass er sich auf den Rücken wirft, die Beine in die Luft streckt und sich totstellt.

Wer eine so furchtsame Persönlichkeit hat, kann jede Form von Lob und Aufmunterung gebrauchen. Außerdem bin ich nicht ganz unschuldig daran, dass er mich jeden Mittag mit diesem verunglückten Tanz empfängt. Weil ich diejenige bin, die ihm den Unfug beigebracht hat. Wenn auch nur gezwungenermaßen. Weil ich mich dummerweise in meinem eigenen Netz aus Schwindel und Flunkerei verfangen hatte.

Ohne die Sache noch mal in allen Einzelheiten durchzukauen: In den Sommerferien habe ich mit Rory in einem *Cold Case* ermittelt. Damit niemand etwas davon mitbekam, war ich gezwungen, nicht nur Frau Zeigler, sondern auch Doro Puderzucker einen Schwindel aufzutischen. Doro ist Mamas beste Freundin und Besitzerin des *Café Puderzucker.* Während ich Frau Zeigler erzählte, ich würde im Café Puderzucker aushelfen, habe ich Doro gegenüber behauptet, sie wäre mein Alibi, damit ich heimlich mit Doktor Herkenrath an einem *Dog-*

dancing-Kurs teilnehmen kann – als Überraschung für Mamas Geburtstag im September: Hundetanz statt Geburtstagsständchen! Unglücklicherweise hat Doro das in einem Gespräch mit Mama ausgeplaudert, die ganz gerührt von meinem Vorhaben war. Weswegen ich nicht umhinkam, tatsächlich einen Hundetanz mit meinem ängstlichen Cockerspaniel einzustudieren. Zu *Crocodile Rock* von Elton John. Doktor Herkenrath, der ansonsten stiften geht, sobald Musik ertönt, hat unerwartet Gefallen am Hundetanz gefunden und tanzt seither bei jeder sich bietenden Gelegenheit. Ob mit oder ohne Musik.

Ich streichle ihm anerkennend übers Fell, stelle meine Schultasche ab – und registriere erst in diesem Moment, dass Frau Zeigler in der Küchentür steht und mich mit einem mitleidsvollen Blick betrachtet. Frau Zeigler ist nicht so schnell aus der Fassung zu bringen. Umso mehr beunruhigt es mich, als ich sehe, dass ihre Augen feucht schimmern. Unvermittelt macht sie einen Schritt auf mich zu, nimmt mich in die Arme, streicht mir tröstend über den Kopf und murmelt: »Armes Kind. Armes, armes, Kind.«

Ich bin völlig perplex, und während ich mich noch frage, warum ich ein armes Kind bin, klingelt mein Handy.

»Das ist deine Mutter«, sagt Frau Zeigler mit weinerlicher Stimme. »Ich habe gerade eben auch schon mit ihr gesprochen. Nicht erschrecken!«

Nicht erschrecken?

Nichts erschreckt einen mehr, als wenn einem jemand sagt: »Nicht erschrecken!«

Was in drei Gottes Namen ist hier los?, frage ich mich mit angstvoll klopfendem Herzen, nehme den Videoanruf entgegen – und kriege den Schock meines Lebens: Papa und Mama sitzen mit ernsten Gesichtern vor der Kamera. Mama sieht so aus wie immer, aber Papas Gesicht ist voller Schrammen, über dem rechten Auge klebt ein breites Pflaster und sein linker Unterarm ist eingegipst.

»Nicht erschrecken!«, begrüßt er mich. »Ist nicht so schlimm, wie es aussieht.«

»Was … was ist passiert?«, stammle ich völlig aufgelöst.

»Wir haben eine Kolonie von Papageientauchern gefilmt«, erklärt Mama. »Von einem Geröllhang aus. Und plötzlich geriet das Geröll ins Rutschen und …«

»Und ich geriet ebenfalls ins Rutschen«, führt Papa aus und lächelt tapfer. »Habe versucht, die Kamera vor Schaden zu bewahren, und bin dabei unglücklich auf den Arm gefallen. Ist ein glatter Bruch. Nichts Kompliziertes. Kein Grund, sich Sorgen zu machen. Das Problem ist nur …« Papa verstummt und sieht Hilfe suchend zu Mama.

»Das Problem ist, dass Papa mit dem Gips nicht fliegen darf«, eröffnet sie mir mit trauriger Stimme.

»Wieso das denn nicht?«, frage ich erstaunt.

»Das hat mit den besonderen Druckverhältnissen im Flugzeug zu tun«, erklärt sie. »Die führen dazu, dass der Gips zu eng anliegt, und das kann wiederum zu Durchblutungsstörungen führen. Deswegen ist es nicht erlaubt. Was leider bedeutet, dass wir noch eine Weile hierbleiben müssen.«

»Es tut mir so leid, Matilda«, nuschelt Papa und guckt ganz geknickt. »Wegen meiner Ungeschicklichkeit können wir die Ferien nicht gemeinsam verbringen.«

»Dir muss überhaupt nichts leidtun, Papa«, entgegne ich und versuche, ihm Mut zu machen: »Wichtig ist nur, dass du schnell wieder gesund wirst.«

»Ich habe mit Frau Zeigler schon alles besprochen«, lässt Mama mich wissen. »Sie bleibt netterweise noch so lange bei dir, bis wir zurück sind.«

»Ist doch selbstverständlich«, höre ich Frau Zeigler hinter mir murmeln.

»Wir … müssen dann auch mal los«, merkt Papa verlegen an. »Zum Arzt. Der Gips muss kontrolliert werden.«

»Ja. Ja, sicher. Meldet euch bald wieder. Alles, alles Gute, Papa. Gute Besserung!«

Mama winkt zum Abschied in die Kamera, dann wird das Display dunkel und ihre Gesichter sind verschwunden.

Ich stoße einen tiefen Seufzer aus und lasse mich auf einen Küchenstuhl fallen. So was muss man erst mal verdauen.

Zum Glück kennt Frau Zeigler ein Allheilmittel, das ihrer Meinung nach gegen jede Art von Kummer, Angst und Sorgen hilft: Zimt-Pfannkuchen. Weswegen sie sich umgehend daranmacht, dem *armen Kind* einen zu backen.

Während ich den Pfannkuchen verputze, betrachtet sie mich mit einem mütterlichen Blick und verkündet: »Mein Raimund hatte den linken Arm schon zweimal gebrochen. Und den rechten sogar dreimal.«

Was nicht wirklich ein Trost ist. Und auch keine besondere Überraschung. Raimund, Frau Zeiglers Gatte, ist ein Unglücksvogel. Er muss nicht mal auf einen Geröllhang klettern, um sich zu verletzen. Raimund rutscht alle naselang in der Badewanne aus, schlägt sich den Kopf regelmäßig an Hängelampen an, stolpert über alles, was im Weg steht, und hat es sogar mal geschafft, sich von einem Iltis beißen zu lassen.

»Eine Sache wäre da noch«, sagt Frau Zeigler und fixiert mich mit einem bedeutungsschweren Blick. »Ich konnte ja nicht ahnen, dass ich kommende Woche auch noch hier sein würde. Am Donnerstag wird meine Schwester Hetty sechzig. Da werden eine Menge Gratulanten kommen. Was bedeutet, dass es im Vorfeld einiges zu tun gibt: Das Haus muss geputzt und auf Vordermann gebracht werden und natürlich muss man Schnittchen und Snacks für die Gäste vorbereiten. Ich habe Hetty versprochen, sie von Montag bis Mittwoch bei den Vorbereitungen zu unterstützen. Und natürlich kann ich sie jetzt nicht hängen lassen. Das heißt, ich bin in dieser Zeit tagsüber bei ihr und komme erst abends hierher. Den Tag über wärst du alleine. Ich denke, das kriegst du hin, oder? Du bist schließlich zwölf. Mit deiner Mutter habe ich das schon geklärt. Sie ist damit einverstanden.«

»Na klar. Ist kein Problem«, versichere ich – und begreife im gleichen Moment, dass mir diese Regelung ganz unverhoffte Möglichkeiten eröffnet ...

~ 2 ~
Psssst!

Den Nachmittag verbringe ich in Gesellschaft von Doktor Herkenrath auf meinem Zimmer.

Der arme Papa tut mir natürlich unendlich leid. Und dass wir durch den Unfall die Ferien nun doch nicht gemeinsam verbringen werden, ist ein eindeutiger Fall von *blöd gelaufen.* Aber leider nicht zu ändern. Wenn ich zwei Wochen lang Trübsal blase, macht das Papas Arm auch nicht schneller heil.

Also sollte ich das Naheliegende tun: den schüchternen Detektiv anrufen und ihm die frohe Kunde überbringen, dass ich in den nächsten Tagen doch mit ihm ermitteln kann. So bedauerlich die Geschichte mit Papas Armbruch auch ist – bei dem Gedanken, als Detektivin tätig werden zu können, spüre ich ein aufregendes Kribbeln. Außerdem waren die Umstände noch nie so günstig wie diesmal. Dadurch, dass Frau Zeigler bei ihrer Schwester ist, kann ich tagsüber tun und lassen, was ich will, und muss mir noch nicht mal irgendwelche falschen Alibis zusammenflunkern.

Mehrmals versuche ich, Rory auf dem Festnetzanschluss in der Agentur zu erreichen. (Ein Handy besitzt er nicht; Schüchterne mögen es nicht, ständig verfügbar zu sein.) Aber jedes Mal meldet sich nur der Anrufbeantworter: »Guten Tag, Sie sind, *hüstel, hüstel,* verbunden mit der, öhm, Detektivagentur Shy. Es ist mir wirklich sehr, äh, unangenehm, dass ich Ihren Anruf nicht persönlich entgegennehmen kann. Sollten Sie das als unhöflich empfinden und darüber erbost sein, habe ich volles Verständnis. Scheuen Sie sich nicht, Ihrer Verärgerung nach dem Signalton Luft zu machen. Sie haben aber auch die Möglichkeit, einfach eine, öhm, ganz sachliche Nachricht zu hinterlassen. Natürlich nur, falls es keine Umstände macht. Ich, *räusper,* bedanke mich für Ihren Anruf und wünsche Ihnen für Ihren weiteren Lebensweg alles Gute.«

Wenn man den Detektiv nicht an die Strippe kriegt, kann das dreierlei bedeuten: Er ist gerade zu schüchtern, um ans Telefon zu gehen, er ist wegen eines Falls unterwegs oder er ist bei Charlotte Sprudel, seiner Freundin.

Die beiden sind zusammen, seit sie sich bei Rorys Ermittlung im *Fall der verschwundenen Sprudel-Perle* kennengelernt haben, in dem Charlotte die Hauptverdächtige war. Sie ist ähnlich schüchtern wie Rory. Hätte ich nicht ein bisschen *Amor* gespielt, hätten sie sich ihre Zuneigung bis heute nicht gestanden.

Ich wähle Charlottes Nummer und stelle mich auf eine längere Wartezeit ein. Charlotte mag auch keine Handys und verfügt, wie der Detektiv, nur über einen Festnetzanschluss. Zusätzlich kompliziert wird die Sache bei ihr dadurch, dass sie eine Milliardenerbin ist und in einer riesigen, schlossähnlichen Villa lebt – in der es nur einen einzigen Telefonapparat gibt. Und der steht in der Eingangshalle. Es kann schon mal zwei bis drei Minuten dauern, bis sie den Hörer abnimmt.

Nach ungefähr hundert Freizeichen (ich will gerade auflegen) meldet sie sich und klingt dabei ein wenig außer Atem. »Charlotte, ähm, Sprudel. Wer, öhm, ist da bitte?«

»Hallo, Charlotte, hier ist Matilda«, begrüße ich sie und komme umgehend zur Sache. Bei Telefonaten mit Schüchternen empfiehlt es sich, direkt zur Sache zu kommen, denn sie werden es garantiert *nicht* tun. »Ich konnte Rory in der Agentur nicht erreichen. Ist er vielleicht bei dir?«

»Ähm, nein«, wispert sie schüchtern. »Er ist auf dem Weg ins Fernsehstudio.«

»Fernsehstudio?«, entfährt es mir verdattert.

»Ja. Er ist als Gast bei *Pssst!* eingeladen. Du weißt doch, die Talkshow für Schüchterne.«

Natürlich kenne ich *Psst!*. Die Sendung ist ganz auf schüchterne Zuschauer zugeschnitten und die einzige, die sich Rory regelmäßig ansieht. Weil dort nicht viel gesprochen, dafür aber viel geschwiegen, sich verschämt geräuspert und verlegen gehüstelt wird.

»Eigentlich war er zu schüchtern, um hinzugehen«, sagt Charlotte. »Aber er hätte es als unhöflich empfunden, die Einladung auszuschlagen. Worum geht es denn, Matilda? Kann ich ihm was ausrichten?«

»Ja, das wäre nett«, entgegne ich und erzähle ihr von Papas Missgeschick. »Sag Rory bitte, dass ich ihn nun doch ab Montag unterstützen kann.«

»Oh«, macht Charlotte und klingt dabei noch verlegener als üblich – was kein gutes Zeichen ist.

»Was heißt *Oh?*«, bohre ich nach.

»Also, es, ähm, es ist so, Matilda«, stottert sie. »Rory und ich werden in der kommenden Woche gar nicht da sein. Wir haben eine Wanderung geplant. Du weißt ja, Schüchterne sind im Herbst gerne draußen, weil da nicht so viele Menschen unterwegs sind.«

»Aha?«, mache ich und versuche, mir meine Enttäuschung nicht anmerken zu lassen.

»Wir wandern auf dem Rotwerd-Pfad«, führt Charlotte aus. »Benannt nach Johann-Christian Rotwerd, einem Dichter der deutschen Romantik. Bekannt für seine schüchternen Balladen. Hast du schon mal von ihm gehört?«

»Nicht, dass ich mich erinnern könnte.«

»Man erzählt sich, dass er in eine junge Frau verliebt war, die ein paar Kilometer entfernt in einem Nachbardorf lebte«, erklärt mir Rorys Freundin. »Er wollte um ihre Hand anhalten.

Aber weil er schüchtern war, brauchte er etwas Zeit, um genug Mut für seinen Antrag zu fassen. Deswegen ist er nicht auf direktem Weg zu ihr gegangen, sondern hat einen Umweg von hundertfünfzig Kilometern gemacht. Und diese Strecke ist heute der Rotwerd-Wanderweg. Ist das nicht eine wunderbar romantische Geschichte?«

»Ganz zauberhaft«, beteuere ich und rolle dabei mit den Augen.

»Tut mir leid, dass es diesmal nichts wird mit eurer Ermittlung«, sagt Charlotte in bedauerndem Ton. »Aber wenn es dich tröstet: Rory hat im Moment sowieso keinen aktuellen Fall.«

»Na ja, kann man nichts machen«, seufze ich geknickt, bin aber höflich genug, hinzuzufügen: »Dann wünsche ich euch viel Spaß bei eurer Wanderung. Wann genau geht es denn los?«

»Wir haben geplant, am Montagmorgen, so gegen zehn, aufzubrechen. Weißt du was, Matilda? Komm doch einfach vorher in der Agentur vorbei. Dann frühstücken wir drei gemeinsam. Und Doktor Herkenrath ist natürlich auch eingeladen.«

»Okay«, sage ich. »Ich bringe ein paar Rosinenmürbchen mit, damit ihr euch vor dem Aufbruch stärken könnt.«

»Oh, das wäre schön, Matilda.«

»Bis dann, Charlotte. Ach und – wann wird die *Pssst!*-Sendung denn ausgestrahlt?«

»Heute Abend um neun. Ich bin schon ganz aufgeregt«,

haucht Charlotte und fügt kichernd hinzu: »Rory hat sich extra eine neue Krawatte gekauft. Mit schüchternem Muster.«

»Was für ein Gefühls-Slalom«, sage ich zu Doktor Herkenrath und lasse traurig den Kopf hängen. »Erst finde ich mich damit ab, dass ich in den Herbstferien nicht mit Rory ermitteln kann, dann sieht die Sache plötzlich ganz anders aus, und jetzt ist es doch wieder Essig mit der Detektivarbeit.«

Mein Cockerspaniel legt den Kopf schief und fiept mitfühlend.

Was fange ich mit so viel freier Zeit an? Da fallen mir vor allem zwei Dinge ein: lange Herbstspaziergänge mit Doktor Herkenrath und Krimi-Lektüre.

Mama und ich stehen auf Kriminalromane. Die Krimis, die ihr besonders gut gefallen, gibt sie immer an mich weiter. Vor ihrer Abreise auf die Färöer-Inseln hat sie einen kleinen Bücherstapel auf meinem Nachttisch abgelegt. Darunter mehrere Bände der *Inspector Joyce*-Reihe von Amanda Kent, ihrer Lieblingsautorin.

Der knurrige *Inspector Joyce* ermittelt in der erfundenen englischen Grafschaft *Moss-on-Trees* in Fällen um erdolchte Chorleiter und vergiftete Vikare. Die Fälle sind nicht gerade superspannend, aber ich mag die Bücher, weil sie so ein heimeliges Gefühl vermitteln: grüne Auen, idyllische Dörfchen, kleine Landkirchen, gemütliche Pubs und Schäfchen auf der Weide. Und immer prasselt irgendwo ein Kaminfeuer, wird ein Tee geschlürft oder eine Pastete in den Ofen geschoben. Die Verbrechen sind da beinah Nebensache.

Ich ziehe eines der Bücher aus dem Stapel: *Inspector Joyce, Band 19: Ein Küster hing am Glockenseil.*

Klingt vielversprechend. Während sich Doktor Herkenrath auf dem Boden ausstreckt, setze ich mich im Schneidersitz auf mein Bett, schlage das Buch auf und beginne zu lesen:

Das sonntägliche Frühstück mit seiner Gattin Winifred war Inspector Hannibal Joyce heilig. Doch kaum hatte er den ersten Schluck Tee genommen und sich Rührei und Frühstückswürstchen auf den Teller geladen, als sein Handy klingelte.

»Die Arbeit. Da muss ich rangehen«, sagte er zu seiner Frau, tupfte sich mit einer Serviette den Mund ab und knurrte in den Hörer: »Ja? Joyce?«

»Entschuldigen Sie bitte vielmals, dass ich Sie am Sonntag störe, Sir«, tönte ihm die Stimme von Constable Vikram Singh entgegen. »Aber die Zentrale hat einen Anruf bekommen. Aus Ivy Village. Ein kleines Dorf, zwanzig Kilometer nördlich von hier. Der Pfarrer hat sich heute Morgen gewundert, dass die Kirchenglocken nicht läuteten. Und als er nachgesehen hat, fand er den Küster. Tot. Der Mann hing am Glockenseil.«

»Gottverdammt!«, entfuhr es Inspector Joyce, worauf ihn seine Gattin mit einem tadelnden Blick bedachte.

Winifred missbilligte es, wenn er fluchte. Besonders am Sonntag.

»Holen Sie mich mit dem Wagen ab«, befahl er Constable Singh. »Aber geben Sie mir zehn Minuten, damit ich noch was in den Magen bekomme.« Er legte auf, wandte sich seiner Frau zu und brummte: »Ich muss nach Ivy Village. Da hängt ein Küster am Glockenseil.«

»Hach«, seufzte Winifred. »Und das ausgerechnet am Sonntag. Ich packe dir ein paar Gurkensandwiches ein.«

In den folgenden Stunden widme ich mich ganz dem Fall des toten Küsters und den dunklen Geheimnissen von Ivy Village – bis Frau Zeigler zum Abendessen ruft.

»Können wir gleich *Pssst! – Die Talkshow für Schüchterne* gucken?«, frage ich, während ich eine Brotscheibe mit Käse belege.

»Um Gottes willen«, sagt Frau Zeigler und zieht skeptisch die Augenbrauen hoch. »Willst du dir das wirklich antun? Dieses Gestammel und Gehüstel. Dabei kriegt man doch Zustände.«

»Ich habe gehört, dass Rory Shy heute zu Gast ist.«

»Ach, wirklich?«, fragt Frau Zeigler und wird ein wenig rot. Wie bereits erwähnt, hat sie keine Ahnung davon, dass ich mit dem Detektiv zusammenarbeite. Aber Frau Zeigler liest jeden Zeitungsartikel und sieht sich jeden Fernsehbericht an, in dem es um Rory und seine Fälle geht. Ich habe den leisen Verdacht, dass sie ein ganz klein bisschen für ihn schwärmt. Auch weil sie immer wieder erwähnt, was für ein höflicher und gepflegter junger Mann er doch wäre.

Da würden ihr die meisten Menschen zustimmen: Rory ist nicht nur höflich, sondern überhöflich. So überhöflich, dass er manchmal zwei Stunden an der Supermarktkasse steht, weil er jeden vorlässt, der ihn fragt. Und gepflegt ist er auch. Der Detektiv ist eine große, dürre Erscheinung mit lockigem Haar, trägt immer Anzug, Krawatte, auf Hochglanz polierte Schuhe und hat penibel manikürte Fingernägel.

»Was ist denn jetzt?«, frage ich Frau Zeigler, die mit sehnsuchtsvollem Blick vor sich hin stiert. »Sehen wir uns die Talkshow an oder nicht?«

»Ja, also, wenn Rory Shy dabei ist …«, sagt sie und fährt sich verlegen mit der Hand durchs Haar. »Dann können wir ja mal reinschauen.«

Um neun Uhr sitzen wir auf der Couch. Doktor Herkenrath hat sich zu meinen Füßen niedergelassen. Frau Zeigler kaut hingebungsvoll auf einer Nusspraline rum, während wir gespannt auf den Fernseher blicken.

Der *Pssst!*-Schriftzug wird eingeblendet, eine leise Titelmelodie erklingt und im nächsten Moment erscheint eine verschämt lächelnde Dame mit kurz geschnittenem Pony auf dem Bildschirm.

»Guten, ähm, Abend und willkommen bei *Pssst! – Die Talk-*

show für Schüchterne. Mein Name ist, öhm, Marlene Flüstermann und ich freue mich sehr, auch heute Abend wieder drei Gäste zum Thema Schüchternheit im Studio zu begrüßen. Da wäre zunächst Herr Enrico Timido, der den meisten von Ihnen ein Begriff sein dürfte: der Operntenor, der so schüchtern ist, dass er mit dem Rücken zum Publikum singt.«

Die Kamera schwenkt auf besagten Herrn Timido, von dem leider nur der Hinterkopf zu bewundern ist. Er ist nicht nur auf der Opernbühne, sondern auch im Fernsehstudio so schüchtern, dass er sich mit dem Rücken zur Kamera gesetzt hat. »Guten Abend«, nuschelt er kaum hörbar.

»Außerdem darf ich Ihnen Frau, ähm, Almut Hurtig vorstellen«, erklärt die Moderatorin. »Frau Hurtig ist selbst nicht schüchtern, betreibt aber eine Partnervermittlungsagentur für Schüchterne und wird uns von ihrer Arbeit berichten.«

Frau Hurtig, eine blonde Frau im Hosenanzug, lächelt selbstbewusst in die Kamera und sagt: »Ich grüße Sie.«

»Und natürlich freue ich mich, dass Rory Shy, der berühmte schüchterne Detektiv, heute Abend bei uns ist«, wispert Marlene Flüstermann und errötet etwas.

»Äh, ja, ähm, gerne. Keine, öhm, Ursache«, stottert Rory und zupft nervös an seinem Ohrläppchen.

Ich beuge mich vor, kneife die Augen zusammen, betrachte seinen Schlips und mir wird klar, was Charlotte vorhin meinte, als sie von einem *schüchternen Muster* gesprochen hat. Die Krawatte ist mit kleinen Mimosen bedruckt, der inoffiziellen Wappenblume aller Schüchternen.

»Beginnen wir aber doch mit Ihnen, Herr Timido«, sagt die Moderatorin scheu lächelnd und wendet sich dem Opernsänger zu. Beziehungsweise seinem Hinterkopf. »Ist Schüchternheit für einen Sänger nicht ein extremes, ähm, Handicap?«

»Also … ja. Irgendwie schon«, murmelt Enrico Timido.

»Warum haben Sie sich dann ausgerechnet für diesen Beruf entschieden? Wenn ich, *räusper*, *räusper,* das mal so direkt fragen darf?«

»Na ja, weil ich … weil ich die Oper liebe. Nur die, ähm, die Lautstärke hat mich immer gestört. Als Sänger muss man gegen ein ganzes Orchester anbrüllen. Was für ein furchtbarer Krach. Wo doch für schüchterne Sänger der, öhm, Grundsatz gilt: Sing die Weise leise auf eine leise Weise.«

»Ich hoffe, Sie haben nichts dagegen, wenn ich unseren Zuschauern verrate, dass Sie aus dieser Not eine Tugend gemacht haben«, sagt die Moderatorin. »Sie sind selbst als Komponist tätig geworden und haben eine Oper für Schüchterne geschrieben.«

»Ja, das ist, öhm, richtig. Da gibt es kein großes Orchester. Nur Harfe und Triangel. Und die Sänger singen alle mit dem Rücken zum Publikum. Und auch nur ganz leise.«

»Möchten Sie uns etwas über die, *hüstel,* Handlung verraten?«

»Äh, nein. Das wäre mir unangenehm«, flüstert der Sänger, bevor er vollends verstummt.

Es folgt eine Werbeunterbrechung.

Frau Zeigler erhebt sich vom Sofa und verkündet kopfschüttelnd: »Mann, Mann, Mann! Ist ja kaum auszuhalten. Hoffentlich kommt bald der schüchterne Detektiv an die Reihe. Ich geh mal aufs Klo!«

Nach der Werbepause wird aber nicht Rory, sondern Frau Hurtig interviewt, die erzählt, dass ihr die Idee zu ihrer Partnervermittlung für Schüchterne kam, als sie in einem Restaurant war und am Nebentisch ein schüchternes Paar sah, das sich den ganzen Abend lang verlegen anschwieg.

»Da wurde mir klar, dass diesen Menschen geholfen werden muss.«

Also hat sie flugs die *Agentur Scheue Liebe* gegründet und ein spezielles Konzept entwickelt, um Schüchterne zusammenzubringen.

»Wir nennen es *Betreutes Dating«*, erklärt sie. »Bei den ersten Treffen der Paare sind entweder ich oder eine unschüchterne Mitarbeiterin dabei. Wir haben immer eine Auswahl an Gesprächsthemen vorbereitet: Wetter, Politik, Sport, Filme, Musik ... Und wenn das Gespräch ins Stocken gerät – was recht häufig passiert –, stupsen wir die Unterhaltung wieder an.«

Als die Moderatorin danach fragt, wie viele schüchterne Paare sie denn schon zusammengeführt hat, wird sogar die selbstbewusste Frau Hurtig verlegen und antwortet knapp: »Das ist ein Geschäftsgeheimnis.«

Was in mir die Vermutung weckt, dass ihre Erfolgsquote eher gering ist.

Dann richtet sich die Kamera auf den schüchternen Detektiv.

»Rory, ich hoffe, Sie finden die Frage nicht distanzlos«, sagt Marlene Flüstermann. »Aber natürlich interessiert unsere Zuschauer, wie Sie alle Ihre Fälle aufklären, obwohl Sie bekanntermaßen viel zu schüchtern sind, um Zeugen zu befragen, und viel zu höflich, um Verdächtige zu verhören. Ich gebe nichts auf, öhm, Gerüchte, aber es *gibt* das Gerücht, dass Sie über eine, ähm, geheime Methode verfügen, die es Ihnen ermöglicht, die Fälle auch ohne Befragungen zu lösen. Mögen Sie dieses Gerücht bestätigen?«

»Öhm, nein. Eigentlich, ähm, nicht«, wispert Rory verschämt und rutscht unruhig auf seinem Stuhl hin und her.

»Das ist bedauerlich«, flüstert die Moderatorin.

»Ja«, bestätigt der Detektiv und senkt verlegen den Blick.

»Dann kommen wir doch zu unserer Rubrik *Unschüchtern nachgefragt,* bei der unsere Zuschauer telefonisch Fragen stellen können. Ich höre von der Regie, dass wir bereits eine Anruferin in der, öhm, Leitung haben. Und deren Frage geht ebenfalls an Sie, Rory.«

»Hallo! Hier ist die Gundula«, plärrt eine Stimme so laut durchs Studio, dass Rory erschrocken zusammenfährt und die

Hände auf die Ohren presst. »Meine Frage an den Detektiv lautet: Gibt es eigentlich, *kicher, kicher,* jemanden an Ihrer Seite? Einen Lebenspartner? Oder eine Lebenspartnerin?«

Der schüchterne Detektiv reißt erschrocken die Augen auf, seine Hände umklammern krampfartig die Stuhllehnen und er macht ein Gesicht, als hätte ihn jemand schockgefrostet.

Nichts fürchten Rory und Charlotte mehr, als dass ihre Liebesbeziehung bekannt werden könnte. Außer mir sind nur noch zwei Menschen eingeweiht: Charlottes Chauffeur Amadeus und eine Freundin von Charlotte, die sie schon seit Schulzeiten kennt und der sie blind vertraut.

Der Detektiv und seine Liebste treten nie gemeinsam in der Öffentlichkeit auf und tun alles, um ihre Liebe geheim zu halten. Weil sie keine Lust haben, in der Klatschpresse Schlagzeilen über sich zu lesen, wie *Der schüchterne Detektiv und die scheue Milliardärin – Läuft da was?* oder *Rory Shy und Charlotte Sprudel – Schüchterner Liebes-Urlaub auf Helgoland?* Und erst recht nicht *Lag es an ihrer Schüchternheit? Liebes-Aus für das schüchterne Paar!*

Rory sitzt da wie erstarrt und gibt keinen Mucks von sich. Dabei ist es nicht das erste Mal, dass ihm jemand diese Frage stellt. Ständig wollen irgendwelche naseweisen Journalisten wissen, wie es um seine Herzensangelegenheiten bestellt ist. Weswegen ich ihm eine passende Antwort eingebimst habe, die jede Nachfrage im Keim erstickt.

Komm schon!, denke ich. *Was haben wir eingeübt? Was sollst du in so einem Fall sagen?*

Rory fährt sich nervös mit der Zunge über die Lippen und stottert: »Ich, öhm, habe keine Beziehung für eine Arbeit. Ich bin mit meiner Zeit verheiratet.«

»Was?«, kreischt die forsche Gundula.

»Öhm, andersrum«, stammelt der Detektiv aufgelöst. »Ich, äh, habe keine Zeit für eine Beziehung. Ich bin mit meiner Arbeit verheiratet.« Dann sinkt er ermattet in sich zusammen.

»Vielen Dank für Ihren Beitrag, Gundula«, sagt die Moderatorin, wendet sich ihren Studiogästen zu und fragt mit leiser Stimme: »Gibt es noch etwas, das Sie unseren Zuschauern mitteilen möchten?«

Es folgt Schweigen. Ein Räuspern hier. Ein verlegenes Hüsteln dort. Dann wieder Schweigen. Zwei Minuten lang, drei Minuten lang, vier Minuten lang …

»Meinst du, da passiert heute noch was?«, murmelt Frau Zeigler mit fragendem Blick.

»Ich glaube nicht«, entgegne ich kichernd, nehme die Fernbedienung und schalte den Fernseher aus. »Nacht, Frau Zeigler. Komm, Doktor Herkenrath.«

~ 3 ~
Eine Autorin verschwindet

Als ich am Montagmorgen kurz vor acht in die Küche komme, ist Frau Zeigler schon im Aufbruch begriffen. Sie trägt einen Mantel, der so kratzig aussieht, dass es beim bloßen Hinsehen juckt, und auf ihrem Kopf sitzt die graue Häkelkappe, ohne die sie im Herbst und Winter nicht das Haus verlässt. Alle zehn Sekunden blickt sie auf die Uhr. Dabei wird ihre Miene zunehmend verdrossen.

Es ist ausgemacht, dass Raimund sie abholt und zu ihrer Schwester fährt. Aber der lässt sich Zeit.

Schließlich reicht es Frau Zeigler. Sie fummelt ihr Mobiltelefon (ein Klapphandy der Marke Uralt) aus ihrer Handtasche und ruft ihren Gatten an.

»Wo bleibst du denn?«, faucht sie unwirsch in den Hörer. »Was? Du hast was? Nein, das kann *nicht* jedem passieren. Herrgott, Raimund! Ja, ja, ist gut. Aber mach jetzt hinne!«

Sie klappt das Handy zu, schnaubt erbost durch die Nase und

verkündet: »Hat beim Ausparken die Mülltonne unserer Nachbarn umgefahren. Aber jetzt kommt er. Ist in zehn Minuten da.«

Zehn Minuten, die Frau Zeigler reichlich Zeit lassen, meine Tagesplanung abzufragen und mir wichtige Sicherheitshinweise zu geben.

»Was hast du denn vor, Kind?«

Ich zucke mit den Schultern. »Lesen. Und gleich wollte ich mit Doktor Herkenrath eine Runde im Flora-Park drehen.«

»Aha, aha«, macht Frau Zeigler, bedenkt Doktor Herkenrath mit einem besorgten Blick und flüstert mir zu: »Aber halte ihn vom Teich fern. Vor allem von den Enten. Du weißt ja, was das letzte Mal passiert ist. Die haben ihn ganz schön zugerichtet.«

Ich nicke brav.

»Und wenn du Hunger kriegst: im Kühlschrank ist noch eine Portion Nudeln von gestern. Und für den Hund habe ich neue Fleischwurst gekauft. Liegt im mittleren Fach.«

»Danke, Frau Zeigler.«

»Und falls du dir was auf dem Herd warm machst – denk dran, anschließend nachzusehen, ob du auch alle Herdplatten ausgemacht hast. Besser einmal zu viel kontrolliert, als einmal zu wenig.«

»Sicher, Frau Zeigler.«

»Und auf keinen Fall an meinen Thermomix gehen.«

»Ich werde versuchen, mich zu beherrschen.«

»Und nicht am Sicherungskasten rumspielen und auch nicht – «

Zu meiner Erleichterung ertönt in diesem Moment ein Hupen auf der Straße.

»Da isser ja endlich!« Frau Zeigler watschelt in Richtung Haustür, dreht sich noch einmal um und trompetet: »Ich bin gegen acht zurück. Und wenn irgendwas sein sollte, kannst du mich jederzeit – «

»Kann ich Sie jederzeit anrufen«, führe ich ihren Satz zu Ende. »Machen Sie sich keine Gedanken, Frau Zeigler. Ich komme klar. Bis heute Abend. Viel Spaß bei Ihrer Schwester.«

Zehn Minuten später verlassen auch Doktor Herkenrath und ich das Haus. Nach einer halbstündigen Fahrt mit der Straßenbahn kommen wir in der Sailenzer Straße an, wo sich Rorys Detektivagentur befindet. In einer kleinen Bäckerei kaufe ich eine Tüte Rosinenmürbchen für unser Frühstück.

Ich habe mich schon häufig gefragt, warum Schüchterne so gerne Rosinenmürbchen essen. Wahrscheinlich, weil man weiche Mürbchen, im Gegensatz zu knusprigen Brötchen, nahezu lautlos und auf dezente Weise verspeisen kann. Vielleicht aber auch nur deshalb, weil Schüchterne schrumpelige Rosinen genauso lecker finden wie schlappen Kaffee.

»Ähm, äh, guten Morgen, Matilda«, begrüßt mich Rory, als er mir die Tür öffnet.

Bei seinem Anblick kann ich mir ein Grinsen nicht verkneifen. Der Detektiv trägt einen grünen Wollpullover, eine Kniebundhose und Wanderschuhe mit dicker Sohle.

»Öhm, stimmt was nicht?«, fragt er und blickt verlegen an sich herunter.

»Alles gut«, beruhige ich ihn. »Sieht nur ein bisschen ungewohnt aus.«

Es gibt Menschen, die wirken einzig in einem bestimmten Outfit echt. Papa, zum Beispiel, ist der eher schluffige Typ, der am liebsten in T-Shirt, Jeans und Chucks rumläuft. Muss er zu einer Familienfeier mal einen Anzug tragen, sieht er aus, als hätte er sich verkleidet. Bei Rory ist es umgekehrt. Er vermittelt stets den Eindruck, als wäre er mit Anzug und Krawatte geboren. In allem anderen kommt er rüber, als wäre er nicht er selbst.

Im Flur stehen zwei gepackte Rucksäcke, an denen Doktor Herkenrath schnüffelt. Plötzlich stellt er die Ohren auf, lauscht kurz – und schießt in einem Affentempo in die Küche, wo er Charlotte freudig hechelnd begrüßt. Jedes Mal, wenn er ihr begegnet, zieht er irgendeine Show ab. Weil er hoffnungslos in Charlotte verknallt ist. Diesmal versucht er sie mit seinem Tanz zu beeindrucken. Was gehörig in die Hose geht, da er sich bei einem seiner Sprünge verschätzt, gegen ein Tischbein knallt und unelegant auf der Nase landet.

Rorys Freundin trägt ebenfalls Wanderkleidung, ihre langen dunklen Haare sind zu einem Zopf gebunden. Sie geht in die Hocke, krault Doktor Herkenrath die Ohren und begrüßt mich mit einem Lächeln: »Morgen, Matilda.«

Während wir um den Küchentisch herumsitzen und die Mürbchen vertilgen (Rory und Charlotte trinken dazu dünnen Kaffee, den ich dankend abgelehnt habe), entschuldigt sich der Detektiv ungefähr ein Dutzend Mal dafür, dass es diesmal nichts wird mit unserer Zusammenarbeit.

»Das ist ja jetzt, *hüstel, hüstel,* terminlich ein wenig, öhm, unglücklich gelaufen. Aber es steht momentan auch kein Fall an.«

»Vielleicht klappt es ja in den Weihnachtsferien«, sage ich seufzend. »Außerdem haben Sie auch mal einen Urlaub verdient. Sie nehmen sich ja sonst nie frei.«

Charlotte ist voller Vorfreude auf den Ausflug und zeigt mir einen Wanderführer zum *Rotwerd-Pfad,* in dem auf diverse schüchterne Sehenswürdigkeiten hingewiesen wird: das Bauernhaus, vor dem Johann-Christian Rotwerd fast erfroren wäre, weil er zu schüchtern war, um während eines Schneesturms um Einlass zu bitten. Oder der *Gasthof zur stillen Einkehr,* dessen schamvolle Wirtin den Dichter zu seiner *Ode an die schüchterne Schöne* inspiriert hat.

»Klingt nach jeder Menge schüchternem Vergnügen«, befinde ich und bedenke Rory mit einem amüsierten Blick. »Apropos schüchternes Vergnügen: Gratulation zu ihrem Auftritt bei *Pssst!*. Den haben Sie ja relativ unfallfrei über die Bühne gebracht. Gut für Charlotte und Sie, dass Ihnen noch die Antwort eingefallen ist, die wir eingeübt haben. Das nächste Mal sollten Sie nur schneller antworten. Und dabei nicht gucken wie ein aufgeschrecktes Erdmännchen.«

»Ähm, ja das … merke ich mir. Noch unangenehmer fand ich es aber, als Frau Flüstermann mich nach der *geheimen Methode* gefragt hat. Das hat mich doch sehr in Verlegenheit gebracht. Glücklicherweise war sie zu zurückhaltend, um weiter nachzubohren.«

Ich kann mir vorstellen, dass der Detektiv in diesem Moment Blut und Wasser geschwitzt hat. Denn diese *geheime Methode,* die es ihm möglich macht, Fälle auch ohne Befragung von Zeugen und Verdächtigen aufzuklären, gibt es wirklich!

Sie ist so kurios, dass es kaum zu glauben ist: Als Rory vor einiger Zeit an einem Fall arbeitete, hat ein Krimineller ihm ein Stahlrohr über den Kopf gezogen. Seitdem verfügt er über eine unglaubliche Fähigkeit: Berührt der Detektiv einen Gegenstand, der mit einem Verbrechen in Zusammenhang steht, tauchen vor seinem inneren Auge Bilder auf, die ihn über Umwege zur Lösung des Falles führen.

Rory versucht um jeden Preis zu verhindern, dass die Öffentlichkeit (und damit auch die Verbrecherwelt) von seiner besonderen Fähigkeit erfährt. Nur Charlotte und ich wissen davon.

Manchmal sind Fälle aber auch so gelagert, dass man nicht an Befragungen vorbeikommt. Eine Situation, die den schüchternen Detektiv hochgradig überfordert. Deswegen hat er eine dauerredende Laber-Maschine angeheuert, die Leute so gnadenlos zuquatschen kann, dass sie nicht mehr wissen, wo vorne und wo hinten ist.

Mich.

»Ich, öhm, ich denke, wir, ähm, sollten dann so langsam mal«, wispert Rory verschämt, nachdem er den letzten Schluck seines dünnen Kaffees geschlürft hat. »Vielen Dank für die Mürbchen, Matilda. Und – «

Das schrille Klingeln des Telefons unterbricht den Detektiv. Sofort springe ich auf und haste ins Büro hinüber.

»Ach, öhm, lass doch bitte, Matilda. Das kann doch der, ähm, Anrufbeantworter …«, protestiert Rory zaghaft, aber da habe ich schon abgehoben.

»Detektivagentur Shy. Sie sprechen mit Matilda Bond. Was kann ich für Sie tun?«

Aus dem Hörer dringt ein Schluchzen, dann ertönt eine brüchig klingende Frauenstimme. »Ich muss mit Charlotte Sprudel sprechen. Oder mit dem schüchternen Detektiv.«

Das ist ein Trick!, schießt es mir durch den Kopf. Das ist eine Journalistin, die irgendwie Wind von der Sache mit Rory und Charlotte gekriegt hat. Und jetzt will sie die Geschichte überprüfen und versucht herauszubekommen, ob Charlotte sich hier aufhält.

»Mit wem spreche ich überhaupt? Und wie kommen Sie darauf, dass Charlotte Sprudel hier sein könnte?«, frage ich argwöhnisch.

»Oh, ich … Entschuldigung, ich bin ganz durcheinander. Hier ist Miriam. Ich bin eine Freundin von Charlotte. Ich weiß von ihr und Rory. Sie hat es mir erzählt. Ich muss unbedingt mit ihr oder dem Detektiv sprechen. Bitte, es ist dringend.«

Ah, *die* Freundin ist das, geht es mir auf.

»Charlotte, eine Miriam für dich!«, sage ich und füge flüsternd hinzu: »Wirkt, als wäre sie ein bisschen durch den Wind.«

Charlotte runzelt überrascht die Stirn, nimmt den Hörer entgegen und sagt: »Miriam? Worum geht es denn?« Im nächsten Moment wird sie weiß wie die Wand und wispert: »Oh nein. Das ist ja … Nein, nein. Es war richtig, dass du angerufen hast. Warte, ich gebe ihn dir.« Sie winkt Rory zu sich heran und übergibt ihm das Telefon.

»Öhm, ja, Shy?«, meldet er sich und lauscht angestrengt in den Hörer, während sein Gesicht einen ernsten und konzentrierten Ausdruck annimmt.

Ich bedenke Charlotte mit einem fragenden Blick, worauf sie mir zuraunt: »Miriams Mutter ist verschwunden. Amanda Kent. Die bekannte Schriftstellerin.«

Es dauert ein paar Sekunden, bis ich diese unerwartete Information verarbeitet habe: »Du meinst … deine Freundin Miriam ist die Tochter von Amanda Kent? Der Schöpferin von *Inspector Joyce*? Und die wird vermisst?«

Sie nickt bestätigend. »Amanda Kent hat ihren Verleger in dessen Landhaus besucht. Seit heute Morgen ist sie wie vom Erdboden verschluckt.«

Derweil murmelt Rory in den Hörer: »Ich, öhm, ich würde vorschlagen, dass Sie hierherkommen und uns alles im Detail erzählen. Wenn Ihnen das keine Umstände … Ja. Gut. Dann bis, öhm, gleich.«

Der Detektiv legt auf, wirft Charlotte einen schmerzlichen Blick zu und seufzt: »Ich fürchte, wir werden unsere Wanderung verschieben müssen. Tut mir sehr leid.«

»Das muss es nicht«, entgegnet sie. »Miriam braucht unsere Hilfe. Alles andere ist jetzt zweitrangig.«

»Bedeutet das, wir haben einen Fall?«, platzt es überschwänglich aus mir heraus. Eigentlich sollte ich Bedauern wegen der geplatzten Wanderung heucheln – aber das kriege ich beim allerbesten Willen nicht hin. Ich strahle über alle Backen.

Wir haben einen Fall!

»Miriam Kent wird in einer halben Stunde hier sein«, teilt Rory uns mit, blickt auf seine Wanderschuhe und fügt verlegen hinzu: »Ich, öhm, sollte mich besser umziehen.«

Während der Detektiv die Wanderkleidung gegen einen Anzug tauscht, löchere ich Charlotte mit Fragen.

»Woher kennst du Miriam Kent?«

»Wir waren zusammen auf dem Internat. Seit der fünften Klasse ist sie meine beste Freundin.«

»Und ihre Mutter? Hast du die auch mal kennengelernt?«

»Ja. Ich war häufig zu Besuch bei ihnen.«

»Und wie ist Amanda Kent privat so?«, will ich wissen. »Genauso ruppig wie sie in Interviews rüberkommt?«

Die Autorin hat den Ruf, nicht einfach im Umgang zu sein. Sie gibt nur ungern Interviews und ist berüchtigt dafür, Journalisten rüde anzufahren, wenn sie deren Fragen langweilig oder zu persönlich findet.

Charlotte lächelt in sich hinein und sagt: »Auf den ersten Blick ist sie genauso einschüchternd wie man sie von öffentlichen Auftritten her kennt. Knurrig und mürrisch. Wie ihr *Inspector Joyce.* Aber das ist nur eine Masche. Wenn man sie näher kennenlernt, merkt man, dass sie ein großes Herz hat.«

Dreißig Minuten später fährt auf der Straße ein roter Mini-Cooper vor. Es klingelt und Miriam Kent steht in der Tür. Eine zierliche, zerbrechlich wirkende junge Frau in schwarzem Mantel und einer Baskenmütze auf dem Kopf. Sie macht einen hilflosen und konfusen Eindruck, ihre Augen sind vom Weinen gerötet.

Charlotte umarmt sie, flüstert ihr ein paar tröstende Worte zu, führt sie ins Büro und macht alle miteinander bekannt.

»Nehmen Sie doch bitte, Platz«, sagt Rory und räumt einen Stapel Papier von einem Stuhl. »Wichtig ist zunächst einmal, dass wir von Ihnen so viele, ähm, Informationen bekommen wie möglich. Seit wann, äh, seit wann genau wird Ihre Mutter denn vermisst?«

»Erst seit heute Morgen. Seit ein paar Stunden. Normalerweise würde ich mir deswegen keine Sorgen machen. Mutter unternimmt gelegentlich längere Spaziergänge, ohne jemandem Bescheid zu sagen. Aber als Bodo Kiesewind mir von dem durchwühlten Zimmer erzählt hat, da ... Und dieser merkwürdige Anruf gestern Abend ... Ich habe fürchterliche Angst, dass ihr etwas zugestoßen ist.«

»Ähm, vielleicht sollten wir ganz langsam ... Und der, öhm, Reihe nach. Wenn es Ihnen keine Umstände ...«

»Ja, natürlich«, wispert Miriam Kent und versucht, sich zu sammeln. »Mutter und ich wohnen zusammen. Außerdem arbeite ich für sie. Ich bin so etwas wie eine Mischung aus Agentin, Managerin und Sekretärin. Ich halte den Kontakt zum Verlag, kümmere mich um Verträge und um Mamas Termine: Lesungen, Interviews, Signierstunden und so weiter. Damit sie sich ganz aufs Schreiben konzentrieren kann. Jedes halbe Jahr kommt ein neuer *Inspector Joyce*-Roman raus. Da muss man sich als Autorin ranhalten.«

»Bisher neunundzwanzig Bände in fünfzehn Jahren«, merke ich an und gebe mich als Fan des brummigen Inspectors zu erkennen: »Ich lese gerade *Ein Küster hing am Glockenseil.«*

»Die *Inspector Joyce*-Bücher erscheinen im *BK-Krimi-Verlag*«, fährt Miriam Kent fort. »Über die Jahre sind meine Mutter und Bodo Kiesewind, der Verleger, zu Freunden geworden. Er besitzt ein Landhaus und hat Mama eingeladen, dort ein paar Tage zu verbringen.«

»Und dieses Landhaus befindet sich wo?«, frage ich mit detektivischem Eifer.

»In Herbsterheck. Das ist ein so winziges Örtchen, dass man es noch nicht mal als Dorf bezeichnen kann. Nur ein paar vereinzelte Häuser und Bauernhöfe. Der nächste Nachbar von Bodo Kiesewind wohnt einen halben Kilometer entfernt. In der Gegend sagen sich Hase und Igel Gute Nacht. Nichts als Wälder, Wiesen und Weiden.« Miriam Kent streicht sich eine Haarsträhne aus der Stirn und erklärt: »Mutter ist am Freitagnachmittag dorthin gefahren. Es war geplant, dass sie bis Dienstag bleibt.«

»Das heißt, Sie haben Ihre Mutter das letzte Mal am Freitag gesehen?«, will ich wissen.

»Ja, bei ihrer Abreise. Aber danach haben wir noch zweimal telefoniert. Das erste Mal am Freitagabend. Mutter rief mich an und war übelst gelaunt, weil sie davon ausgegangen war, der einzige Gast von Bodo Kiesewind zu sein. Der hatte aber, zu ihrem Ärger, eine weitere Autorin und einen Autor eingeladen. Und mit denen war sie wohl irgendwie aneinandergeraten.« Miriam Kent ringt die Hände und lächelt unsicher. »Meine Mutter nimmt kein Blatt vor den Mund und sagt immer, was sie denkt. Das kommt nicht bei jedem gut an. Manchmal wünschte ich, sie wäre etwas diplomatischer – aber Mama ist nun mal, wie sie ist.«

»Und der, öhm, zweite Anruf?«, hakt Rory schüchtern nach.

»Gestern Abend habe *ich sie* angerufen. So gegen halb neun. Ich wollte hören, wie es ihr geht, aber mein Anruf kam ungelegen. Mutter war gerade beim Essen. Bodo Kiesewind hatte zu Zwiebelkuchen und Federweißer eingeladen. Daher konnten wir nicht lange miteinander sprechen. Aber mir fiel selbst bei diesem kurzen Gespräch auf, dass sie irgendwie … anders wirkte.«

»Anders? Inwiefern?«, frage ich irritiert.

»Der Begriff *geistesabwesend* trifft es wohl am besten«, sagt Miriam Kent mit nachdenklichem Gesichtsausdruck. »Während ich mit Mutter sprach, hatte ich den Eindruck, dass sie gedanklich mit etwas völlig anderem beschäftigt war. Als ich fragte, ob irgendetwas los sei, hat sie nur geheimnisvoll geraunt: *›Möglicherweise bin ich auf eine interessante Sache gestoßen.‹«*

Auf eine interessante Sache gestoßen? Ich stutze, blicke zu Rory, der ebenfalls aufgehorcht hat, und frage: »Aber um was für eine Sache es sich handelte, hat sie Ihnen nicht erzählt?«

»Nein«, entgegnet Charlottes Freundin kopfschüttelnd. »Ich wollte natürlich auch wissen, was sie damit meinte, aber sie hat mich abgewimmelt und gesagt, es sei gerade schlecht und sie würde später zurückrufen. Was nicht geschah. Trotzdem habe ich mir zunächst keine Gedanken gemacht. Ich dachte, sie sei nach dem Essen vielleicht so müde gewesen, dass sie sofort schlafen gegangen wäre und den versprochenen Rückruf vergessen hätte.«

Bei mir schrillen in diesem Moment alle Alarmglocken. Wenn jemand erzählt, er sei einer *interessanten Sache* auf der Spur, und kurz darauf verschwindet, besteht eine hohe Wahrscheinlichkeit, dass es zwischen diesen Ereignissen einen Zusammenhang gibt. Ein kurzer Blick in Rorys Gesicht reicht, um zu sehen, dass er das Gleiche denkt.

Miriam Kents Stimme klingt belegt, als sie fortfährt: »Heute Morgen, kurz vor neun, bekam ich einen Anruf von Bodo Kiesewind. Er klang völlig aufgelöst und sagte mir, dass meine Mutter verschwunden sei. Unter beunruhigenden Umständen: Als Mama nicht zum Frühstück erschien, ging Bodo in ihr Zimmer, um nach ihr zu sehen. Aber sie war nicht da. Und das Zimmer war … Jemand hatte es völlig auf den Kopf gestellt. Die Matratze lag neben dem Bett, Schränke standen offen, Schubladen waren herausgezogen worden, Dinge lagen auf dem Boden verstreut … Verstehen Sie jetzt, warum ich mir solche Sorgen mache?«

Miriams Augen füllen sich mit Tränen. Charlotte nimmt ihre Freundin in den Arm und streicht ihr tröstend über den Rücken.

»Bodo Kiesewind hat wegen der besonderen Umstände von Mamas Verschwinden bereits die Polizei verständigt«, sagt Miriam schluchzend. »Aber er hat durchblicken lassen, dass der leitende Ermittler die Sache wohl nicht wirklich ernst nimmt. Der Mann glaubt, dass meine Mutter ihr Verschwinden inszeniert hat. Als so eine Art schrägen Werbegag, weil kommende Woche ihr neues Buch erscheint. Die Polizei wird sich also bei der Suche kein Bein ausreißen. Und da habe ich ... weil ich ja wusste, dass Sie und Charlotte zusammen sind ... Da dachte ich, Sie könnten vielleicht ...«

»Ähm, natürlich«, versichert ihr Rory. »Ich, äh, Matilda und ich werden unverzüglich nach Herbsterheck –«

»Ich komme mit Ihnen!«, stößt Miriam Kent hervor.

Der Detektiv windet sich verlegen hin und her. »Ich, öhm, kann Ihren Wunsch natürlich verstehen. Aber Sie sind momentan etwas aufgewühlt. Was in Anbetracht der Umstände nur allzu verständlich ist. Ich denke aber, dass es für die Ermittlung besser wäre, wenn Sie in diesem Gefühlszustand nicht vor Ort, öhm ... Vielleicht könnten Sie stattdessen ja zu, ähm ...?« Er wirft Charlotte einen schüchtern fragenden Blick zu.

Sie nickt einverständlich und sagt zu ihrer Freundin: »Du kommst mit zu mir, Miriam. Du solltest jetzt nicht alleine sein. Und die Arbeit kannst du getrost Rory und Matilda überlassen.

Sie haben bisher noch jeden Fall gelöst, den sie übernommen haben.«

Zunächst beharrt Miriam Kent darauf, nach Herbsterheck mitzukommen. Charlotte muss eine Viertelstunde mit Engelszungen auf sie einreden, bis sie sich schließlich doch mit Rorys Vorschlag einverstanden erklärt.

Der schüchterne Detektiv räuspert sich und wispert verlegen: »Bevor Matilda und ich in die Ermittlung vor Ort einsteigen, wäre es natürlich interessant zu wissen, ob, äh ... Die Frage ist natürlich sehr persönlich, aber ... Hat ihre Mutter, öhm, Feinde?«

»Na ja ...«, entgegnet Miriam Kent seufzend. »Mit ihrer unverblümten Art hat sie schon eine Menge Leute vor den Kopf gestoßen. Die Liste ist lang. Aber ich kann mir nicht vorstellen, dass deshalb jemand ...«

»Sollte Ihnen doch noch eine Person einfallen, die aus irgendeinem Grund einen besonderen Groll gegen Ihre Mutter hegt, dann, äh, lassen Sie es uns bitte wissen«, sagt Rory mit leiser Stimme.

»Bitte, finden Sie sie!«, fleht Miriam Kent ihn beim Abschied an, während Charlotte mir zuraunt:

»Miriam und ich nehmen ein Taxi. Ich rufe Amadeus an und bitte ihn, euch nach Herbsterheck zu fahren.«

Amadeus, Charlottes Chauffeur, ist sechsundachtzig, fünffacher Opa, siebenfacher Uropa, fährt wie ein *Formel 1*-Champion – und stellt seine Fahrkünste bei Bedarf auch dem führerscheinlosen Detektiv zur Verfügung.

Charlotte zieht ihren Mantel über, wispert »Viel Glück bei der Ermittlung«, und haucht dem Detektiv einen Kuss auf die Wange, worauf er knallrot wird und sich mehrfach räuspert. Dann hakt sie ihre Freundin unter, winkt uns noch einmal zu und die beiden verschwinden durch die Tür.

Doktor Herkenrath schielt ihnen traurig hinterher und fiept sehnsuchtsvoll, während ich in Gedanken schon ganz bei unserer Ermittlung bin.

Ein Landhaus. Eine vermisste Schriftstellerin. Weiden, Wiesen, Wälder.

Fast wie bei *Inspector Joyce.*

~ 4 ~
Herbsterheck

»Guten Morgen, Frau Bond. Guten Morgen, Herr Shy. Guten Morgen, Herr Doktor Herkenrath«, begrüßt uns Amadeus, als wir auf die Rückbank der schwarzen Elektrolimousine steigen.

Rory und Amadeus schätzen sich sehr. Weil beide größten Wert auf angenehme Umgangsformen legen.

Der alte Chauffeur blickt in den Rückspiegel und merkt höflich an: »Frau Sprudel hat mich bereits über Zweck und Ziel unserer Fahrt in Kenntnis gesetzt, Herr Shy. Erlauben Sie mir an dieser Stelle, meinem persönlichen Bedauern darüber Ausdruck zu verleihen, dass Ihre Wanderung auf dem Rotwerd-Pfad nicht wie geplant stattfinden kann.«

»Öhm, danke vielmals. Ich, ähm, danke Ihnen für Ihr Mitgefühl.«

»Unsere voraussichtliche Fahrtzeit beträgt eine Stunde und sieben Minuten«, informiert uns Amadeus in diskretem Tonfall und startet den Wagen. »Wünschen Sie etwas Musik zur Unterhaltung? Vielleicht die *Leisen Weisen* von Enrico Timido?«

»Öhm, nein danke«, wehrt Rory eilig ab. »Das ist nicht, ähm … nein. Lieber nicht.«

Während der Chauffeur die Limousine durch den dichten Stadtverkehr steuert, werfe ich immer wieder besorgte Blicke auf Doktor Herkenrath. Er verträgt das Autofahren nicht besonders gut. Was in der Vergangenheit zu unschönen Vorkommnissen und stark verunreinigten Autopolstern geführt hat. Aber diesmal hält er sich wacker und vermittelt den Eindruck, als wäre ihm nur ein ganz klein bisschen schlecht.

»Dass Amanda Kent sich bei einem Spaziergang verirrt hat, können wir wohl ausschließen«, sage ich und blicke den Detektiv fragend an.

»Ja«, murmelt er und legt die Stirn in Falten. »Ich … ich habe vorhin nichts gesagt, um Miriam Kent nicht noch mehr zu verängstigen, aber die Sache mit dem durchwühlten Zimmer weist eindeutig auf ein Verbrechen hin. Vielleicht eine, öhm, Entführung. Aber das ist nur Spekulation. Genaueres wissen wir erst, wenn wir uns am Ort des Geschehens umgesehen haben. Und, ähm, natürlich sollten wir herausfinden, welcher *interessanten Sache* Amanda Kent angeblich auf der Spur war. Gut möglich, dass es einen Zusammenhang zu ihrem Verschwinden gibt.« Der Detektiv schaut nachdenklich aus dem Autofenster und sagt mit leiser Stimme: »Du, äh, scheinst dich ja bestens mit den *Inspector Joyce*-Büchern auszukennen.«

»Kann man so sagen. Ich habe bisher um die zwanzig Bände gelesen«, entgegne ich. »Aber Sie haben sich doch bestimmt auch schon mal einen *Joyce*-Krimi zu Gemüte geführt.«

»Öhm, ich habe mal in einen, ähm, reingelesen«, sagt er und kratzt sich verlegen am Hals. »Ich glaube, der Titel lautete *Das Dorf der Verwandten.* Oder so ähnlich.«

»Verdammten«, korrigiere ich ihn. »*Das Dorf der Verdammten.* Das ist Band 11.«

»Ähm, wie auch immer«, nuschelt Rory und vertraut mir flüsternd an: »Ich muss leider sagen: es hat mir überhaupt nicht gefallen. Dieser *Inspector Joyce* ist so mürrisch. Dauernd flucht er. Und wie er mit Kollegen, Zeugen und Verdächtigen umspringt … Er hat mich so eingeschüchtert, dass ich das Buch abbrechen musste.«

»Aha?«, mache ich und blicke ihn zweifelnd an. »Ist vielleicht nichts für schüchterne Leser. Aber eine Menge Leute, Mama und mich eingeschlossen, mögen die Bücher. Die verkaufen sich wie warme Semmeln. *Inspector Joyce* hat seine Autorin zu einer wohlhabenden Frau gemacht.«

»Und was, öhm, was ist dir noch über sie bekannt?«, will Rory wissen.

»Nicht viel. Amanda Kent gibt nur selten Interviews und besteht darauf, dass dabei nicht nach Persönlichem, sondern nur nach ihrer schriftstellerischen Arbeit gefragt wird. Sie bemüht sich, ihr Privatleben aus der Öffentlichkeit rauszuhalten. Doch ein paar Sachen weiß man schon: Sie ist Deutsche, besitzt aber auch die britische Staatsbürgerschaft, weil sie mit einem englischen Kricketspieler verheiratet war: Daniel-Patrick Kent. Während der Ehe hat sie mit ihm in Südengland gelebt. Bekannt ist auch, dass sie aus dieser Verbindung eine Tochter hat. Wobei mir bis heute Morgen nicht klar war, dass es sich dabei um Charlottes Freundin Miriam handelt. Nach zehn Jahren Ehe haben Amanda Kent und ihr Mann sich scheiden lassen. Sie ist mit ihrer Tochter nach Deutschland zurückgekehrt und hat begonnen, Kriminalromane zu schreiben. Inspiriert durch ihre Zeit in England hat sie sich *Inspector Joyce* und die Grafschaft *Moss-on-Trees* einfallen lassen – und damit einen Volltreffer gelandet. Ihre Bücher finden sich regelmäßig auf den Bestsellerlisten und sind in mehrere Sprachen übersetzt worden. Und wenn Sie sich gerne noch einen persönlichen Eindruck von ihr verschaffen möchten …« Ich zücke mein Handy und rufe ein YouTube-Video auf, in dem eines der raren Interviews der Autorin zu sehen ist.

Amanda Kent sitzt mit grimmigem Blick vor einer Bücherwand. Ihr gegenüber, eine verunsichert und nervös wirkende Journalistin.

Die Autorin scheint keinen besonderen Wert auf ihre äußere Erscheinung zu legen: Sie steckt in einem abgewetzten, verknitterten Tweed-Kostüm, dazu trägt sie derbes Schuhwerk, wie man es zur Gartenarbeit anzieht. Ihr struppig graues Haar sieht aus, als hätte sie es mit der Heckenschere gestutzt, die Frisur erinnert an ein vom Sturm zerzaustes Vogelnest. Amanda Kents gereizter Gesichtsausdruck macht klar, dass sie nicht die geringste Lust auf dieses Interview hat. Sie vermittelt den Eindruck, als würde sie der Journalistin beim ersten falschen Wort an die Gurgel gehen.

»Ach du liebes bisschen. Die Frau ist ja Furcht einflößend«, wispert Rory und macht ein so erschrockenes Gesicht, als hätte ihm jemand »Nicht erschrecken!« ins Ohr gebrüllt.

Die Journalistin in dem Video wirkt genauso verschüchtert, versucht sich aber in einem gezwungenen Lächeln und sagt mit nervös zitternder Stimme: *»Liebe Krimifreunde. Ich freue mich sehr, dass uns die berühmte Amanda Kent heute eines ihrer seltenen Interviews gewährt. Verehrte Frau Kent, lassen Sie mich im Namen aller Krimileser sagen, wie sehr wir Ihre Bücher schätzen. Sie verstehen es meisterhaft, Spannung aufzubauen, falsche Fährten zu legen, die Leser in die Irre zu führen und mit einer vollkommen unerwarteten Lösung zu überraschen. Die Ideen scheinen Ihnen niemals auszugehen. Und dann dieser Sprachwitz, der –«*

»Hören Sie, Kindchen«, unterbricht Amanda Kent die Journalistin mit donnernder Stimme. *»Ich bin Autorin. Die werden nicht fürs Reden bezahlt, sondern fürs Schreiben. Und ich habe*

heute noch ein paar Seiten Inspector Joyce zu schreiben. Also sparen wir uns die Lobhudelei und kommen zur Sache. Was wollen Sie wissen?«

Die Interviewerin guckt verschreckt, wirft einen Blick auf ihren Notizzettel und stottert: *»Frau, ähm, Frau Kent, woher nehmen Sie all die Ideen für Ihre Bücher?*

»Aus meinem Kopf. Nächste Frage!«

»Tja, was, äh, wollte ich noch …? Ach, ja: Gibt es Gemeinsamkeiten zwischen Ihnen und Inspector Joyce?«

»Wir mögen beide weder Katzen noch Hunde und reden nicht lange um den heißen Brei rum. War es das?«

»Also … zum Schluss vielleicht noch: Unter den Leserinnen und Lesern Ihrer Bücher gibt es wahrscheinlich einige, die sich auch einmal im Schreiben eines Kriminalromans versuchen möchten. Haben Sie einen Ratschlag für Nachwuchsautoren?«

»Machen Sie sich mit dem Alphabet vertraut und versuchen Sie, die erlernten Buchstaben halbwegs sinnvoll anzuordnen«, knurrt Amanda Kent nach kurzem Überlegen.

»Äh … ah, ja. Und vielleicht noch etwas?«

Die Autorin rollt genervt mit den Augen. *»Sie können einem ganz schön auf den Keks gehen. Also gut: Bevor Sie mit dem Schreiben beginnen – lernen Sie, zu beobachten. Und zwar wie ein Schriftsteller oder eine Schriftstellerin. Ist Ihnen klar, was ich meine, Kindchen?«*

»Ich, ähm … nicht so ganz.«

»Dachte ich mir. Na schön. Passen Sie gut auf. Ich erkläre es nur einmal: Nehmen wir an, jemand nimmt an einem Festbankett teil. Und am nächsten Tag wird er gebeten, die Person, die bei dem Bankett neben ihm saß, zu beschreiben. Ein durchschnittlicher Beobachter wird sagen: ›Es war eine Frau in einem blauen Kleid. Sie war etwa vierzig Jahre alt, ungefähr 170 Zentimeter groß, von hagerer Statur und hatte mittellanges blondes Haar.‹ Jemand dessen Beobachtungsgabe geschult ist – beispielsweise ein Polizist –, könnte zudem auch Details nennen: die Augenfarbe der Frau, ein kleines Muttermal am Kinn oder dass sie an der rechten Hand einen schmalen Silberring mit einem grünen Stein getragen hat.«

Amanda Kent beugt sich vor, fixiert die Journalistin mit einem durchdringenden Blick und fährt mit rauer Stimme fort: *»Schriftsteller beobachten Menschen und Situationen auf eine andere Weise. Würde mich jemand nach meiner Sitznachbarin fragen, könnte ich natürlich auch sagen, welche Farbe ihr Kleid hatte. Oder dass sie einen Ring getragen hat. Aber darüber hinaus könnte ich genau schildern, welchen* Eindruck *ich von der Person hatte: dass sie auf mich nervös wirkte, weil sie während der Festrede immer wieder verstohlen auf ihre Armbanduhr geblickt hat und auf ihrem Stuhl hin und her gerutscht ist. Oder, dass ich den Eindruck hatte, dass die Frau argwöhnisch war. Weil sie jedes Salatblatt, das sie auf die Gabel spießte, genauestens inspiziert hat, bevor sie es in den Mund nahm. Vielleicht* *wäre sie mir auch als rechthaberisch in Erinnerung geblieben, weil sie in einem belehrenden Ton gesprochen hat. Bis dahin alles klar, Kindchen?«*

»Öhm … ja.«

»Und jetzt stellen Sie sich mal vor, fünf Jahre später werden Otto Normalbeobachter, der Polizist und ich noch einmal nach der Frau befragt. Wahrscheinlich könnten die beiden Erstgenannten nicht mehr mit Bestimmtheit sagen, ob die Frau blond oder brünett war oder an welcher Stelle ihres Kinns sich das Muttermal befand. Äußere Merkmale werden in der Erinnerung unscharf und verschwommen. Aber der Eindruck, den man von einer Person hat, der brennt sich für immer und ewig ins Gedächtnis ein. Ein durchschnittlicher Beobachter kann der Polizei eine passable Personenbeschreibung geben. Ein Schriftsteller speichert Eindrücke ab – und kann immer darauf zurückgreifen, wenn er Personen für seine Bücher erfindet. Wer weiß, vielleicht greife ich für einen meiner nächsten Romane auf Sie zurück. Wollen Sie wissen, welchen Eindruck ich von Ihnen habe, Kindchen?«

»Von mir? Ähm …«

»Sie kauen die ganze Zeit über nervös auf Ihrer Unterlippe rum, Sie können mir nicht in die Augen sehen und Ihre Hand zittert, während Sie mir Ihr Mikro vor die Nase halten. Mein Eindruck: Sie sind jemand, der ziemlich leicht einzuschüchtern ist. Und wenn ich *Sie schon einschüchtere, was wollen Sie erst*

machen, wenn Sie einen korrupten Politiker oder einen schlecht gelaunten Fußballtrainer interviewen müssen? Sich weinend auf den Boden werfen? Wenn Sie mich fragen, Sie sollten Ihre Berufswahl noch mal überdenken, Kindchen. Und jetzt habe ich zu tun. Sie finden sicher alleine raus.«

Amanda Kent schnellt aus ihrem Sessel auf, marschiert ohne ein weiteres Wort aus dem Zimmer – und lässt eine völlig fassungslose Journalistin zurück, die kurz davorsteht, in Tränen ausbrechen.

Rory stiert mit angstvoll geweiteten Augen auf mein Handy-Display. Angesichts so viel geballter Unhöflichkeit verschlägt es ihm die Sprache. Er schluckt, räuspert sich mehrfach und murmelt: »Grundgütiger. Diese Frau ist … ein Albtraum.«

»Sie machen gerade ein Gesicht, als wären Sie nicht sicher, ob Sie Amanda Kent wirklich finden wollen«, kichere ich und versuche, ihn zu beruhigen: »Charlotte sagt, die ruppige Art wäre nur eine Masche. Und dass Amanda Kent unter ihrer rauen Schale ein großes Herz hat.«

»Wirklich?«, haucht der Detektiv und zupft nervös an seinem Ohrläppchen. »Das, öhm, versteckt sie aber wirklich gut.«

Für Doktor Herkenrath wäre ein Leben auf dem Lande das pure Grauen. Weil er sich dort nicht nur vor Thermomix und Wäschetrockner, sondern auch noch vor Kühen, Schafen, Schweinen und Hühnern in Acht nehmen müsste.

Ich dagegen könnte mir sehr gut vorstellen, auf dem Land zu wohnen. Wobei ich eine hoffnungslose Romantikerin bin. Wenn ich an Landleben denke, sieht es in meiner Vorstellung immer aus, wie das Leben in *Moss-on-Trees,* das Amanda Kent in ihren Büchern schildert. Und das ist – wenn man mal großzügig darüber hinweggeht, dass ständig jemand abgemurkst wird – friedlich, idyllisch und harmonisch: ein Plausch mit dem Nachbarn am Gartenzaun, das Gemeindefest, auf dem der schönste Kürbis des Jahres prämiiert wird, das gemütliche kleine Café in der Dorfmitte, Enten auf dem Dorfteich und das sonntägliche Läuten von Kirchenglocken (falls der Küster nicht gerade am Glockenseil baumelt).

Die weniger schönen Seiten des ländlichen Lebens blende ich gerne aus: dass man sich mitten in der Nacht aus dem Bett quälen muss, weil man einen Schulweg von zwei Stunden hat, dass nur viermal am Tag ein Bus fährt, dass sich der nächste Supermarkt in zwanzig Kilometern Entfernung befindet, und dass die wacklige und extrem langsame Internetverbindung einen in den Wahnsinn treiben kann.

Aber wer braucht schon funktionierendes Internet, wenn er in einer so grandiosen Landschaft lebt, frage ich mich, während ich das rot-gelbe Blättermeer der Herbstwälder bestaune, das hinter dem Autofenster an uns vorbeizieht.

Würde ich hier wohnen, würde ich den Großteil meiner Zeit damit verbringen, das beeindruckende Panorama zu bewundern. Die restliche Zeit wäre ich wahrscheinlich damit beschäftigt, Doktor Herkenrath hinterherzujagen, wenn er vor Hühnern und Schweinen flüchtet.

Vor einer halben Stunde haben wir die letzten Ausläufer der Stadt hinter uns gelassen. Rechts und links der schmalen Landstraße erheben sich sanft ansteigende, baumbestandene Hügel. Die Szenerie ist genauso, wie Miriam Kent sie uns beschrieben hat: Wälder, Wiesen und Weiden mit friedlich grasenden Kühen und Schafen.

Dass unser Ziel nicht mehr weit entfernt ist, wird mir klar, als wir hinter einer Kurve auf eine Kolonne von Polizei-Mannschaftswagen stoßen, die am Straßenrand parken. Etwa hundert Meter entfernt durchkämmen um die fünfzig Polizeibeamte eine Wiese. Einer neben dem anderen bewegen sie sich in einer langen Reihe mit bedachtsamen Schritten auf einen Waldrand zu, während ihre Blicke suchend auf den Boden gerichtet sind.

»Immerhin«, sage ich zu Rory. »Auch wenn der leitende Ermittler der Meinung ist, Amanda Kent hätte ihr Verschwinden inszeniert – wenigstens hat er eine Suchaktion veranlasst.«

Kurz darauf erreichen wir Herbsterheck. Das behauptet zumindest das gelbe Ortsschild. So was wie einen Ort gibt es aber gar nicht. Keine Kirche, keinen Dorfteich. Nix. Nur einen unbefestigten Weg, der zu einer Hügelkuppe führt, auf der sich das Anwesen von Bodo Kiesewind befindet: ein gemütlich wirkendes reetgedecktes Landhaus, an dessen Mauern wilder Wein emporrankt. Der kleine Vorgarten ist von Staudengewächsen überwuchert.

Amadeus setzt uns vor dem Haus ab und erklärt in zuvorkommendem Ton: »Wenn Sie nichts dagegen haben, Herr Shy, würde ich zurück in die Stadt fahren. Der Wagen müsste dringend in die Waschanlage. Anschließend stehe ich natürlich wieder in Gänze zu Ihrer Verfügung. Rufen Sie mich doch bitte an, wenn ich Sie abholen soll. Ich wünsche Ihnen und Frau Bond einen erfolgreichen Tag. Und Ihnen natürlich auch, Herr Doktor Herkenrath.« Der alte Fahrer nickt uns zum Abschied freundlich zu, wendet die Elektrolimousine und fährt lautlos davon.

Von hier oben bietet sich der Ausblick in ein grünes Tal voller Wiesen und Felder, durch das sich ein schmaler Fluss schlängelt. An einer Flussbiegung steht ein stattliches Backsteinhaus mit zwei kleinen Nebengebäuden und einer Pferdekoppel. Etwa einen Kilometer flussabwärts findet sich ein schiefes, verzogenes Fachwerkhaus, das von hohem Gestrüpp umgeben ist und genauso aussieht, wie ich mir als kleines Kind das traute Heim der bösen Hexe vorgestellt habe.

Und das war es auch schon. Die Ortschaft Herbsterheck besteht aus gerade mal drei weit entfernt voneinander liegenden Häusern und jeder Menge Natur.

»Das ist ja noch ländlicher als ländlich«, befinde ich. »Sieht so aus, als könnte man hier stundenlang durch die Gegend laufen, ohne einer Menschenseele zu begegnen.«

»Ja«, seufzt Rory freudig und ein schüchternes Lächeln spielt um seine Lippen. Er sieht so glücklich aus wie ein Fünfjähriger vor dem Weihnachtsbaum.

Gottverlassene Einöden, in denen man nur höchst selten auf andere Menschen trifft, kommen der Paradies-Vorstellung von Schüchternen anscheinend sehr nah.

Auf einem Stellplatz neben dem Haus sind ein schweres Motorrad und zwei Autos (ein gepflegter, metallicgrün lackierter Oldtimer und ein zerbeulter Kombi) geparkt. Ein Polizeifahrzeug hat sich quer vor die Wagen gesetzt.

Rory drückt behutsam auf den Klingelknopf.

Behutsamkeit hat bei Schüchternen oberste Priorität. Sie sprechen behutsam, sie klingeln behutsam, sie kriegen sich sogar behutsam in die Haare. Schüchterne Paare streiten so gut wie nie – aber wenn sie es mal tun, tun sie es so behutsam, dass jeder Außenstehende ihren Streit für zärtliches Liebesgeflüster hält.

Wenige Sekunden später wird die Haustür geöffnet. Vor uns steht ein korpulenter Mann, bei dem es sich um Bodo Kiesewind handeln dürfte. Sein freundliches Gesicht wird von einem grauen Bart geschmückt, der ihm bis auf die Brust reicht. Der

Verleger trägt eine Strickjacke und Cordhosen, auf seiner Nase sitzt eine altmodische Nickelbrille mit runden Gläsern.

»Rory Shy! Endlich!«, platzt es freudig aus ihm heraus. »Miriam hat mich angerufen und mir gesagt, dass Sie kommen würden.« Er beugt sich zu dem Detektiv vor und flüstert: »Ich kann Ihnen gar nicht sagen, wie erleichtert ich bin, dass Sie sich der Sache annehmen. Die Arbeit der Polizei ist doch eher …«

»Ähm, vielleicht könnten wir das *im* Haus …?«, regt der Detektiv schüchtern an. »Dies ist übrigens Matilda Bond, meine Mitarbeiterin.«

Bodo Kiesewind scheint mich erst in diesem Moment wahrzunehmen und sagt peinlich berührt: »Sehr angenehm, Matilda. Entschuldige, wenn ich unhöflich wirke, aber ich stehe aus Sorge um Amanda völlig neben mir.« Mit einer einladenden Geste bittet er uns ins Haus.

»Und das ist Doktor Herkenrath«, stelle ich vor, als mein ängstlicher Hund in den Flur trottet. »Ein voll ausgebildeter Detektiv-Cockerspaniel.«

»Ach, ja?«, macht der Verleger und bedenkt Doktor Herkenrath mit einem skeptischen Blick, bevor er uns in ein Zimmer führt, das sich als eine Mischung aus Bibliothek und Kriminalmuseum entpuppt. Die Wände verschwinden hinter deckenhohen Regalen, in denen sich ein Kriminalroman an den anderen reiht. Von Sherlock Holmes bis Inspector Joyce ist so ziemlich alles vertreten, was je zwischen Buchdeckeln ermittelt hat.

Es gibt eine gemütliche Sitzgruppe mit zwei Sofas und mehreren Sesseln, rechts davon steht ein Servierwagen, auf dem an die zwanzig Whiskyflaschen aufgereiht sind. Dekoriert ist das Zimmer mit zahlreichen detektivischen Utensilien: an der Kante eines Regals hängt ein *Deerstalker* (eine Kappe, wie Sherlock Holmes sie bei seinen Abenteuern trägt), außerdem reihen sich Lupen, altmodische Mikroskope, Fingerabdruck-Pulver, Pinsel, Perücken, falsche Bärte und allerlei Laborgeräte aneinander. Noch *krimineller* ist nur der Teppichboden. Auf schwarzem Untergrund findet sich ein Muster aus weißen Umrissen, die wie die Kreideumrisse aussehen, mit denen Polizisten die Lage einer Leiche markieren. Das kann man – je nach Naturell – makaber oder witzig finden.

Rory macht ein ganz entsetztes Gesicht und Doktor Herkenrath fiept ängstlich, wohingegen ich mir vornehme, Bodo Kiesewind bei Gelegenheit zu fragen, wo er den Teppich herhat. So was könnte ich mir super in meinem Zimmer vorstellen. Wobei Papa und Mama wahrscheinlich wenig begeistert davon wären.

Der Verleger bittet uns, Platz zu nehmen, fragt, ob wir etwas trinken möchten, und schenkt uns Traubensaft ein. In dem Moment, in dem Rory das Gespräch mit einem lang gezogenen Räuspern einleitet, ist von oben plötzlich das Geräusch lauter Schritte zu hören.

»Das ist der leitende Ermittler«, vertraut uns Bodo Kiesewind mit gedämpfter Stimme an. »Er hat im Obergeschoss so was wie ein provisorisches Büro eingerichtet. Telefoniert die ganze Zeit und tut unglaublich wichtig. Wenn Sie mich fragen: Der Mann ist nicht gerade eine Leuchte in seinem Beruf. Zwar hat er ein paar Beamte angefordert und eine Suchaktion gestartet – irgendwas muss er ja tun, wenn jemand unter verdächtigen Umständen verschwindet –, aber für ihn ist klar, dass überhaupt kein Verbrechen vorliegt und die Suche reine Zeitverschwendung ist. Nachdem ich ihm erzählt hatte, dass in der kommenden Woche Amandas neues Buch erscheint, hat er sich sofort auf die abwegige Theorie versteift, dass sie ihr Verschwinden inszeniert hat. Um ein paar Schlagzeilen zu bekommen und so Werbung für das Buch zu machen. Was völliger Blödsinn ist. Aber der Mann ist nicht von seiner Meinung abzubringen. Außerdem nervt er mich kolossal, weil er die unangenehme Eigenart hat, alle zehn Sekunden die Nase hochzuziehen.«

Rory und ich tauschen einen verdatterten Blick. Ein Polizist, der sich gleich zu Beginn der Ermittlung auf eine völlig abwegige Theorie festlegt und ständig schnieft? Das ist doch hoffentlich nicht …

»Sieh mal einer an: Rory Shy, die alte Räusperrübe!«, dröhnt in diesem Moment die Stimme von Kommissar Valko durch den Raum. »Was wollen Sie denn hier?«

~ 5 ~
Hauen und Stechen

Kommissar Valko ist laut, polterig, immer schlecht rasiert und hat eine ausgesprochen positive Meinung von sich selbst. Das letzte Mal hatten Rory und ich beim *Fall der Roten Libelle* mit ihm zu tun. Seitdem hat er sich so gut wie nicht verändert: dieselbe muffige Lederjacke, die auf den Kopf geschobene Sonnenbrille und derselbe mies gelaunte Gesichtsausdruck.

Doktor Herkenrath zieht beim Anblick des Polizisten den Schwanz ein und verkrümelt sich eilig hinters Sofa.

»Ich, öhm, freue mich, Sie zu sehen«, begrüßt Rory den Kommissar. (Was nicht ganz der Wahrheit entsprechen dürfte. Aber natürlich ist der Detektiv zu höflich, um was anderes zu sagen.) Er räuspert sich umständlich und erklärt, dass Miriam Kent uns engagiert hat, um im Fall ihrer Mutter zu ermitteln.

»Da können Sie gleich wieder nach Hause fahren. Es gibt keinen Fall, Shy«, knurrt Kommissar Valko und hackt mit den Backenzähnen auf einem Kaugummi rum. »Ich kenne die Umstände von Amanda Kents Verschwinden. Und die lassen nur einen Schluss zu: Sie hat alles selbst inszeniert. Ich sag immer: Trau keinem Krimiautor über den Weg! Die denken sich nur völlig unrealistischen Stuss aus. Und was ich überhaupt nicht leiden kann, ist, wenn sie Polizisten als Volltrottel darstellen. Oder wenn sie Kommissaren irgendwelche blöden Eigenheiten verpassen. Sie wissen schon: dass sie sich dauernd im Ohr pulen oder so was.« Er zieht lautstark die Nase hoch. »So was ist doch fernab jeder Realität, hab ich recht, Shy?«

»Öhm, na ja, das, äh, das, öhm …«

»Wer sich so was ausdenkt, der täuscht auch sein eigenes Verschwinden vor«, brummt der Kommissar mit grimmiger Miene.

»Das ist doch Unsinn. Völlig aus der Luft gegriffen«, protestiert Bodo Kiesewind und schüttelt fassungslos den Kopf.

»Daran ist überhaupt nichts aus der Luft gegriffen«, motzt Kommissar Valko. »Nächste Woche erscheint ein neues Buch von Amanda Kent. Da kann sie ein paar Schlagzeilen gut gebrauchen. Ist doch wie kostenlose Werbung. Und wie es der Zufall will, haben die Medien auch schon Wind von der Sache bekommen. Sind von einer anonymen Anruferin darüber informiert worden, dass Amanda Kent verschwunden ist. Vor einer halben Stunde musste einer meiner Beamten eine neugierige Fernsehjournalistin vom Grundstück verscheuchen.« Kommissar Valko verzieht das Gesicht und redet sich in Rage: »Wenn Sie mich fragen: Amanda Kent hat alles vorgetäuscht. Und sie höchstpersönlich war es auch, die die Presse informiert hat. Jetzt sitzt sie irgendwo im Warmen und lacht sich angesichts ihrer erfolgreichen Werbeaktion ins Fäustchen, während da draußen fünfzig unterbezahlte Beamte durch die Kälte laufen und nach ihr suchen müssen. Die Sache ist doch oberfaul. Sie werden sehen: In spätestens drei Tagen taucht die Frau putzmunter auf. Und wenn man sie fragt, wo sie war, stellt sie sich blöd und murmelt was von Gedächtnisverlust. Aber nicht mit mir! Die feine Dame kann sich schon mal darauf einstellen, dass ihr die Kosten des Polizeieinsatzes in Rechnung gestellt werden. Das wird *richtig* teuer!«

»Und wenn Sie sich irren?«, melde ich mich keck zu Wort und kann mir eine kleine Spitze nicht verkneifen: »Kam bei Ihnen ja schon das ein oder andere Mal vor.«

Das Gesicht des Kommissars wird vor Ärger dunkelrot. »Was machst du überhaupt hier? Solltest du zu dieser Zeit nicht in der Schule sein?«, pflaumt er mich an.

»Herbstferien«, lasse ich ihn abblitzen und schlage in begütigendem Ton vor: »Wenn Sie die Umstände von Amanda Kents Verschwinden so genau kennen, dann lassen Sie uns doch an Ihren Erkenntnissen teilhaben. Sagen Sie uns einfach, was Sie wissen. Und Rory entscheidet dann, ob er sich Ihrer Theorie anschließt oder nicht. Kommen Sie schon, den kleinen Gefallen schulden Sie uns.« Ich setze mein allerliebstes Lächeln auf und flüstere: »Sicher muss ich Sie nicht daran erinnern, dass wir Sie schon in zwei Fällen vor einer üblen Blamage bewahrt haben.«

Der Kommissar knirscht wütend mit den Zähnen und starrt mich an, als würde er mich gerne bei Wasser und trocken Brot in eine Zelle sperren. »Na schön. Von mir aus«, murrt er missmutig, lässt sich ächzend in einen Sessel sinken und zieht einen Notizblock aus der Innentasche seiner Jacke. »Also, ich habe Herrn Kiesewind und die beiden Gäste, die er neben Amanda Kent eingeladen hat, befragt: Olivia Paddington und Lars Blodstroem.«

»Echt?«, entfährt es mir überrascht. Als Krimileserin sind mir die Namen ein Begriff: Lars Blodstroem ist ein junger Autor, der erst kürzlich mit seiner preisgekrönten *Nordwedder-Trilogie (Nebel/Nordwind/Nieselregen)* für Aufsehen gesorgt hat. Drei düstere Skandinavien-Krimis um die norwegische Hackerin Liv Nordwedder und ihren Kampf gegen das organisierte Verbrechen.

Bei Olivia Paddington handelt es sich um eine Schriftstellerin mittleren Alters, die für Ihre Katzenkrimis bekannt ist. Ihr Romanheld heißt *Detective Poo-Poo* und ist ein Perserkater, der in der Katzenwelt in Fällen wie *Madame Mauzis letztes Miau* ermittelt. Olivia Paddington hat für ihre Bücher bisher keinen Literaturpreis bekommen, wurde aber von der Zeitschrift *Miez und Maunz* schon mehrfach mit dem Titel *Katzen-Mutti des Monats* geehrt.

»Hätte ein richtig nettes Zusammentreffen werden können«, sagt Bodo Kiesewind seufzend. Der bärtige Verleger lässt die Schultern hängen und erklärt mit trauriger Stimme: »Alle drei veröffentlichen ihre Werke im *BK-Krimi-Verlag*. Amanda, Lars und Olivia sind meine drei erfolgreichsten Autoren. Sie waren sich bisher aber noch nie persönlich begegnet. Ich dachte, es wäre eine schöne Idee, sie gemeinsam für ein paar Tage hierher einzuladen. Ich habe mir vorgestellt, wir würden ganz entspannt über neue Buchprojekte sprechen. Aber unglücklicherweise hat sich unsere Zusammenkunft in eine völlig andere Richtung entwickelt. Die drei waren sich vom ersten Moment an spinnefeind. Sie konnten einander nicht ausstehen. Es war ein einziges Hauen und Stechen. Ständig haben sie sich irgendwelche Gemeinheiten an den Kopf geworfen. Ich war nur damit beschäftigt, zu begütigen, zu besänftigen und die Lage zu beruhigen.« Der Verleger macht ein bedröppeltes Gesicht und erklärt in resigniertem Ton: »Wie ein Dompteur im Raubtierkäfig.«

»Glaub ich Ihnen gerne«, sagt Kommissar Valko mit einem fiesen Grinsen. »Als ich Lars Blodstroem und diese Paddington befragt habe, haben sie kein gutes Haar an Amanda Kent gelassen. Beide schildern sie als grob und verletzend. Lars Blodstroem hat sie als *Axt im Walde* bezeichnet, Olivia Paddington hat sie mit einer menschlichen Abrissbirne verglichen.«

»Na ja«, sagt Bodo Kiesewind verlegen und ergänzt mit einem entschuldigenden Lächeln: »Ich kann es den beiden nicht verdenken. Amanda hat ihnen auch so einiges vor den Latz geknallt. Aber sie verhält sich nur so, weil …« Der Verleger schiebt die Nickelbrille ein Stück die Nase hoch und erklärt: »Ich kenne Amanda Kent seit fünfzehn Jahren und kann Ihnen sagen, dass sie ein äußerst sensibler Mensch ist. Sensible Menschen können leicht verletzt werden. Niemand möchte verletzt werden. Deshalb legen sich solche Menschen manchmal eine raue Schale zu. Damit ihnen niemand zu nahekommt und erkennt, wie sensibel sie sind. Und dabei gehen sie meist nach dem Motto *Angriff ist die beste Verteidigung* vor. Amanda ist vollkommen undiplomatisch. Haut immer das raus, was ihr gerade durch den Kopf schießt. Und nimmt dabei weder auf Feind noch auf Freund Rücksicht. Sie hat zu Lars Blodstroem gesagt, er sei ein pseudocooler Schönling. Und was noch schlimmer ist: Sie hat sich über seine Bücher lustig gemacht.«

»Ach ja? Wie, öhm, wie hat sie sich denn geäußert?«, fragt Rory nach.

»Sie hat gesagt: *»Nehmen Sie es mir nicht krumm, Jungchen, aber meinen Sie nicht, Sie übertreiben es mit der Action ein bisschen? Auf Seite eins rast jemand mit einem Motorrad durch ein Brautmodengeschäft, auf Seite fünf steht ein Hochhaus in Flammen und auf Seite zwölf explodiert ein Chemiewerk. Was passiert auf Seite zwanzig? Ein Asteroid kracht auf die Erde und löscht die Menschheit aus? Würde Ihren Büchern guttun, wenn Sie es ein bisschen langsamer angehen lassen würden, Jungchen.‹«*

»Olivia Paddington wurde von ihr ebenfalls beleidigt«, meldet sich Kommissar Valko zu Wort und sagt mit einem Blick in sein Notizbuch: »Amanda Kent hat Frau Paddington als *blasierte, versnobte Sumpf-Schnepfe* beschimpft und gesagt, ihre Katzenkrimis wären so öde, dass sogar Katzen darüber einschlafen würden, wenn sie lesen könnten.«

»Scheint ja eine echt kuschelige Stimmung geherrscht zu haben«, befinde ich.

Rory, dem Berichte über Streitereien fast so unangenehm sind wie Streitereien selbst, sieht aus wie Doktor Herkenrath während einer besonders holperigen Autofahrt.

»Das Beste wissen Sie aber noch gar nicht, Shy«, sagt Kommissar Valko mit hämischem Unterton. »Gestern Abend kam es zu einem bemerkenswerten Zwischenfall. Am besten, Sie erzählen es selbst, Herr Kiesewetter. Sie waren ja schließlich dabei.«

»Kiese*wind*«, korrigiert ihn der Verleger, wendet sich Rory und mir zu und erklärt mit matter Stimme: »Um die angespannte Atmosphäre etwas aufzulockern, habe ich gestern Abend zu einem Essen mit Zwiebelkuchen und Federweißer eingeladen. Nicht nur meine drei Hausgäste, sondern auch noch drei Nachbarn. Ich dachte, wenn ein paar Leute von außerhalb dabei sind, werden sich Amanda, Olivia und Lars vielleicht am Riemen reißen und sich mal zwei Stunden nicht beleidigen.«

»Sorry, wenn ich Sie unterbreche«, sage ich. »Aber wer sind

diese drei Nachbarn? Würden Sie uns ein bisschen mehr über sie erzählen?«

»Genau genommen sind es meine einzigen Nachbarn. Mehr gibt es hier nicht. Zum einen Hilmar und Natalie Betzing, ein älteres Ehepaar. Sie wohnen unten an der Flussbiegung und –«

»In dem Backsteingebäude mit der Pferdekoppel?«, frage ich nach.

»Ja«, brummt der Verleger und streicht sich über den grauen Bart. »Ein ehemaliger Bauernhof. Die Betzings haben ihn vor ein paar Jahren gekauft, um ihren Ruhestand auf dem Land zu verbringen. Der Hof war ziemlich verfallen. Muss eine Stange Geld gekostet haben, die Gebäude zu restaurieren. Ich glaube, dass die beiden sehr wohlhabend sind, aber sie gehören nicht zu den Menschen, die mit ihrem Reichtum protzen. Ich würde Hilmar und Natalie als ausgesprochen bodenständig bezeichnen. Ich wohne in der Stadt und komme nur übers Wochenende oder gelegentlich mal für einen Kurzurlaub aufs Land. Die Betzings sind so nett, hier nach dem Rechten zu schauen, wenn ich nicht da bin. Die Einladung zum Essen sollte ein kleines Dankeschön an sie sein. Außerdem hatte ich Karola Driskopp eingeladen. Sie lebt ebenfalls unten im Tal, in einem verfallenen Fachwerkhäuschen. Karolas Mann ist vor zehn Jahren gestorben, seitdem geht sie nur noch selten unter Leute und lebt sehr zurückgezogen. Sie hat im Lauf der Zeit ein paar merkwürdige Marotten entwickelt.«

»Ach, öhm, ja?«, hakt Rory ein und blickt den Verleger interessiert an. »Welche denn?«

Schrullen und Marotten sind ein Thema, das der schüchterne Detektiv hoch spannend findet. Kein Wunder, denn damit kennt er sich persönlich bestens aus. Er hat panische Angst vor Menschen in weißen Kitteln, gruselt sich vor Puppen, wird beim Anblick antiker Uhren schläfrig und isst Marzipanbrote mit Messer und Gabel. Und das ist nur eine kleine Auswahl seiner merkwürdigen Eigenheiten.

Karola Driskopps Marotten sind allerdings anderer Natur, wie wir von Bodo Kiesewind erfahren: »Wenn man sie besucht, muss man sich auf der Hausmatte genau zwanzigmal die Schuhe abtreten, bevor sie einen einlässt. Und bevor sie das Haus verlässt, kontrolliert sie mindestens ein Dutzend Mal, ob sie wirklich alle Lichter ausgemacht und alle Elektrogeräte ausgeschaltet hat. Und noch hundert andere Dinge in der Art. Ist wohl so eine Art Kontrollzwang. Die Betzings halten sie für verrückt. Aber mir tut sie leid, weil sie da unten in ihrem Häuschen vereinsamt. Deswegen hatte ich sie ebenfalls eingeladen. Damit sie mal wieder unter Menschen kommt – und weil ich wusste, dass sie eine begeisterte Leserin der *Inspector Joyce*-Reihe ist. Als ich ihr gesagt habe, dass sie Amanda Kent kennenlernen würde, ist sie vor Glück beinah übergeschnappt.«

»Das heißt, bei diesem Zwiebelkuchenessen waren, ähm, sieben Personen anwesend?«, möchte Rory bestätigt wissen.

»Genau«, sagt der Verleger nickend. »Und ist die sieben nicht eine Unglückszahl? Ich hätte es besser wissen müssen. Jedenfalls ... mein Plan erwies sich als Schuss in den Ofen: Kaum saßen wir am Tisch, als Olivia und Lars sich gehörig in die Wolle kriegten. Es hat sie nicht im Geringsten gestört, dass weitere Gäste anwesend waren. Amanda hat sich zwar aus dem Streit rausgehalten, war aber auch nicht gerade eine Stimmungskanone. Sie hat kaum was gesagt, wirkte abwesend und hat die ganze Zeit über düster vor sich hingebrütet. Den Betzings konnte man ansehen, wie unwohl und fehl am Platz sie sich fühlten. Die Einzige, die die schlechte Stimmung nicht zu bemerken schien, war Karola Driskopp.« Ein tiefer Seufzer entringt sich der Brust von Bodo Kiesewind. »Wenn ich vorhin gesagt habe, dass sie ein riesiger *Inspector Joyce*-Fan ist, war das noch stark untertrieben. Sie ist eine regelrechte *Joyce*-Fanatikerin! Karola kann ganze Textpassagen aus den Romanen auswendig aufsagen, kennt die Handlung jedes Buches bis ins kleinste Detail und stylt sich immer genauso wie Winifred, die Frau von Inspector Joyce.«

»Im Ernst?«, pruste ich los. »Puffärmel, Faltenrock, Holzperlenkette und hellrosa Lippenstift?«

»Ja«, stöhnt der Verleger. »Exakt so wie Winifred in den Romanen beschrieben wird. Karola trägt sogar die gleiche Pagenkopf-Frisur. Wie gesagt: ich wollte ihr mit der Einladung eine Freude machen. Hätte ich geahnt, wie sich der Abend entwickeln würde ...«

»Ja, ja. Jetzt kommen Sie mal zur Sache, Herr Kiesewetter«, nörgelt Kommissar Valko aus dem Hintergrund.

»Kiesewind!«, sagt der Verleger und brummt verärgert: »Wenn ich Herrn Shy und seiner Mitarbeiterin einen Eindruck von der Situation vermitteln soll, müssen Sie mich schon ein bisschen weiter ausholen lassen.«

»Sie, öhm, haben völlig recht«, wispert Rory und nickt unterstützend. »Bitte, fühlen Sie sich in keiner Weise gedrängt, Herr Kiesewe–, öhm, wind.«

»Der Abend war, wie bereits angemerkt, eine gesellschaftliche Vollkatastrophe«, fährt Bodo Kiesewind in betrübtem Ton fort. »Lars und Olivia warfen sich Gemeinheiten an den Kopf, Amanda schaffte es sogar schweigend, schlechte Laune zu verbreiten, und Hilmar und Natalie Betzing war anzusehen, dass sie es bereuten, die Einladung angenommen zu haben. Nur Karola Driskopp strahlte vor Seligkeit, saß Amanda am Tisch gegenüber und hat sie ganz verzückt angestiert. Zuerst hat sie sich nicht getraut, sie anzusprechen. Aber dann, als Lars und Olivia eine kurze Waffenruhe einlegten und es für einen Moment still wurde, hat sie all ihren Mut zusammengenommen, Amanda ein Gespräch aufgedrängt und gar nicht mehr aufgehört zu reden. Sie hat endlos davon geschwärmt, wie toll sie Inspector Joyce findet. Davon, dass sie Amanda für die genialste Autorin der Welt hält. Und was für eine große Bedeutung Amandas Bücher in ihrem Leben hätten.« Bodo Kiesewind lächelt gequält.

»Karola Driskopp schafft es einfach nicht, Abstand zu wahren. Wenn sie mit einem redet, hat man immer ihre Nase im Gesicht. Während sie von Inspector Joyce fabulierte, hat sie sich weiter und weiter über den Tisch gebeugt. Bis sie mit dem Kopf über Amandas Teller hing. Die war zu diesem Zeitpunkt schon reichlich genervt und hat drohend geknurrt ›Abstand, Kindchen! Abstand!‹. Carola hat aber nicht darauf reagiert, sondern fröhlich weitergeplappert, und wollte von Amanda wissen, worum es in dem Band geht, an dem sie gerade schreibt. Sie hat einfach nicht lockergelassen. Bis Amanda die Hutschnur geplatzt ist. Sie hat mit der Hand auf den Tisch geschlagen und geschrien: ›Ich sag Ihnen jetzt mal was, Sie verunglückter Winifred-Verschnitt: Erstens: Nehmen Sie Ihre Nase aus meinem Zwiebelkuchen! Und zweitens: Ihr ach so geliebter Inspector hängt mir zum Hals raus. Ich habe mir in fünfzehn Jahren dreißig Bände abgequält. Bis Band zwölf war das ganz lustig, aber mittlerweile kann ich den feinen Inspector Joyce nicht mehr ertragen. Soll ich Ihnen mal was über ihn verraten? Ich habe es nie geschrieben, aber er hat Schweißfüße. So richtig schwitzige Mauken. Nur damit Sie es wissen! Außerdem geht mir seine selbstgerechte Art total auf die Nerven. Und wie er mit seiner Frau redet – als wäre sie seine Haushälterin. Ich kann diesen Betonkopf nicht mehr leiden. Und deswegen mache ich mit ihm Schluss! Ich schreibe gerade Band einunddreißig. Und an dessen Ende lasse ich ihn sterben. Dann hat es sich mit Inspector Joyce!‹«

»Was?«, stoße ich entsetzt hervor und springe völlig außer mir von der Couch auf. »Inspector Joyce soll sterben? Das kann Amanda Kent doch nicht machen!«

»Genau so ging es mir in diesem Moment auch«, seufzt Bodo Kiesewind. »Der Zwiebelkuchen in meinem Bauch ist vor Schreck eine Etage tiefergerutscht. *Inspector Joyce* ist *der* Verkaufsschlager des Verlags. Nicht auszudenken, was uns an Umsatz wegbrechen würde, wenn es keine weiteren Bände mehr gäbe.«

»Amanda Kent hatte zuvor nicht mit Ihnen, öhm, über ihr Vorhaben gesprochen?«, erkundigt sich Rory schüchtern.

»Nein«, antwortet der Verleger. »Als sie mein entsetztes Gesicht sah, schien ihr ihr Ausbruch plötzlich peinlich zu sein. Sie sagte, es würde ihr leidtun, dass ich es so erfahren müsse. Sie hätte es mir schon nach ihrer Ankunft sagen wollen, aber es hätte sich keine Gelegenheit ergeben, weil Lars und Olivia mich dauernd belagert hätten. Und während ich wie erstarrt dasaß und versuchte, die schockierende Neuigkeit zu verarbeiten, hörte ich plötzlich ein irres Kreischen und ... Karola Driskopp ist total ausgerastet! Sie ging wie eine Furie auf Amanda los, hat sich über den Tisch geworfen und gebrüllt: ›Das dürfen Sie nicht! Sie dürfen ihn nicht sterben lassen. Sie miese alte Krähe! Das werden Sie noch bereuen! Mörderin!‹ Sie war völlig außer sich, hat getobt und geschrien und dann hat sie begonnen, mit Besteck, Geschirr und Gläsern um sich zu werfen. Ich musste unter dem Tisch in

Deckung gehen. Schließlich sind Lars Blodstroem und Hilmar Betzing dazwischengegangen und haben versucht, Karola zu beruhigen. Worauf sie geschrien hat: ›Ihr könnt mich loslassen, ihr Grobiane! Ich gehe jetzt! Ich will nicht länger mit einer Mörderin in einem Raum sein!‹ Sie hat sich Mantel und Schal von der Garderobe gegrabscht, die Tür hinter sich zugeschlagen – und war weg. Während wir alle dastanden wie die Ölgötzen.«

Das kling allerdings *bemerkenswert.* Und ziemlich verstörend. Sofort muss ich an ein Buch denken, von dem Mama mir erzählt hat. Darin geht es um eine durchgeknallte Leserin, die einen Autor entführt und ihn zwingt, ein Buch nach ihren Vorstellungen zu ändern. Ist es in diesem Fall genauso? Hat Karola Driskopp Amanda Kent verschleppt, an einen Schreibtischstuhl gefesselt und nötigt sie nun, den kommenden *Inspector Joyce*-Band neu zu schreiben? Sodass der Inspector überlebt?

Eine spannend klingende Theorie, die aber schon im nächsten Moment in sich zusammenbricht, als Kommissar Valko humorlos verkündet: »Natürlich haben wir die Frau überprüft. Sie hat ein Alibi. Ist von hier aus schnurstracks nach Hause marschiert, hat sich vor den Computer gehockt und war bis in die frühen Morgenstunden auf allen möglichen *Inspector Joyce*-Fanseiten unterwegs. Sie hat die traurige Kunde von seinem nahen Tod verbreitet, hat versucht, Fans gegen Amanda Kent aufzuhetzen und die Online-Unterschriftenaktion *Hannibal Joyce darf nicht sterben* gestartet. Das lässt sich alles anhand der Daten auf ihrem Rechner belegen. Die Frau hat zwar nicht alle Speichen am Rad – aber mit dem Verschwinden von Amanda Kent hat sie nichts zu tun.«

»Mir, öhm, wurde berichtet, dass Amanda Kents Zimmer in großer Unordnung vorgefunden wurde«, meldet sich Rory leise zu Wort. »Könnte es sich um einen Einbruch handeln?«

»Auf keinen Fall«, bescheidet ihm der Kommissar und zieht die Nase hoch. »Amanda Kents Geldbörse liegt noch im Zimmer. Mit fast fünfhundert Euro drin. Das hätten sich Einbrecher doch nicht entgehen lassen. Und auch ansonsten scheint nichts gestohlen worden zu sein. Außerdem erklärt das nicht ihr Verschwinden. Ein Einbrecher hätte ihr vielleicht eins über den Kopf gegeben – aber er hätte sie doch nicht verschleppt. Aus welchem Grund sollte er das tun? Und zu guter Letzt ...« Kommissar Valko setzt ein triumphierendes Grinsen auf. »Es gibt keinerlei Einbruchsspuren.«

Keine Einbruchsspuren?

»Wer hat einen Schlüssel zum Haus?«, frage ich Bodo Kiesewind.

»Ich selbst habe einen, den ich immer bei mir trage. Ein weiterer hing an einem Haken an der Diele. Aber der ist verschwunden«, berichtet der Verleger aufgeregt.

»Verschwunden?«, wiederhole ich überrascht. »Wann haben Sie bemerkt, dass er fehlt?«

»Heute Morgen.«

»Können Sie sich erinnern, wann Sie den Schlüssel zum letzten Mal gesehen haben?«, bohre ich nach. »War er gestern Abend noch da, nachdem sich Ihre Gäste verabschiedet hatten?«

»Ich … ich glaube schon«, murmelt der Verleger mit nachdenklicher Miene. »Aber ganz sicher bin ich mir nicht.«

»Und dass der Schlüssel fehlt, hat Ihnen nicht irgendwie zu denken gegeben?«, frage ich Kommissar Valko.

Er winkt unwirsch ab. »Den hat Amanda Kent garantiert mitgenommen, um Verwirrung zu stiften.«

»Wäre es nicht denkbar, dass eine, öhm, Entführung vorliegt?«, höre ich Rory zurückhaltend fragen.

»Dann gäbe es ja wohl eine Lösegeldforderung«, murrt der Kommissar unfreundlich. »Die gibt es aber nicht. Zumindest bisher nicht.«

»Was ist mit dem Handy von Amanda Kent?«, will ich wissen. »Könnte man sie darüber nicht orten?«

»Ist ausgeschaltet. Kein Signal«, informiert mich Kommissar Valko, bevor er seine Sicht der Dinge in knappen Worten zusammenfasst. »Ich sage Ihnen, Shy: Das ist alles nur Lug und Trug. Ein geschickter Werbeschachzug von Amanda Kent. Da gibt es für mich überhaupt keine Zweifel. Aber die Dame sollte sich nicht zu früh freuen. Wenn sie wiederauftaucht, werde ich ihr – « Das Klingeln seines Smartphones unterbricht ihn. »Ja, Valko? Aha … aha … aha … Gut. Aber wartet bis zu meinem

Eintreffen.« Der Kommissar beendet das Telefonat und verkündet: »Das Suchkommando hat nichts gefunden. Nicht die geringste Spur. Wir verlegen die Suche jetzt in ein anderes Gebiet. Ich werde hinfahren und die Aktion vor Ort organisieren. Auch wenn es verlorene Liebesmüh ist. Jede Menge Arbeit für nichts und wieder nichts.«

Doktor Herkenrath hat sich derweil aus der Deckung gewagt und schielt neugierig um die Ecke des Sofas.

Kommissar Valko erhebt sich schwerfällig aus seinem Sessel, wirft einen abschätzigen Blick auf meinen Cockerspaniel und knurrt schlecht gelaunt: »Falls Sie es noch nicht bemerkt haben sollten, Shy: Ich bin gerade extrem genervt. Das Letzte, was ich im Moment brauchen kann, sind ein Privatdetektiv und eine altkluge Zwölfjährige, die mich zusätzlich stressen. Ganz zu schweigen von einem schielenden Cockerspaniel. Wenn Sie zu meiner Entspannung beitragen möchten, lassen Sie diesen Fall, der kein Fall ist, auf sich beruhen, verdünnisieren Sie sich und genießen Sie das schöne Herbstwetter. Wo immer Sie möchten. Nur nicht hier.«

»Keinesfalls möchte ich dafür verantwortlich sein, dass Sie sich in irgendeiner Weise, öhm, unwohl fühlen, Herr Kommissar«, entgegnet der Detektiv in höflichem Ton. »Aber dennoch, öhm … dennoch würde ich mir gerne einen eigenen Überblick über die Lage … Es wäre gut, wenn wir uns einmal das Zimmer von Amanda Kent ansehen könnten. Falls das, ähm, möglich …«

»Ist es nicht«, murrt der Polizist. »Das ist ein offizieller Tatort. Darf nicht von Unbefugten betreten werden.«

»Wieso?«, frage ich forsch. »Sie sagen doch die ganze Zeit, dass kein Verbrechen stattgefunden hat. Wo es kein Verbrechen gibt, kann es auch keinen Tatort geben.«

»Die Vortäuschung einer Straftat ist auch eine Straftat«, blafft er mich an. »Und deswegen ist das Zimmer ein Tatort. Ich sehe überhaupt nicht ein, warum ich dich und deinen schüchternen Chef da reinlassen sollte.«

»Nicht?«, sage ich, ziehe in gespieltem Erstaunen die Augenbrauen hoch und frage in beiläufigem Ton: »Weiß die Polizeipräsidentin mittlerweile, dass Rory den *Fall der Roten Libelle* gelöst hat? Oder glaubt sie immer noch, Sie wären das gewesen?«

Volltreffer – und versenkt!

»Ist ja schon gut«, murrt der Kommissar, zieht widerwillig einen Zimmerschlüssel aus seiner Jackentasche und übergibt ihn mir mit grimmigem Blick. »Aber nichts berühren oder verändern am Tatort. Bringt mir bloß keine Unordnung in die … also, in die … Unordnung.«

»Seien Sie ganz unbesorgt«, versichere ich, nehme den Schlüssel in Empfang und flöte zuckersüß: »Die *Detektivagentur Shy* dankt Ihnen vielmals für Ihre Unterstützung.«

~ 6 ~
Eine seltsame Bemerkung

Bodo Kiesewind atmet erleichtert auf, als die Haustür hinter dem Kommissar zuschlägt. »So ein Glück. Für ein paar Stunden dürften wir ihn los sein. Der Mann besteht ja nur aus Sturheit und Starrsinn. Gut, dass Sie in dem Fall aktiv werden, Rory. Möchten Sie, dass ich Ihnen jetzt Amandas Zimmer zeige?« Der Verleger will sich aus seinem Sessel erheben, aber der Detektiv bedeutet ihm mit einer schüchternen Geste, Platz zu behalten.

Er hüstelt verlegen und erklärt: »Bevor wir uns das Zimmer ansehen, hätte ich gerne noch weitere Informationen. Um mir einen Überblick über die, öhm, Gesamtsituation zu verschaffen.« Rory beginnt mit grüblerischer Miene in der Bibliothek auf und ab zu gehen, wirft einen kurzen Blick aus dem Fenster und bittet Bodo Kiesewind: »Würden Sie mir sagen, welches der vor dem Haus geparkten Fahrzeuge zu welchem Ihrer Gäste gehört? Und wann, äh, wann wer von ihnen am Freitag hier eintraf?«

»Also … was Ihre erste Frage angeht«, sagt Bodo Kiesewind und schenkt sich Traubensaft nach, »der Oldtimer gehört mir und – «

»Schickes Teil«, merke ich ungefragt an. »Und bestimmt ganz schön kostspielig. Dabei wird doch immer gejammert, dass es dem Buchhandel so schlecht geht.«

»Na ja. Man schlägt sich durch«, murmelt der Verleger, hat offenbar keine Lust, das Thema zu vertiefen, und beeilt sich, auf Rorys Frage zurückzukommen. »Der zerbeulte Kombi ist Amandas Wagen. Sie fährt die Karre schon ewig. Ich würde mich nicht freiwillig in diese Todesschleuder setzen, aber Amanda hängt an der Schrottmühle. Das Motorrad gehört Lars Blodstroem. Ist allerdings defekt. Lars hatte auf der Hinfahrt eine Panne und musste das Gefährt die letzten drei Kilometer bis zum Haus schieben. Er hat mit einer Werkstatt telefoniert. Jetzt wartet er auf ein Ersatzteil, das wohl schwierig zu beschaffen ist.«

»Und Olivia Paddington?«, frage ich. »Hat eine Fußwanderung hierher unternommen? Oder …?«

»Nein, nein«, sagt Bodo Kiesewind. »Sie ist mit dem Zug angereist. Etwa zwanzig Kilometer entfernt gibt es einen kleinen Bahnhof. Von da aus hat sie ein Taxi genommen. Olivia kam als Erste hier an. Gegen vier Uhr nachmittags. Mit reichlich Gepäck. Der arme Taxifahrer musste sechs oder sieben schwere Koffer aus dem Auto schleppen. Olivia hat den Mann mit fünfzig Cent Trinkgeld abgespeist. Und die hat sie ihm mit einer so hoheitsvollen Geste überreicht, als wäre sie eine Königin und er ein Untertan, dem sie ein paar Ländereien schenkt. Der Fahrer hat geguckt, als würde er ihr am liebsten an die Gurgel gehen.« Der Verleger nimmt einen Schluck Traubensaft und fährt fort: »Amanda kam eine halbe Stunde später an. Und ein paar Minuten darauf schob dann Lars Blodstroem sein Motorrad in die Einfahrt.«

Ich mache mir fleißig Notizen und versuche dabei, Doktor Herkenrath im Auge zu behalten, der mit hängender Zunge über den Teppich mit den Körperumrissen trottet. Still und heimlich bete ich, dass er nicht auf die Idee kommt, eins von Bodo Kiesewinds Büchern anzuknabbern. Kriminalromane anzuknabbern ist sein Hobby. Mama und ich können ein Liedchen davon singen.

Rory zupft verlegen an seinem Ohrläppchen und murmelt in Richtung des Verlegers: »Wäre es möglich, dass Sie uns eine kurze Schilderung dessen geben, was sich zwischen der Ankunft des Autors und der Autorinnen und dem Verschwinden von Amanda Kent ereignet hat?«

»Sie meinen, außer den ständigen Streitereien und dem Ausraster von Karola Driskopp?«, entgegnet Bodo Kiesewind seufzend.

»Äh, ja. Und besonders interessiert mich, ob Amanda Kent sich in irgendeiner Weise merkwürdig oder auffällig verhalten hat. Ob sie etwas gesagt oder getan hat, dass Sie ungewöhnlich fanden. Am besten, Sie, öhm, beginnen mit dem Moment, als Ihre Gäste sich zum ersten Mal begegnet sind.«

»Die Stimmung war von Anfang an gereizt«, brummt der Verleger. »Im Nachhinein muss ich wohl sagen, dass ich daran nicht ganz unschuldig war. Sowohl Amanda als auch Lars und Olivia waren davon ausgegangen, mein einziger Gast zu sein. Ich hatte ihnen nicht gesagt, dass wir zu viert sein würden. Das Ganze sollte eine Überraschung sein. Ich hatte mir vorgestellt, sie würden sich freuen, einander kennenzulernen. Leider war das Gegenteil der Fall. Schon bei dem Willkommens-Cocktail, den ich vorbereitet hatte, flogen unentwegt spitze Bemerkungen zwischen ihnen hin und her.«

»Beispielsweise?«, frage ich interessiert.

Bodo Kiesewind verzieht das Gesicht, so als würde ihm die Erinnerung an die Situation Bauchschmerzen verursachen. »Olivia Paddington ist eine Meisterin der vergifteten Komplimente. Sie hat ein huldvolles Lächeln aufgesetzt und Amanda mit den Worten begrüßt: ›*Was für eine wunderbare Überraschung, meine Liebe. Ich fühle mich geehrt, die Schöpferin von* Inspector Joyce *kennenzulernen. Ich bewundere Sie dafür, dass Sie Ihrem Stil immer treu geblieben sind. Und dass Sie nichts auf all die vielen, vielen, vielen Kritiker geben, die schreiben, jedes Ihrer Bücher wäre wie das andere. Oder dass Ihr Inspector Joyce nicht mehr zeitgemäß und realistisch wäre, weil es so unsensible und machohafte Ermittler heute nicht mehr gibt.‹«* Bodo Kiesewind gluckst leise in sich hinein. »Damit ist sie bei Amanda an die Richtige geraten. Sie hat geguckt, als stünde sie kurz davor, Olivia das Cocktailglas über die Birne zu ziehen, und hat geknurrt: *›Zumindest pinkelt mein Inspector nicht auf den Teppich. So wie Ihr Detective Poo-Poo.‹«* Der Verleger nimmt seine Nickelbrille ab, putzt sie mit einem Zipfel seines Pullovers und fährt in gequältem Ton fort: »Ich habe gehofft, Lars Blodstroem würde vermittelnd eingreifen und die Situation beruhigen. Stattdessen hat er zusätzlich Öl ins Feuer gegossen. Lars ist sehr überzeugt von sich und seinen Fähigkeiten. Und das lässt er jeden wissen. Er hat zu Amanda und Olivia gesagt: *›Nichts für ungut, Ladys. Aber auf Menschen meiner Generation wirken sowohl Inspector Joyce als auch Detective Poo-Poo reichlich angestaubt. Das sind nette, beschauliche Geschichten für alte Omis, die sich nicht zu sehr aufregen dürfen. Nicht falsch verstehen: So was muss es ja auch geben. Aber das junge Lesepublikum interessiert sich nicht die Bohne für asthmatische Polizisten und schnurrende Katzen-Detektive. Heutzutage braucht es eine knallharte, dynamische Ermittlerin wie Liv Nordwedder, die Hackerin, Kampfsportlerin, Tattoo-Künstlerin und außerdem noch Sprengstoff-Expertin ist, die Motorrad fährt, einen Helikopter fliegen kann und ein Ass im Freeclimbing ist. Die Leser wollen Action und Hochspannung. Und zwar auf jeder Seite. Und sie wollen Fälle, in denen es um aktuelle Themen geht: Cyberkriminalität, Terro-*

rismus, Verschwörungstheorien. Und nicht um entführte Landadelige und kleinkriminelle Siamkatzen.‹«

Ich blicke den Verleger forschend und etwas zweifelnd an.

»Was ist?«, fragt er.

»Nichts. Ich finde es nur außergewöhnlich, dass Sie ganze Gespräche im Wortlaut wiedergeben können. So was hat man bei Zeugen selten.«

»Wenn man viel mit Autorinnen und Autoren zu tun hat, lernt man, dass jedes einzelne Wort wichtig ist«, erklärt mir Bodo Kiesewind, fährt sich mit einer fahrigen Geste durch die Haare und sagt in bedauerndem Ton: »Jedenfalls war damit das Festival der Gehässigkeiten und Gemeinheiten endgültig eröffnet. Jeder kämpfte gegen jeden. Ich kam mir vor wie im Kindergarten.«

»Und das ging den ganzen Abend lang so weiter?«, stammelt der harmoniebedürftige Rory verschreckt.

»Ja«, stöhnt der Verleger betrübt. »Am Samstagmorgen waren alle auf ihren Zimmern, um zu schreiben. Nachmittags habe ich dann mit Amanda und Lars einen Waldspaziergang unternommen. Olivia hatte keine Lust dazu und ist im Haus geblieben.« Bodo Kiesewind stutzt und scheint sich mit einem Mal an etwas zu erinnern. Er fährt sich nachdenklich mit der Hand über den Bart und sagt zögerlich: »Sie haben doch vorhin gefragt, ob Amanda etwas Ungewöhnliches gesagt oder getan hat. Nun … bei dem Spaziergang sagte sie etwas, das ich nicht wirklich verstanden habe. Aber ich wollte nicht nachfragen, weil ich befürchtete, das könnte der Auslöser für einen weiteren Streit sein.«

»Was genau hat sie denn gesagt?«, bohre ich nach.

»Es ging um Lars Blodstroem«, erklärt der Verleger. »Lars ist ein Autor, der es sehr gut versteht, Werbung in eigener Sache zu machen.«

Das kann man laut sagen, denke ich. Lars Blodstroem ist ein blonder Hüne mit strahlend blauen Augen, entschlossenem Gesichtsausdruck, tätowierten Armen und der Ausstrahlung eines grimmigen Wikingerkriegers. Er ist auf sämtlichen sozialen Plattformen präsent und hat Unmengen Follower. Auf Fotos ist er selten beim Schreiben, dafür umso häufiger beim Holzhacken, Armbrustschießen, Kajakfahren und Bergsteigen zu sehen. Oder er posiert in Ledermontur vor seinem Motorrad und sieht dabei so knallhart aus wie eine Figur aus seinen düsteren Krimis.

»Bei dem Spaziergang hat Lars sich einen schweren Ast geschnappt, der auf dem Waldboden lag, ihn in die Höhe gestemmt und mich gebeten, ihn in dieser Pose zu fotografieren«, erklärt Bodo Kiesewind. »Und während er den Ast mit beiden Armen in die Luft reckte, hat Amanda gelächelt und gesagt: ›Hören Sie doch auf, den harten Kerl zu spielen, Jungchen. Ich weiß über Sie Bescheid.‹ Worauf Lars knallrot wurde, den Ast zu Boden fallen ließ und mit finsterem Blick davonstapfte.«

Ich weiß über Sie Bescheid? Rory und ich tauschen einen kurzen Blick und denken wahrscheinlich dasselbe: Hat diese

Bemerkung etwas mit der *interessanten Sache* zu tun, der die Autorin auf der Spur war? Wir sollten Lars Blodstroem schnellstens dazu befragen. Ich mache mir eine entsprechende Notiz.

»Der Samstagabend war dann wieder von Streitereien geprägt«, eröffnet uns der Verleger in traurigem Ton. »Ebenso wie der Sonntag. Und als ich dachte, schlimmer kann es nicht mehr werden, verkündete Amanda bei unserem Abendessen das Ende von *Inspector Joyce* und Karola Driskopp bekam diesen Tobsuchtsanfall.«

Der schüchterne Detektiv kratzt sich nachdenklich an der Schläfe und sagt: »Sie erwähnten vorhin, dass Amanda Kent während des Essens nicht viel sprach und abwesend wirkte. Haben Sie eine Vermutung, was der Grund für dieses, öhm, Verhalten gewesen sein könnte?«

Bodo Kiesewind zuckt mit den Schultern. »Keine Ahnung. Ungewöhnlich ist so ein Verhalten für Schriftsteller aber nicht. Denen kommt urplötzlich eine Idee und dann beginnen sie, darüber nachzudenken, und sind völlig geistesabwesend. Egal, wo sie sich gerade befinden.«

»Mich würde noch interessieren, was passiert ist, nachdem Karola Driskopp abgerauscht war«, melde ich mich zu Wort und blicke den Verleger forschend an.

»Na ja, wie gesagt, alle waren geschockt. Amanda hatte die Attacke von Karola Driskopp offenbar so zugesetzt, dass sie sofort und ohne sich von den anderen zu verabschieden auf ihr Zimmer verschwunden ist.«

»Und die übrigen Gäste?«, hake ich nach.

»Olivia Paddington hat sich auch in aller Eile zurückgezogen und sich damit entschuldigt, dass sie stark erkältet sei«, entgegnet Bodo Kiesewind. »Und die Betzings haben ebenfalls die Biege gemacht und sind nach Hause. Ich glaube, die beiden haben sich an dem Abend gefühlt wie im Irrenhaus und waren froh, als sie endlich gehen konnten. Lars hat mir noch geholfen, das Chaos zu beseitigen, das Karola im Esszimmer angerichtet hatte. Der gesamte Raum war übersät mit Scherben, Splittern und Zwiebelkuchenresten. Wir haben eine Dreiviertelstunde gebraucht, um alles in Ordnung zu bringen. Anschließend ist Lars auf sein Zimmer gegangen. Ich habe mir noch einen Beruhigungstee gemacht und mich dann auch zu Bett begeben.«

»Haben Sie nachts etwas gehört?«, will ich wissen. »Schritte im Haus? Oder ungewöhnliche Geräusche?«

Bodo Kiesewind schüttelt den Kopf. »Nein. Und soweit ich von dem Kommissar weiß, haben auch Lars und Olivia nichts gehört.«

»Wir, ähm ... wir werden mit den beiden sprechen, nachdem wir uns das Zimmer angesehen haben«, entgegnet der Detektiv. »Eine, *räusper,* letzte Frage hätte ich noch: Wann genau haben Sie Amanda Kents Verschwinden bemerkt?«

»Heute Morgen«, antwortet der Verleger. »Olivia und Lars sind Langschläfer, aber Amanda steht immer schon um halb acht auf. Ich hatte gehofft, beim Frühstück mit ihr über *Inspector Joyce* sprechen zu können. Ich wollte sie bitten, ihre Entscheidung noch einmal zu überdenken. Aber sie erschien nicht. Als sie um Viertel nach acht noch immer nicht da war, bin ich zu ihrem Zimmer, um nach ihr zu sehen. Ich dachte, sie hätte vielleicht verschlafen. Ich habe mehrmals geklopft. Als keine Reaktion zu vernehmen war, öffnete ich die Tür und – «

»Sie war nicht verschlossen?«, unterbreche ich ihn.

»Nein«, entgegnet Bodo Kiesewind. »Der Zimmerschlüssel steckte von innen, aber es war nicht abgeschlossen. Jedenfalls … bei dem Anblick, der sich mir bot, stellten sich meine Nackenhaare auf: Das Zimmer war ein einziges Chaos. Als hätte eine Bombe eingeschlagen. Und von Amanda keine Spur. Ich lief raus in den Garten und rief laut nach ihr. Dabei habe ich Lars und Olivia aufgeweckt. Sie kamen mir entgegen, als ich ins Haus zurückrannte. Einen Moment lang war ich unschlüssig, was ich tun sollte, aber dann habe ich mich dazu entschlossen, die Polizei zu rufen.«

Nachdem der Verleger geendet hat, herrscht Schweigen. Rory sitzt mit geschlossenen Augen da, so, als wäre er damit beschäftigt, die Informationen, die wir bekommen haben, in seinem Kopf zu sortieren und abzuspeichern.

Ich bin ebenfalls bemüht, Ordnung in das Gehörte zu bringen, als ich plötzlich ein knurpselndes Geräusch wahrnehme. Ich blicke überrascht auf und sehe zu meinem Entsetzen, dass Doktor Herkenrath vor dem Bücherregal hockt und genüsslich an einem Taschenbuch knabbert.

»Lässt du das wohl sein!«, schimpfe ich, springe auf und entreiße das Buch seinen Zähnen, worauf er ein beleidigtes Jaulen von sich gibt. »Tut mir leid«, sage ich zerknirscht zu Bodo Kiesewind und betrachte dabei das von Bissspuren gezeichnete und leicht angesabberte Buch: *Agatha Christie: Der Ball spielende Hund.*

Der Verleger winkt ab. »Halb so wild. Gebrauchsspuren geben einem Buch Persönlichkeit: Eselssohren, Kaffeeflecken, Marmeladenflecke ... Und manchmal eben auch ein bisschen Hundesabber.«

Ich bin erleichtert, dass Bodo Kiesewind die Sache so locker sieht, bedenke Doktor Herkenrath aber dennoch mit einem warnenden *Lass das in Zukunft gefälligst bleiben*-Blick. Er stellt sich blöd, guckt, als hätte er mit allem nichts zu tun, und hechelt freudig.

Rory nimmt einen letzten Schluck Traubensaft, hüstelt verschämt und bittet den Verleger: »Wenn Sie uns nun vielleicht Amanda Kents Zimmer zeigen könnten? Falls es keine, öhm, Umstände macht.«

Während Bodo Kiesewind uns durch das verwinkelte Haus lotst, versuche ich mich zu orientieren. »Sind alle Ihre Gäste auf einer Etage untergebracht?«

»Olivia bewohnt ein Zimmer im Obergeschoss«, erklärt er und deutet auf eine Treppe, die in den ersten Stock führt. »Mein Schlafzimmer befindet sich ebenfalls dort. Lars' Zimmer ist da vorne.« Er zeigt auf eine Tür zur Linken. »Amanda sollte eigentlich das Zimmer neben ihm beziehen, aber sie hat darauf bestanden, in größtmöglicher Entfernung zu den anderen untergebracht zu werden. Wenn ich mich recht entsinne, waren ihre genauen Worte: ›*So weit weg von dem Wikinger-Bubi und der überparfümierten Katzen-Trulla, wie es geht.*‹ Ich habe ihr ein Gästezimmer im Anbau zur Verfügung gestellt.« Bodo Kiesewind gibt ein trauriges Seufzen von sich. »Was tut man nicht alles für seine Autorinnen und Autoren.«

Als wir an einer halb geöffneten Schiebetür vorbeikommen, recke ich neugierig den Kopf und riskiere einen kurzen Blick in den dahinterliegenden Raum: ein langer, rechteckiger Holztisch, auf dem zwei große Kerzenleuchter stehen, samtbezogene Stühle mit hoher, gedrechselter Lehne, ein Wandspiegel mit goldfarbenem Rahmen, zwei ausladende Buffetschränke und eine Vitrine, die Champagner-Schalen und Weingläser beherbergt.

»Das Esszimmer«, erklärt Bodo Kiesewind, öffnet die Schiebetür und fügt betrübt hinzu: »Das hättest du gestern Abend mal sehen müssen nach Karolas Tobsuchtsanfall. Es sah aus wie bei einem aus dem Ruder gelaufenen Polterabend.«

Davon ist nichts mehr zu erkennen. Alles wirkt picobello. Beinah jedenfalls. Meinem geübten Detektivinnen-Blick entgeht nicht, dass Bodo Kiesewind beim Saubermachen einen winzigen Zwiebelkuchenrest übersehen hat, der noch immer am Rahmen des Wandspiegels klebt.

Der Verleger schließt die Schiebetür und führt uns durch einen Korridor mit knarrenden Bodendielen, an dessen Ende wir um eine Ecke biegen und in den Anbau gelangen, einen flachen, länglichen Gebäudeteil, der an die Rückseite des Hauses anschließt.

Als wir vor der Tür von Amanda Kents Zimmer stehen, wispert der Detektiv schüchtern: »Vielen Dank, Herr, ähm, Kiesewind. Wenn Sie uns dann jetzt vielleicht alleine … Und wenn Sie vielleicht so nett wären, Olivia Paddington und Lars Blodstroem darüber zu informieren, dass wir mit ihnen sprechen möchten? Wäre das, öhm, möglich?«

»Was Olivia betrifft schon«, entgegnet der Verleger. »Sie hält sich auf ihrem Zimmer auf. Lars ist zu einem Spaziergang aufgebrochen, nachdem der Kommissar ihn befragt hatte. Sagte, er müsse an die frische Luft, um den Kopf freizukriegen. Aber er dürfte bald zurück sein.«

Ich warte, bis Bodo Kiesewind um die Ecke verschwunden ist, dann ziehe ich den Schlüssel, den Kommissar Valko mir überlassen hat, aus der Tasche und öffne die Tür.

Bei dem Anblick, der sich uns bietet, bleibt mir für einen Moment die Luft weg. Es sieht aus, als wäre eine Räuberbande in das Zimmer eingefallen: keine einzige Schublade, die nicht herausgezogen ist, kein Schrank, der nicht durchwühlt wurde. Die Matratze liegt vor dem Bett, der Boden ist übersät mit Papieren und aus den Schränken gerissenen Kleidungsstücken. Aber eine Räuberbande war hier definitiv nicht am Werk. Die hätte sich garantiert das offen auf dem Nachttisch liegende, prall gefüllte Portemonnaie unter den Nagel gerissen.

Doktor Herkenrath, dem das Chaos sichtlich Unbehagen bereitet, drückt sich furchtsam an mein Bein, während Rory sich mit vorsichtigen Schritten einen Weg in die Mitte des Zimmers bahnt. Der Detektiv schließt die Augen und legt den Kopf in den Nacken. Das ist Teil seiner *geheimen Methode.* Ich habe das Ganze oft genug gesehen, um zu wissen, was Rory in diesem Moment tut: Er versucht, ein Signal aufzufangen.

Dass jemand über die Fähigkeit verfügt, Gegenstände, die mit einem Verbrechen in Verbindung stehen, aufzuspüren und ihnen Informationen zu entlocken, klingt erst mal ganz unglaublich. Funktioniert bei dem schüchternen Detektiv aber (fast) immer. Befindet sich in diesem Raum ein Gegenstand, der in irgendeiner Weise mit dem Verschwinden von Amanda Kent zu tun hat, wird Rory ihn mit ziemlicher Sicherheit orten können. Und so wie es hier aussieht, hat jeder einzelne Gegenstand mit dem Verschwinden der Autorin zu tun. Der schüchterne Detektiv dürfte massenhaft Signale empfangen.

Was zu meiner Verblüffung aber nicht der Fall ist. Nach dreißig Sekunden öffnet Rory die Augen und verkündet: »Nichts. Kein Signal.«

»Aber … das kann doch nicht sein«, stammle ich perplex und lasse meinen Blick durch das völlig auf den Kopf gestellte Zimmer gleiten.

»Ja, das ist, *räusper,* merkwürdig«, nuschelt Rory nachdenklich. Dann entspannt sich sein Gesichtsausdruck und er wispert mit einem scheuen Lächeln: »Aber auch dieser Umstand hilft uns bei der Ermittlung weiter. Denn in, öhm, gewisser Weise ist kein Signal ja auch ein Signal.«

Ich blicke den Detektiv verdattert an, aber ehe ich fragen kann, was er mit dieser geheimnisvollen Äußerung andeuten will, ist Rory bereits zum nächsten Ermittlungsschritt übergegangen. Er lässt seinen Blick durch das verwüstete Zimmer gleiten und erklärt frohen Mutes: »Die Tatsache, dass es kein Signal gibt, bietet zudem die wunderbare Möglichkeit, uns zur Abwechslung einmal in ganz klassischen Methoden der Detektivarbeit zu üben: Beobachtung und Kombination.«

~ 7 ~

Eine Demonstration detektivischer Kunst

Gespannt beobachte ich, wie sich der schüchterne Detektiv im Zimmer umsieht. Dabei lässt er sich jede Menge Zeit und blinzelt oder zwinkert (entgegen seiner sonstigen Gewohnheit) kein einziges Mal. Seine Augen erinnern an zwei Kameras, die jede Einzelheit der Umgebung abscannen.

Doktor Herkenrath ist von Rorys detektivischer Arbeit weniger gefesselt als ich. Er gähnt müde, schleppt sich zu der auf dem Boden liegenden Matratze und lässt sich zu einem Nickerchen nieder.

Ein zufriedenes Lächeln umspielt die Lippen des Detektivs. Was darauf hindeutet, dass seine Beobachtungsgabe ihm zu neuen Erkenntnissen verholfen hat. Doch statt mir zu berichten, was sich ihm erschlossen hat, bedenkt mich Rory mit einem forschenden Blick.

Ich ahne schon, was kommt: Auch wenn der schüchterne

Detektiv stets so nett ist, mich als seine Mitarbeiterin vorzustellen – genau genommen bin ich eine Anfänger-Detektivin im ersten Lehrjahr. Und Situationen wie diese nutzt Rory gerne für eine spontane Zwischenprüfung seiner Auszubildenden.

»Ich, ähm, finde, der Zustand dieses Zimmers und der Umstand, dass ich kein Signal empfange, verraten uns sehr viel«, murmelt er. »Oder, was, ähm, meinst du?«

»Also ... mir irgendwie nicht«, muss ich ratlos eingestehen. »Allerdings stellt sich mir die Frage: Warum hat niemand etwas gehört? Auch wenn das Zimmer abseits liegt – wer immer dieses Chaos angerichtet hat, muss dabei doch einen Heidenlärm veranstaltet haben.«

»Das ist möglicherweise ein, öhm, Trugschluss«, erklärt Rory mit einem scheuen Lächeln.

»Was?«, entfährt es mir und ich stiere ihn begriffsstutzig an – worauf der Detektiv eine etwas schüchterne, aber extrem beeindruckende Demonstration seiner kriminalistischen Fähigkeiten abliefert.

Er räuspert sich und sagt mit leiser Stimme: »Stell dir vor, du hättest auf der einen Seite das Wortpaar *Ordnung* und *Unordnung.* Und auf der anderen Seite die Worte *Stille* und *Lärm.* Wenn du gebeten würdest, die Begriffe des ersten Wortpaares denen des zweiten zuzuordnen, wie würdest du dich entscheiden?«

»*Lärm* zu *Unordnung* und *Stille* zu *Ordnung!*«

»Ja … diese Verbindung würden die meisten Menschen ziehen«, sagt Rory nickend. »Unordnung bringen wir stets mit Lärm in Verbindung. Wir vermuten, dass der Unordnung ein, ähm, lautes Ereignis vorausgegangen ist. Dem muss aber nicht zwangsläufig so sein. Es gibt verschiedene, ähm, Arten von Unordnung. Denk nur an das gestrige Abendessen, bei dem Karola Driskopp das Esszimmer verwüstet hat. Eine Unordnung, die unter einigem Lärm entstanden sein dürfte: Schreien, Kreischen, das Scheppern von Porzellan, splitterndes Glas … Aber man kann auch auf leise Weise für Unordnung sorgen. In diesem Zimmer ist nichts zerschlagen oder zerbrochen worden. Was bedeutet, dass, öhm, dass ein Tobsuchtsanfall als Ursache der Unordnung ausscheidet. Und sie ist auch nicht Folge eines Kampfes – was uns zu einem weiteren interessanten Punkt führt. Aber bleiben wir zunächst bei der Ursache unserer speziellen Unordnung. Wonach sieht es für dich aus? Was, glaubst du, ist hier geschehen?«

Ich lasse meinen Blick über den mit Papieren bedeckten Boden, die Schubladen und offen stehenden Schränke wandern und wage die Vermutung: »Die Unordnung ist dadurch entstanden, dass jemand nach etwas gesucht hat. Nach etwas Bestimmtem.«

»Das, öhm, denke ich auch«, sagt Rory. »Und dabei ist die Person leise und ausgesprochen gründlich vorgegangen. Was, *räusper, räusper,* würdest du sagen: Hat sie gefunden, wonach sie gesucht hat?«

»Ähm … keine Ahnung«, stottere ich verdattert. »Was denken *Sie* denn?«

»Ich halte es für sehr wahrscheinlich, dass sie es *nicht* gefunden hat«, entgegnet der Detektiv. »Weil ausnahmslos jeder Winkel dieses Zimmers durchsucht wurde. Hätte der Eindringling in der vierten oder fünften Schublade etwas gefunden, hätte er nicht das ganze Zimmer durchwühlen müssen. Aber er hat sämtliche Schränke und Laden durchsucht. Und wenn er nicht ausgerechnet in der letzten Schublade auf das Gesuchte gestoßen ist, hat er es nicht, ähm, gefunden.«

Wow! Darauf muss man erst mal kommen, schießt es mir durch den Kopf und mir wird wieder mal klar, was für ein ausgebuffter Profi Rory ist. Und was für eine grüne Anfängerin ich dagegen bin.

Der Detektiv geht derweil daran, den Kreis der Verdächtigen zu bestimmen. »Die Tatsache, dass es keine Einbruchsspuren gibt, schränkt die Anzahl der Verdächtigen ja glücklicherweise ein«, befindet er. »Entweder war es jemand aus dem Haus oder –«

»Oder jemand, der einen Schlüssel hatte«, falle ich ihm ins Wort, um auch mal eine Kleinigkeit zur Ermittlung beizutragen. »Denken wir nur an den fehlenden Haustürschlüssel. Möglicherweise hat einer von Bodo Kiesewinds Nachbarn ihn mitgehen lassen, um später in der Nacht damit ins Haus zu gelangen. Hätte diese verhaltensauffällige Karola Driskopp kein

Alibi, würde ich als Erstes auf sie tippen. Wer mit Geschirr um sich wirft, weil seine Lieblings-Romanfigur stirbt, dem ist auch zuzutrauen, dass er sich nachts in fremde Häuser schleicht, um der verantwortlichen Autorin eine Abreibung zu verpassen.«

»Ähm ... schon«, sagt Rory. »Aber ... das bringt mich zu dem bedeutsamen Punkt, den ich bereits kurz erwähnt habe: In diesem Zimmer hat kein Kampf stattgefunden. Unordnung als Folge eines Kampfes sieht anders aus. Was die, öhm, interessante Frage aufwirft: *Warum* hat kein Kampf stattgefunden? Wäre jemand in ihr Zimmer eingedrungen, hätte Amanda Kent sich doch zur Wehr gesetzt oder um Hilfe gerufen. Und das hätte mit Sicherheit das ganze Haus aufgeweckt. Warum hat sie das nicht getan?«

»Möglicherweise hatte die Person eine Waffe«, gebe ich zu bedenken. »Damit hat sie Amanda Kent bedroht und sie gezwungen, sich still zu verhalten.«

»Ja, das wäre denkbar«, sagt Rory, sieht aber nicht wirklich überzeugt aus, hüstelt mehrfach und offenbart mir mit einem verschmitzten Lächeln: »Dennoch habe ich eine andere Theorie darüber, was hier geschehen ist.«

»Was meinen Sie?«, frage ich irritiert und ziehe die Stirn kraus.

»Meine Vermutung lautet: Amanda Kent war nicht hier, als dieser Raum durchsucht wurde. Zu diesem Zeitpunkt hatte sie das Zimmer bereits verlassen. Und zwar freiwillig.« Der Detektiv kratzt sich an der Schläfe und führt aus: »Ich, öhm, stelle mir

Folgendes vor: Nachdem alle zu Bett gegangen sind, beschließt Amanda Kent – aus einem Grund, den wir bisher nicht kennen –, einen nächtlichen Ausflug zu unternehmen. Sie schleicht sich aus ihrem Zimmer, nimmt den Haustürschlüssel vom Haken in der Diele und verlässt das Haus. Irgendwo da draußen begegnet sie jemandem. Geplant oder ungeplant. Entweder übergibt sie dieser Person den Schlüssel, oder – was sowohl die wahrscheinlichere als auch die, *räusper*, besorgniserregendere Variante ist – die Person nötigt ihr den Schlüssel ab. Anschließend dringt diese Person mithilfe des Schlüssels ins Haus ein, durchsucht Amanda Kents Zimmer, findet aber nichts und verschwindet wieder.«

»Und warum sind Sie so sicher, dass es sich auf diese Weise zugetragen hat?«, frage ich neugierig.

Rory blickt verschämt zu Boden und wispert: »Wegen des, ähm, Signals. Beziehungsweise wegen des fehlenden Signals. Nur dieser Ablauf der Ereignisse bietet eine nachvollziehbare Erklärung dafür, warum ich nichts empfange: Keiner der Gegenstände in diesem Raum hat etwas mit einem Verbrechen zu tun, weil hier kein Verbrechen stattgefunden hat!«

»Was?«, entfährt es mir ungläubig. »Wollen Sie etwa sagen, Kommissar Valko hat recht und Amanda Kent hat alles nur inszeniert?«

»Nun, öhm, völlig ausschließen sollten wir diese Möglichkeit nicht, aber ich halte es für sehr unwahrscheinlich«, entgegnet der Detektiv. »Ich sage nur, dass hier kein Verbrechen stattgefunden hat. Sehen wir uns doch einmal an, was geschehen ist: Amanda Kent verlässt das Zimmer aus freien Stücken. Kein Kampf, keine Entführung, kein Verbrechen. Bald darauf gelangt eine andere Person ins Haus. Mit einem Schlüssel. Kein Einbruch, kein Verbrechen.«

»Aber … was ist damit?« Ich deute auf das Chaos um uns herum und blicke den Detektiv fragend an.

»Nun, ähm, Unordnung anzurichten ist mitunter zwar unschön«, sagt der Detektiv, »aber nichts, was ungesetzlich wäre.«

Da hat er natürlich recht. Wobei Menschen mit einem so ausgeprägten Ordnungsfimmel wie Frau Zeigler es sicherlich begrüßen würden, wenn auf Unordnung eine saftige Gefängnisstrafe stünde.

Alles, was der schüchterne Detektiv sagt, klingt logisch und schlüssig. Und dennoch beantworten seine Erkenntnisse keine der grundlegenden Fragen in diesem Fall: Warum hat Amanda Kent mitten in der Nacht das Haus verlassen? Hatte es mit der *interessanten Sache* zu tun, auf die sie gestoßen war? Wem ist sie unterwegs begegnet? Wonach hat diese Person hier gesucht? Und vor allem: Wo befindet sich die Autorin jetzt?

Unvermittelt reißt mich ein markerschütterndes Jaulen aus meinen Grübeleien. Doktor Herkenrath ist aufgewacht, springt ohne erkennbaren Anlass von seiner Ruhestatt auf und flüchtet sich laut winselnd in eine Zimmerecke, wo er zitternd verharrt und mit ängstlichem Blick zu der Matratze hinüberschielt, auf der er gerade eben noch friedlich geschlummert hat.

Rory sieht mich irritiert an, aber ich habe auch keine Ahnung, was meinen Cockerspaniel so in Panik versetzt haben könnte. Suchend lasse ich meinen Blick über die Matratze gleiten, kann aber beim besten Willen nichts entdecken – bis ich drei winzige, rötliche Haare bemerke, die am Rand der Schlafunterlage kleben und mit bloßem Auge kaum zu erkennen sind. Augenblicklich wird mir klar, warum Doktor Herkenrath ausgeflippt ist.

»Das sind Katzenhaare«, sage ich überrascht. »Erinnern Sie sich an das Interview, das wir uns angesehen haben? Hat Amanda Kent da nicht gesagt, dass sie keine Katzen mag? Ich kann mir nicht vorstellen, dass sie eine hat. Und wenn doch …«, ich lasse meinen Blick durch das Zimmer wandern, »wo ist sie jetzt?«

»Interessant«, murmelt Rory, hockt sich neben die Matratze, zieht (zu meiner nicht geringen Verblüffung) eine Pinzette aus der Jackentasche, nimmt die Haare damit auf und steckt sie in ein schmales Glasröhrchen, das er ebenfalls aus der Innentasche seiner Jacke hervorzaubert.

»Ich wusste nicht, dass Sie ein kriminaltechnisches Labor mit sich rumschleppen«, befinde ich verdutzt.

»Ach, nur das, öhm, Nötigste für die detektivische Untersuchung vor Ort«, nuschelt er verlegen. »Die Pinzette, ein paar Glasröhrchen, eine kleine Auswahl an Lupen, ein Fingerabdruck-Set, ein zusammenklappbares Mikroskop und noch ein paar andere, öhm, Kleinigkeiten.«

Zusammenklappbares Mikroskop? Andere Kleinigkeiten?

»Aha?«, mache ich und frage mich, was er noch so alles in seinen Taschen spazieren trägt. Einen faltbaren Lügendetektor, vielleicht?

»Ich, öhm, ich denke, wir sind hier fertig«, verkündet Rory und verstöpselt das Glasröhrchen gewissenhaft – und natürlich sehr behutsam. »Vielleicht werden die, öhm, Befragungen mehr Klarheit in unseren Fall bringen. Aber diesen Teil der Ermittlung überlasse ich wie immer dir.«

Nachdem sich Doktor Herkenrath halbwegs von seinem Katzenhaar-Erlebnis erholt und wieder eingekriegt hat, verlassen wir das Zimmer der Schriftstellerin.

Auf Höhe des Esszimmers treffen wir auf Bodo Kiesewind, der uns im Flur entgegenkommt und neugierig fragt: »Und? Konnten Sie schon etwas herausfinden?«

»Dazu kann ich Ihnen im Moment leider noch nichts, öhm …«

»Schon klar. Verstehe«, sagt der Verleger einsichtig, deutet auf die geschlossene Schiebetür und erklärt: »Lars Blodstroem ist noch nicht von seinem Spaziergang zurück. Aber Olivia lässt ausrichten, dass sie bereit wäre, Sie im Esszimmer zu empfangen und Ihnen eine Unterredung zu gewähren.«

Uns empfangen? Eine Unterredung gewähren?

»Wie überaus großzügig von ihr«, entgegne ich. »Aber der Dame ist schon klar, dass wir nicht zu einer Audienz kommen, sondern dass es um eine Befragung geht?«

»Schon«, meint Bodo Kiesewind und streicht verlegen über seinen Bart. »Aber du wirst sehen: Wenn man sich mit Olivia unterhält, fühlt man sich wie bei einer Audienz. Sie ist etwas … Na ja, immer etwas von oben herab.«

»Ach, öhm, wirklich?«, fragt Rory und guckt verschreckt. Dann nimmt er allen Mut zusammen, räuspert sich und klopft behutsam an die Schiebetür, worauf eine verschnupft klingende Stimme ertönt:

»Treten Sie ein!«

»Ach, eine Frage noch«, sage ich zu dem Verleger, »hat Amanda Kent eine Katze?«

»Amanda? Nein«, antwortet Bodo Kiesewind und wirkt etwas irritiert. »Amanda nicht. Aber …«

Bevor er seinen Satz zu Ende gebracht hat, öffnet der schüchterne Detektiv die Tür – und im nächsten Moment bricht ein Inferno über uns herein. Genauer gesagt: über Doktor Herkenrath!

~ 8 ~
Brutus

Mitten auf dem Esszimmertisch liegt ein kräftiger Kater mit buschigem rötlichen Fell, der bei unserem Eintreten auf die Beine springt, uns aus bedrohlich blickenden, dunkelgelben Augen anstiert und böse faucht. Ehe ich in irgendeiner Form reagieren kann, schnellt er mit einem gewaltigen Sprung durch die Luft, landet direkt vor dem völlig überrumpelten Doktor Herkenrath und holt mit der Tatze aus, um ihm einen Krallenhieb zu verpassen. Zum Glück duckt sich mein Cockerspaniel instinktiv weg, jault angsterfüllt und schießt im nächsten Moment in blinder Panik davon. Der Kater hinterher. Er hetzt Doktor Herkenrath unter den Tisch hindurch und jagt ihn kreuz und quer durchs Zimmer, das dabei arg in Mitleidenschaft gezogen wird: Zunächst muss ein Gummibaum den Großteil seiner Blätter lassen, als Nächstes geht eine kostbar aussehende Porzellanvase zu Bruch.

Für die kaputte Vase ist der Kater verantwortlich, aber mein

Cockerspaniel lässt sich auch nicht lumpen und fegt bei seiner kopflosen Flucht vier Likörgläser von einem der Buffetschränke, die lautstark auf dem Boden zersplittern.

»Oh, nein. Mein Esszimmer. Nicht schon wieder«, höre ich Bodo Kiesewind hinter mir stöhnen.

Der Kater drängt den furchtsam winselnden Doktor Herkenrath vor einer Vitrine in die Enge, lässt angeberisch die Muskeln spielen und stolziert auf ihn zu, um ihm den Rest zu geben.

Im letzten Moment gelingt es mir, einzuschreiten. Ich haste zu Doktor Herkenrath hinüber, nehme ihn schützend in die Arme und werfe dem Kater einen bösen Blick zu.

Während ich versuche, meinen vollkommen aufgelösten Cockerspaniel zu beruhigen, ertönt erneut die verschnupft klingende Stimme: »Armer Brutus! Hat das böse, böse Hundi dich erschreckt? Komm her. Komm zur Katzenmami.«

Der aggressive Kater wirft Doktor Herkenrath einen fiesen *Früher oder später bist du fällig!*-Blick zu, dann wendet er sich ab, springt auf den Schoß seiner *Katzenmami* und miaut so unschuldig, als könnte er kein Wässerchen trüben.

Erst da habe ich Zeit, die Besitzerin der näselnden Stimme genauer zu betrachten: Olivia Paddington trägt ein ärmelloses schwarzes Kleid, das für ein Wochenende auf dem Land gleich mehrere Spuren zu elegant wirkt. Sie sieht eher so aus, als wollte sie in die Oper: Ihre Augen werden von langen künstlichen Wimpern beschattet, die Lippen sind dunkelrot geschminkt, ihre kunstvoll aufgetürmte Frisur wird von so viel Haarspray zusammengehalten, dass selbst ein Orkan ihr nichts anhaben könnte.

Die Autorin thront an der Kopfseite des Esstischs, lächelt selbstgefällig und streichelt ihrem Kater mit der Hand über den Kopf. Es gibt keinen Finger ihrer Hand, an dem kein Ring steckt. Und auch ansonsten ist sie reichlich mit Schmuck behangen: Ohrringe, klimpernde Armreifen und eine schimmernde Perlenkette. *Fehlt nur noch ein Krönchen*, denke ich.

Und warum Amanda Kent sie als *überparfümierte Katzen-Trulla* bezeichnet hat, erschließt sich mir ebenfalls: Von der Autorin geht ein schwerer Patschuli-Duft aus, der den gesamten Raum erfüllt.

Schüchterne können weder stark gewürztes Essen noch intensive Gerüche vertragen. Rory sieht aus, als würde er schlecht Luft bekommen. Dennoch ist der Detektiv so höflich, als wäre er einem Ratgeber für gute Manieren entstiegen: »Ich, öhm, ich danke Ihnen, dass Sie uns, ähm, für eine Befragung zur Verfügung stehen«, begrüßt er Olivia Paddington.

Die Schriftstellerin entgegnet darauf nichts, sondern lächelt ihm huldvoll zu. Sie scheint sich wirklich für so was wie eine Königin zu halten. Und Rory und mich für das gemeine Volk.

Dann stellt sie das Lächeln ein, bedenkt den noch immer ängstlich bibbernden Doktor Herkenrath mit einem vorwurfsvollen Blick und näselt: »Dein Hund ist schlecht erzogen. Du solltest ihm beibringen, nicht auf andere Tiere loszugehen. Sieh dir nur meinen Brutus an. Er ist noch immer ganz verängstigt. Es wird dauern, bis er diesen Schock überwunden hat. Mein kleiner Katzenengel ist ja so was von sensibel.« Sie knuddelt den Kater und singsangt: »Ja, das bist du. Ja, das bist du. Ein zartes, sensibles Wesen.«

Einen Moment verschlägt es mir angesichts dieser dreisten Verdrehung der Tatsachen die Sprache, dann stoße ich wütend hervor: »Es war ja wohl genau umgekehrt. Brutus ist auf Doktor Herkenrath losgegangen! Ihr Kater ist ungefähr so sensibel wie ein brutaler Schulhofschläger.«

»Was fällt dir ein?«, fährt mich Olivia Paddington an. »Würdest du dich ein bisschen mit Katzen auskennen, wäre dir klar, dass mein kleiner Sonnenschein nur spielen wollte.« Sie wirft mir einen vernichtenden Blick zu und beschließt dann offenbar, mich zu ignorieren. Stattdessen wendet sie sich an Rory: »Ich bin natürlich gewillt, Sie in jeder Form zu unterstützen. Aber ich werde Ihre Fragen nur beantworten, wenn dieser gemeingefährliche Hund aus dem Esszimmer verschwindet. Mein armer kleiner Brutus soll nicht noch mehr leiden.«

Diese Forderung ist natürlich eine Unverschämtheit. Und dass Olivia Paddington den überängstlichen Doktor Herkenrath als gemeingefährlich bezeichnet, ihren krawalligen Kater hingegen als Engelchen, zeugt schon von enormem Realitätsverlust. Ich bin auch *gewillt.* Gewillt, der Frau mal so richtig die Meinung zu sagen. Aber als der Detektiv sich leise räuspert und mir einen bittenden Blick zuwirft, schlucke ich meine Wut runter und gebe klein bei. Schließlich ist es für unsere Ermittlung notwendig, diese Befragung durchzuführen.

»Könnten Sie vielleicht ein paar Minuten auf Doktor Herkenrath aufpassen?«, bitte ich Bodo Kiesewind, der sich mit Handfeger und Kehrblech bewaffnet hat und Scherben und Gummibaumblätter zusammenfegt.

»Was? Ach so. Ja, natürlich«, murmelt er.

»Und du gehst mit Herrn Kiesewind mit und veranstaltest kein Theater. Dauert nur ein paar Minuten«, flüstere ich Doktor Herkenrath zu. »Tut mir leid, es geht nicht anders.«

Er schielt mich so traurig an, als hätte ich ihn in eine lebenslange Verbannung geschickt, und macht seinem Trennungsschmerz durch mitleiderregendes Winseln Luft. Aber als Bodo Kiesewind ihn mit den Worten »Komm mit in die Küche, da gibt es Fleischwurst!« lockt, ist von Trennungsschmerz nichts mehr zu spüren. In freudiger Erwartung eines Leckerlis folgt Doktor Herkenrath dem Verleger in den Flur hinaus.

Der Kater schickt ihm ein angsteinflößendes Fauchen hinterher und schmiegt sich an sein Frauchen. Dann wirft er Rory und mir einen herausfordernden Blick zu und legt eine triumphierende Miene auf. Wie ein Krieger nach siegreicher Schlacht.

Nach diesem Zwischenfall sind drei Dinge klar: Doktor Herkenrath und Brutus werden ganz sicher keine Freunde mehr. Olivia Paddington und ich auch nicht. Und wir wissen nun, wem die roten Haare gehören, die wir in Amanda Kents Zimmer gefunden haben. Aber es wäre taktisch klug, diesen Umstand erst am Ende unseres Gesprächs zu erwähnen.

Rory und ich nehmen am Esstisch Platz, als Olivia Paddington ein lautstarker Nieser entfährt. Noch einer. Und noch einer. Und noch einer.

Der schüchterne Detektiv ist mal wieder die Zuvorkommenheit in Person, zieht ein blütenweißes Taschentuch aus der Innentasche seine Jacketts und überreicht es der Autorin.

»Ich danke Ihnen, mein Lieber«, sagt sie, nachdem ihr Niesanfall abgeebbt ist. Mich ignoriert sie eisern, dem Detektiv hingegen schenkt sie ein hoheitsvolles Lächeln. »Wissen Sie, dass Sie das Vorbild für eine Figur meiner *Detective Poo-Poo*-Romane waren, Rory?«

»Ähm, nein«, murmelt er verlegen.

»So ist es aber. In Band 13, *Das Geheimnis der Goldenen Kralle,* trifft *Detective Poo-Poo* bei seinen Ermittlungen auf einen Siamkater namens *Samtpfötchen*. Der ist so scheu, dass er nie laut miaut. Und er findet es unhöflich, Mäusen hinterherzujagen. Als ich das schrieb, habe ich die ganze Zeit an Sie gedacht. Sie sind ja irgendwie auch so ein schüchternes … Samtpfötchen.«

»Ach, öhm, ja?« Der Detektiv guckt, als hätte er was Schlechtes gegessen.

Ich drehe den Kopf zur Seite und gluckse leise in mich hinein. *Samtpfötchen!* Damit hat Rory einen Spitznamen weg. Ich kann es kaum erwarten, Charlotte davon zu erzählen.

»Und was genau möchten Sie von mir wissen?«, fragt die Autorin. »Ich habe noch zu arbeiten. Ich wäre Ihnen sehr verbunden, wenn wir diese Befragung möglichst schnell hinter uns bringen könnten, Rory.«

»Nun, die, öhm, die Befragung wird in erster Linie meine Assistentin Matilda durchführen«, stammelt der schüchterne Detektiv.

Olivia Paddington guckt missmutig, weil sie mich nun natürlich nicht mehr ignorieren *kann.*

»Zunächst brauche ich ein paar Grunddaten von Ihnen«, sage ich und bemühe mich dabei nicht um übergroße Freundlichkeit. »Ihren Namen und Ihr Geburtsdatum, bitte!«

»Was soll das denn? Du weißt genau, dass ich Olivia Paddington bin. Und mein Geburtstag ist der …« Sie hält inne und zischt giftig: »Mein Geburtsdatum spielt bei dieser Ermittlung ja wohl keine Rolle.«

»Waren Sie auch mal mit einem Engländer verheiratet? So wie Amanda Kent?«, will ich wissen. »Oder stammt Ihre Familie aus England?«

»Nein. Was soll *diese* Frage denn jetzt schon wieder?«

»Ich dachte nur: Der Name klingt nun mal sehr englisch. Oder ist Olivia Paddington ein Künstlername?«

Das Thema scheint ihr äußerst unangenehm zu sein. Sie weicht meinem Blick aus, knibbelt nervös an der Tischdecke herum und sagt erst nach längerem Zögern: »Ähm, ja. Das ist er.«

»Und wie heißen Sie mit bürgerlichem Namen?«, hake ich neugierig nach.

»Ist das in irgendeiner Weise von Belang?«

Nicht wirklich. Aber wer sich Doktor Herkenrath gegenüber so niederträchtig verhält, hat es verdient, dass ich ihn ein bisschen piesacke.

»Ja, ist es«, bescheide ich kurz und knapp. »Und wie lautet Ihr richtiger Name?«

Olivia Paddington sieht zu Boden und nuschelt etwas Unverständliches.

»Wie bitte? Ich habe Sie leider nicht verstanden.«

»Buttergrieß«, presst sie zwischen zusammengekniffenen Lippen hervor, während ihr Kater mir einen finsteren Blick zuwirft. »Mein bürgerlicher Name lautet Jolanda Buttergrieß. Als ich mein erstes Buch bei Bodo veröffentlicht habe – *Detective Poo-Poo und die wilden Mäuse* –, da meinte er, dass … Er war der Meinung, dass sich Krimis von einer Autorin namens Olivia Paddington besser verkaufen würden, als die einer Jolanda Buttergrieß. Seither verwende ich diesen Namen. Zufrieden?«

»Sicher. Danke, Frau Buttergrieß.«

»Ich würde es bevorzugen, wenn du mich weiterhin mit *Frau Paddington* ansprechen würdest«, näselt sie gereizt.

»Ganz wie Sie wünschen. Gibt es irgendetwas im Zusammenhang mit Amanda Kents Verschwinden, das Sie uns mitteilen möchten?«

»Nein. Und im Übrigen solltest du wissen, dass ich mir keinerlei Sorgen wegen ihres Verschwindens mache. Ich bin sicher, dass dieser schniefende Kommissar richtigliegt: Amanda hat ihr Verschwinden inszeniert.« Olivia Paddington lächelt gemein und sagt: »Wie man hört, sollen sich die beiden letzten *Inspector Joyce*-Bände nicht mehr so gut verkauft haben wie die vorhergehenden. Ein geheimnisvolles Verschwinden hilft, Aufmerksamkeit zu erregen und Interesse auf eine Buch-Veröffentlichung zu lenken. Ich habe so etwas zum Glück nicht nötig. Meine Bücher verkaufen sich auch ohne solch zweifelhafte Werbemaßnahmen.«

»So?«, entgegne ich und beschließe, sie noch ein bisschen zu ärgern. In unschuldigem Ton sage ich: »Dabei dachte ich immer, *Inspector Joyce* hätte viel mehr Fans als *Detective Poo-Poo.*«

Brutus streckt den Kopf vor und faucht mich drohend an.

Olivia Paddington sieht aus, als würde sie ihn gerne auf mich hetzen, und entgegnet in schnippischem Ton: »Natürlich verkauft sich *Inspector Joyce* besser. Weil es anspruchslose Unterhaltung für die breite Masse ist. Ein Inspector, der Gurkensandwiches und Pasteten in sich reinschlingt und schlecht gelaunt durch englische Moorlandschaften stolpert. Viel einfallsloser geht es doch kaum noch. Mein *Detective Poo-Poo* ist eben eher für ein anspruchsvolles Lesepublikum, das Wert auf literarische Qualität legt. Dass ich nicht so viele Bücher verkaufe wie Amanda, kann ich verschmerzen. Was mich wurmt, ist, dass sie dreimal hintereinander den *Großen Krimipreis* bekommen hat, während ich jedes Mal leer ausgegangen bin. Das zeigt überdeutlich, dass diese unfähige, ignorante Jury aus einem Haufen Analphabeten besteht, der –«

»Ich, öhm, ich käme dann doch gerne wieder auf die Ermittlung zurück. Wenn Ihnen das keine Umstände macht«, schaltet sich Rory höflich lächelnd ein. »Es ist mir äußerst unangenehm, diesen Umstand erwähnen zu müssen, aber, öhm … Bodo Kiesewind hat uns berichtet, dass die Atmosphäre in den vergangenen Tagen etwas, *hüstel, hüstel*, angespannt war.« Fragend blickt er die Autorin an, die aber nicht antworten kann, da sie von einem erneuten Niesanfall heimgesucht wird.

Sie trompetet lautstark in das weiße Taschentuch, bevor sie mit säuerlicher Miene erklärt: »Zu der schlechten Stimmung hat Bodo doch selbst beigetragen. Zumindest was *meine* schlechte Stimmung betraf.«

»Was, öhm, was meinen Sie damit?«, fragt der Detektiv und zieht verwundert die Augenbrauen hoch.

»Wissen Sie, mein Lieber«, sagt Olivia Paddington mit affektierter Näsel-Stimme. »Ich werde gemeinhin etwas unterschätzt.

Ich kann nicht nur Katzenkrimis schreiben, ich bin eine äußerst vielseitige Autorin. Und vor ein paar Wochen hatte ich eine brillante Idee für eine neue Buchreihe. Mal etwas völlig anderes: *Detective Nut-Nut, der Eichhörnchen-Detektiv.* Ich habe Bodo direkt nach meiner Ankunft davon erzählt, aber er war nicht so begeistert, wie ich es mir erhofft hatte. Er hat nur ›*Könnte man mal drüber nachdenken*‹ gemurmelt. Wenn ein Verleger *Könnte man mal drüber nachdenken* murmelt, ist das eine höfliche Form zu sagen: ›*Die Idee ist Schrott.*‹« Olivia Paddington legt einen pikierten Gesichtsausdruck auf und zischt: »Dann taucht zu allem Überfluss auch noch diese grobschlächtige Amanda Kent auf und äußert sich in unverschämter und abschätziger Weise über mein Werk und meine Person. Und was diese Frau für einen Ton am Leib hat. Wenn sie mit einem spricht, ist das, als würde man von einem Feldwebel angebrüllt werden. Und wie sie aussieht. Allein ihre Frisur. Wie ein Waldschrat. Oder müsste es in dem Fall Waldschrätin heißen? Da blicke ich so langsam auch nicht mehr durch.« Die Autorin rollt genervt mit den Augen, während Rory sich dezent räuspert und mit leiser Stimme sagt:

»Wie wir, öhm, hörten, verlief Ihre Begegnung mit Lars Blodstroem allerdings auch nicht ganz, ähm, harmonisch.«

»Dieser großmäulige Grünschnabel!«, schimpft die Autorin los. »Tut, als hätte er den Kriminalroman neu erfunden. Dabei packt er nur möglichst viele Explosionen, Schießereien und Verfolgungsjagden in seine Geschichten, damit die Leser nicht merken, dass die Handlung völlig unlogisch ist. Und die ganze Zeit über hat er mit dem Preis angegeben, den seine *Nordwedder*-Romane bekommen haben. Na und? Dafür war ich schon Katzenbotschafterin des Jahres. *Des Jahres!* Außerdem: Wer glaubt, Werbung für seine Bücher machen zu müssen, indem er Fotos von sich ins Netz stellt, auf denen er beim Holzhacken zu sehen ist, den kann man doch nicht ernst nehmen. Und während des Zwiebelkuchenessens am Sonntagabend hatte ich endgültig genug von ihm, als er behauptet hat – *hatschi, hatschi, hatschi …*« Wieder kommt das Taschentuch zum Einsatz.

»Klingt, als hätten Sie sich eine üble Erkältung eingefangen«, stelle ich fest.

»Kein Wunder«, zetert Olivia Paddington. »Bodo ist zu geizig, um ausreichend zu heizen. Ständig friert man. Dieses Haus ist eine Eishöhle.«

Ich finde es, ehrlich gesagt, mollig warm. Aber wer im Herbst ein ärmelloses Kleid trägt, kann natürlich schon mal ins Frieren kommen.

»Sie wollten uns gerade erzählen, warum Sie sich während des Essens mit Lars Blodstroem gestritten haben«, bringe ich unser Gespräch wieder auf Kurs.

Olivia Paddington zieht die Nase hoch, deutet aus dem Fenster und schimpft: »Dieser unsägliche Mensch hatte die Frechheit, zu behaupten, Brutus hätte die Lackierung seines Motorrades zerkratzt. Da konnte ich nicht mehr an mich halten. Wie kann er meinen armen kleinen Liebling nur ohne jeden Beweis verdächtigen?« Sie streicht dem Kater zärtlich übers Fell und säuselt: »Dabei würdest du so etwas doch nie tun, du kleines, knuffiges Katzenbaby.«

Ich finde Brutus weniger *knuffig*. Sondern schwer aggressiv. Und ein *Katzenbaby* ist er ganz bestimmt nicht. Sondern ein ausgewachsenes, schweres Exemplar. Ich kann mir sehr gut vorstellen, wie er mit diabolischer Freude seine Krallen am Tank des Motorrades gewetzt hat. Aber das ist jetzt nicht das Thema.

»Bleiben wir doch noch einen Moment bei dem Zwiebelkuchenessen«, sage ich und versuche, meine Abneigung gegen Olivia Paddington zu unterdrücken. »Herr Kiesewind hat uns schon davon berichtet, aber es würde uns interessieren, wie Sie den Verlauf des Abends erlebt haben. Und welchen Eindruck Sie von den anderen Gästen hatten.«

»Dieses Ehepaar Betzing war grässlich«, befindet die Autorin und verzieht schmerzlich das Gesicht. »Er hat den Mund kaum aufbekommen. Sie hat dafür unablässig belangloses Zeug geplappert und ging mir enorm auf die Nerven, weil sie in jedem zweiten Satz ein *Unglaublich* unterbringen musste: ›*Dein Zwiebelkuchen ist ja unglaublich lecker, Bodo. Unglaublich, wie früh der Herbst in diesem Jahr gekommen ist. Ich habe da ein unglaublich gutes Rezept für einen Schmand-Käsekuchen.*‹ Das Einzige, das ich unglaublich fand, war, wie unglaublich nervtötend diese Natalie Betzing war.«

»Und welchen Eindruck hatten Sie von Karola Driskopp?«, will ich wissen.

»Mir war auf den ersten Blick klar, dass die Frau, *hatschi, hatschi,* dass die Frau einen Schaden hat«, antwortet die Autorin und klingt dabei, als hätte sich ihre Nase mittlerweile völlig zugesetzt. »Wer sich kleidet und schminkt und auch noch die gleiche Frisur trägt wie Winifred Joyce, der kann doch nicht mehr ganz sauber sein. Es hat mich nicht gewundert, als sie völlig ausgerastet ist und –«

»Öhm, entschuldigen Sie bitte, dass ich Sie unterbreche«, nuschelt Rory verschämt. »Zu dieser, ähm, unschönen Szene kommen wir gleich. Aber vorher würde mich noch interessieren, welchen, öhm, welchen Eindruck Amanda Kent an diesem Abend auf Sie gemacht hat. Hat sie sich in irgendeiner Weise ungewöhnlich verhalten?«

»Ja«, antwortet die Autorin wie aus der Pistole geschossen. »Sie war ungewohnt still und wirkte abwesend. Irgendwas schien sie zu beschäftigen. Was mich nicht sonderlich betrübt hat. Ich war froh, mir mal ein paar Stunden lang nicht ihre neiderfüllten Gehässigkeiten anhören zu müssen. Ich erinnere mich, dass sie im Lauf des Abends einen Anruf von ihrer Tochter bekam, die sie aber schnell abgewimmelt hat. Kurz darauf ist ihr dann diese Karola Driskopp auf die Pelle gerückt. Und dann kam es zum großen Knall. Aber das hat Bodo Ihnen ja wahrscheinlich schon geschildert.«

»Was haben Sie gedacht, als Amanda Kent verkündet hat, *Inspector Joyce* sterben zu lassen?«, will ich wissen.

Olivia Paddington zuckt mit den Schultern und legt einen gelangweilten Blick auf. »Meiner Meinung nach hätte sie ihn schon in Band 4 sterben lassen sollen. Spätestens. Danach kam doch nichts Neues mehr. Alles hat sich nur noch wiederholt. Daher hat mich ihre Ankündigung nicht gerade in Trauer gestürzt. Ganz im Gegensatz zu Bodo. Er war weiß wie die Wand und sah aus, als würde er jeden Moment vom Stuhl rutschen. Aber das war natürlich gar nichts gegen die Reaktion von Karola Driskopp. Ich habe noch nie jemanden so kreischen hören. Wie eine heiß gelaufene Kreissäge. Und dann begann sie, mit Geschirr und Besteck um sich zu werfen. Eine Gabel ist nur haarscharf an meinem Ohr vorbeigeflogen. Wahrscheinlich hätte sie das ganze Zimmer zerlegt, wenn nicht Lars Blodstroem und dieser Hilmar Betzing eingeschritten wären.« Die Autorin blickt einen Moment lang gedankenverloren vor sich hin und streichelt ihrem Kater übers Fell, bevor sie uns mitteilt: »In dem Moment war ich natürlich genauso geschockt wie alle anderen. Aber im Nachhinein betrachtet muss ich sagen, dass dieser irre Ausbruch der mit Abstand unterhaltsamste Teil des Abends war. *Hatschi, hatschi.*« Olivia Paddington setzt Brutus auf dem Boden ab und erklärt mit hoheitsvoller Miene: »Ich denke, damit sind Ihre Fragen erschöpfend beantwortet.«

~ 9 ~
Der einsame Wolf

Die Autorin erhebt sich von ihrem Stuhl, um zu verdeutlichen, dass sie die *Audienz* als beendet betrachtet. Derweil schleicht Brutus mit grimmigem Blick um Rory und mich herum, so als würde er auf eine günstige Gelegenheit lauern, um uns aus dem Hinterhalt ein paar Tatzenhiebe zu verpassen.

»Öhm, eine Frage hätte ich schon noch«, haucht der Detektiv schüchtern – sehr zum Missfallen von Olivia Paddington, die verärgert die Stirn runzelt. »Haben Sie in der vergangenen Nacht etwas Ungewöhnliches bemerkt? Haben Sie, ähm, vielleicht Schritte oder Geräusche im Haus gehört?«

»Nein«, entgegnet die Schriftstellerin kurz angebunden. »Nicht in dieser Nacht.« Der letzte Satz rutscht ihr eher unbeabsichtigt raus. Erst als Rory und ich sie überrascht anblicken, wird ihr klar, dass sie ihn laut gesagt hat.

»Und in welcher Nacht ist Ihnen was aufgefallen?«, hake ich neugierig geworden nach.

Die Krimiautorin lässt sich auf ihren Stuhl fallen, schnieft durch die Nase und erklärt widerwillig: »In der Nacht von Freitag auf Samstag. Ich habe der Polizei nichts davon erzählt. Zum einen, weil ich sicher bin, dass es nichts mit Amandas Verschwinden zu tun hat. Und weil, ähm, weil die ganze Geschichte etwas peinlich ist. Ich … ich kann doch auf Ihre Diskretion zählen, Rory?«

»Öhm, äh, ja. Ja, das, äh … Ja. Selbstverständlich.«

»Also schön«, sagt sie und nestelt nervös an ihrem Kleid herum. »Es muss kurz nach Mitternacht gewesen sein. Ich konnte nicht einschlafen. In solchen Situationen hilft mir ein heißer Kakao. Also ging ich runter in die Küche, um mir einen zuzubereiten. In Begleitung von Brutus. Der kleine Schatz weicht nie von meiner Seite. Ich wollte gerade die Milch aus dem Kühlschrank nehmen, da fiel mein Blick auf … Lars Blodstroem hatte Bodo als Gastgeschenk eine skandinavische Spezialität mitgebracht: in Schokolade gehüllte Lakritzkugeln. Die Packung stand auf der Küchenanrichte. Und da dachte ich, ich könnte ja mal eine Kugel probieren. Ich muss schon sagen, das war die aromatischste Lakritze, die ich je gegessen habe. Eine wahre Geschmacksoffenbarung. Also nahm ich noch eine Kugel und noch eine, und ehe ich es mich versah, war die Packung leer. Bodo ist ein gemütlicher Typ. Aber er wäre sicher nicht erfreut, wenn er erfahren würde, dass ich ihm seine Schokolakritze weggegessen habe. Also habe ich die leere Packung in den Plastikmüll geworfen und mich auf leisen Sohlen davongeschlichen. Und weil ich nicht wollte, dass Bodo spitzkriegt, wer nachts in der Küche gewesen ist und seine Lakritze vernichtet hat, konnte ich natürlich keinem davon erzählen, was danach geschehen ist.«

»Nämlich?«, hake ich ungeduldig nach.

»Als ich in den Flur kam, hörte ich eine Stimme aus Lars Blodstroems Zimmer. Ich konnte nicht verstehen, was die Person sagte – dazu war ich zu weit entfernt –, aber es war eine sehr tiefe Männerstimme. Der Mann schien in beruhigender Weise auf Lars einzureden.«

»Er hatte kurz nach Mitternacht Besuch?«, entfährt es mir überrascht. »Und er hatte zuvor nicht erwähnt, dass er jemanden erwartete? Und auch am nächsten Tag hat er niemandem von seinem nächtlichen Besucher erzählt?«

»Mir jedenfalls nicht. Natürlich war ich in diesem Moment neugierig und wollte mich näher an das Zimmer heranschleichen, um zu verstehen, worüber dieser Besucher sprach – aber da ging irgendwo im Haus eine Tür und ich hörte Schritte. Und da ich nicht wollte, dass jemand mitbekam, dass ich Bodos Lakritze den Garaus gemacht hatte, habe ich mich eilig auf mein Zimmer verdrückt.«

Rory legt die Stirn nachdenklich in Falten und sagt: »Das, öhm, bringt mich zu einem interessanten Punkt. Laut Herrn Kiesewind hat Amanda Kent am folgenden Tag, während eines Waldspaziergangs zu Lars Blodstroem gesagt: ›*Hören Sie doch auf, den harten Kerl zu spielen, Jungchen. Ich weiß über Sie Bescheid.*‹ Könnte das –«

»Wirklich?«, unterbricht ihn die Autorin und wirkt verdutzt. »Dazu kann ich nichts sagen. Bei dem Spaziergang war ich nicht dabei. Ich würde vorschlagen, dass Sie Lars persönlich zu diesen Vorkommnissen befragen. Er kommt gerade von seinem Spaziergang zurück.«

Olivia Paddington deutet aus dem Fenster, und ich sehe einen fast zwei Meter großen, muskulösen Mann in Ledermontur auf das Haus zustapfen.

»Das, öhm, das werden wir natürlich tun«, versichert Rory der Autorin. »Ich, ähm, danke Ihnen vielmals für Ihre Auskunftsbereitschaft.«

Von Brutus' wachsamen Augen beobachtet, gehen wir zur Tür. Der Detektiv hat die Hand schon auf der Klinke, als er sich noch einmal umdreht und mit einem verschämten Lächeln sagt: »Ach, beinah hätte ich es vergessen. Eine, öhm, unbedeutende Kleinigkeit wäre da doch noch.«

Ein detektivischer Trick, den Rory häufig anwendet: So tun, als wäre die Befragung vorüber, die Befragten damit in Sicherheit wiegen – und sie dann, in allerletzter Sekunde, auf schüchterne Weise mit etwas konfrontieren, das sie in Erklärungsnot bringt.

Der Detektiv zieht das Röhrchen mit den roten Katzenhaaren aus der Tasche seines Jacketts, geht zurück zum Tisch und hält es Olivia Paddington vor die Augen. »Diese Haare stammen doch von Ihrem Kater, oder?«

Brutus baut sich vor ihm auf und faucht ihn wütend an, während die Autorin nach einem kurzen Blick auf das Röhrchen bestätigt: »Ja, das sind Katzenhaare. Aber woher …«

»Hätten Sie die Freundlichkeit, uns zu erklären, warum, öhm, warum wir diese Haare in Amanda Kents Zimmer gefunden haben?«, fragt Rory in allerhöflichstem Ton.

Olivia Paddington wird blass und stammelt: »In Amandas Zimmer? Das, *hatschi, hatschi, hatschi,* das muss … Also, ich weiß auch nicht. Der kleine Racker stromert gerne durchs Haus. Möglicherweise war er dabei auch in ihrem Zimmer.«

»Ach, er kann Türklinken betätigen?«, sage ich mit gespielter Überraschung.

»Nein, aber möglicherweise stand die Zimmertür ja auf«, antwortet sie gereizt.

»Ja. Möglicherweise«, sage ich in gedehntem Tonfall und fixiere Olivia Paddington mit einem durchdringenden Blick. Worauf sie die Augen niederschlägt – und von einem weiteren Niesanfall durchgeschüttelt wird. *Hia-tschi, Tschihi, Hatschi.*

»Ich danke Ihnen nochmals«, murmelt der Detektiv, als wir das Zimmer verlassen. »Und wünsche gute Besserung und, ähm, baldige Genesung.«

»Und? Was, öhm, würdest du sagen? Hat uns dieses Gespräch weitergebracht?«, fragt mich Rory, nachdem wir auf den Flur hinausgetreten sind und er die Schiebetür hinter sich geschlossen hat.

»Na, ja«, sage ich nach kurzem Überlegen. »Wir wissen jetzt, dass Jolanda Olivia Buttergrieß-Paddington nicht nur Katzenkrimi-Autorin und Katzenmami des Monats, sondern auch Katzenbotschafterin des Jahres ist. Und gäbe es den Titel *Anstrengendste Persönlichkeit des Jahres*, hätte sie ihn sich auch redlich verdient. Mit der Frau möchte ich nicht auf einer einsamen Insel stranden. Und mit ihrem Brutus auch nicht.«

»Was denkst du über die, öhm, Geschichte mit den Katzenhaaren?«

»Olivia Paddingtons Aussage, Brutus würde alleine durchs Haus stromern, war eine Notlüge. Kurz zuvor hat sie noch behauptet, er würde ihr nicht von der Seite weichen. Wenn der Kater in Amanda Kents Zimmer war, war die gute Frau Paddington auch dort.«

»Ja, das, ähm, sehe ich ebenso«, sagt der Detektiv und zupft nachdenklich an seinem Ohrläppchen. »Wobei sich mir gleich mehrere Fragen stellen: Warum war sie dort? Hat sie nach etwas gesucht? Und wenn ja, wonach?«

»Nicht zu vergessen die Frage nach dem *Wann*«, schließe ich an seine Überlegung an. »Vielleicht am Samstag, als die anderen spazieren waren? Oder in der vergangenen Nacht? Halten Sie es für möglich, dass sie das Chaos in Amanda Kents Zimmer angerichtet hat?«

»Nun, ähm, zumindest können wir das zum jetzigen Zeitpunkt nicht ausschließen«, befindet Rory.

»Was wir über Lars Blodstroem erfahren haben, finde ich auch hochinteressant«, sage ich und streiche mir eine widerspenstige Haarsträhne aus der Stirn. »In der Nacht von Freitag auf Samstag hatte er einen Besucher, von dem er niemandem erzählt hat. Am Samstag drückt Amanda Kent ihm diesen *Ich weiß über Sie Bescheid, Jungchen!*-Spruch rein und versetzt ihn damit in Verlegenheit, bevor sie ihrer Tochter am Sonntagabend erzählt, sie wäre einer interessanten Sache auf der Spur. Möglicherweise hat Lars Blodstroem etwas zu verbergen. Und denken Sie nur daran, dass Bodo Kiesewind und Olivia Paddington übereinstimmend ausgesagt haben, Amanda habe geistesabwesend gewirkt. So als hätte sie etwas beschäftigt. Könnte doch sein, dass sich ihre Gedanken um Lars Blodstroem und dessen Geheimnis gedreht haben. Oder was meinen Sie?«

Der schüchterne Detektiv kratzt sich an der Schläfe und sagt nach längerem Zögern: »Das, öhm, das wäre eine Erklärung für ihr Verhalten. Aber wir, ähm, wir können auch andere Erklärungen nicht ausschließen. Nicht beim, öhm, aktuellen Stand der Ermittlung. Vielleicht sehen wir ja nach der Befragung von Lars Blodstroem etwas klarer.«

Wir spazieren in Richtung Küche, als mir die Erinnerung daran, wie Olivia Paddington Rory genannt hat, durch den Kopf schießt. Augenblicklich muss ich kichern.

»Alles, öhm, alles in Ordnung, Matilda?«, fragt der Detektiv irritiert.

»Ja, ja. Alles bestens«, versichere ich, verkneife mir ein Lachen, kichere aber innerlich und denke: *Samtpfötchen.*

Wenn Charlotte davon hört, wird sie ihm das auf ein T-Shirt drucken lassen.

»Lars ist gerade eben von seinem Spaziergang zurückgekehrt«, informiert Bodo Kiesewind den Detektiv, als wir in die Küche treten. »Ich habe ihm gesagt, dass Sie mit ihm sprechen möchten. Er wartet in der Bibliothek auf Sie.«

Der bärtige Verleger sitzt auf einem gepolsterten Küchenstuhl und füttert den vor ihm hockenden, glücklich hechelnden Doktor Herkenrath mit Fleischwurst.

Frau Zeigler würde beim Anblick der Küche entsetzt aufschreien und umgehend zu Putzlappen und Scheuermilch greifen. Ich dagegen finde es ganz heimelig. Natürlich ist Hygiene wichtig, aber deswegen muss eine Küche ja nicht aussehen wie ein steriles Koch-Labor. In Bodo Kieswinds Küche herrscht eine gemütliche Unordnung.

Auf dem Herd stehen zwei Pfannen mit Essensresten, in der Spüle stapeln sich benutzte Teller und überall liegen Kochutensilien herum. In einem Regal finden sich um die hundert Gläser mit verschiedensten Gewürzen. Von der Decke hängen getrocknete Blumensträuße, es gibt einen altertümlichen Ofen, einen wackligen Holztisch mit zahlreichen Wurmlöchern und zwei schwere alte Küchenschränke. Durch ein rundes Fenster blickt man auf die herbstliche Landschaft: auf buntgefärbte Baumkronen, den Fluss im Tal, das Anwesen mit den Backsteingebäuden und das verfallene, von Dornenhecken umrankte Fachwerkhaus von Karola Driskopp.

»Audienz beendet?«, fragt der Verleger neugierig und blickt Rory forschend an. »Kann ziemlich anstrengend sein, die gute Olivia, oder? Hat Ihnen die Befragung denn wenigstens ein paar neue Erkenntnisse beschert?«

»Das, ähm, ist momentan schwer zu sagen«, antwortet der Detektiv ausweichend. »Allerdings hätte ich, *hüstel, hüstel,* eine Frage: Hat Lars Blodstroem Ihnen gegenüber erwähnt, dass er in der Nacht von Freitag auf Samstag Besuch hatte?«

»Wie jetzt?«, entfährt es Bodo Kiesewind mit verdutztem Gesicht und er vergisst vor lauter Überraschung, Doktor Herkenrath zu füttern. »Sie meinen … hier? In meinem Haus? Nachts? Nein, davon hat er nichts … Also, das wäre schon ein starkes Stück. Er kann doch nicht einfach irgendwelche Leute ins Haus lassen, ohne mir Bescheid zu geben. Wie kommen Sie denn darauf?«

Ich hätte nicht übel Lust, Bodo Kiesewind brühwarm zu erzählen, dass Olivia Paddington diesen Besucher gehört haben will – nachdem sie seine Schokolakritze in sich hineingestopft hatte. Aber natürlich will ich es mir nicht mit Rory verderben, der höchsten Wert auf Diskretion legt. Diskretion kommt für ihn gleich nach Behutsamkeit. Also tue ich so, als hätte ich die Frage des Verlegers nicht gehört. Stattdessen fordere ich Doktor Herkenrath auf: »Komm! Die Pause ist vorbei.«

Mein Cockerspaniel lässt seinen Blick zwischen mir, Bodo Kiesewind und der Fleischwurst hin und her wandern und schielt mich so flehentlich an, als wollte er sagen: *»Habe ich heute nicht schon genug gelitten? Gönn mir doch bitte einen Moment der Ruhe und lass mich noch ein Weilchen bei dem netten Mann mit dem grauen Bart bleiben. Und bei seiner leckeren Fleischwurst.«*

»Ich kann gerne noch ein bisschen auf ihn aufpassen«, bietet Bodo Kiesewind an.

»Danke«, entgegne ich und füge einen wohlgemeinten Ratschlag hinzu: »Sie sollten jetzt besser aufhören, ihn zu füttern. Wenn Doktor Herkenrath zu viel Fleischwurst in sich reinschlingt, kriegt er Durchfall. Glauben Sie mir, das möchten Sie nicht erleben.«

Ich finde den Teppichboden mit den Kreideumrissen einfach super. Aber diesmal bleibt mir nur kurz Zeit, ihn zu bewundern, denn als wir die Bibliothek betreten, schnellt Lars Blodstroem aus einem Sessel hoch, kommt mit weit ausholenden Schritten auf uns zu und begrüßt uns.

Als ich ihm die Hand reiche, drückt er so kräftig zu, dass ich Angst um meine Finger bekomme. Dem schüchternen Detektiv geht es nicht besser, er verzieht schmerzerfüllt das Gesicht.

Lars Blodstroems kurz geschnittenes Haar ist so hellblond, dass es beinah weiß erscheint. Er trägt einen Dreitagebart, ist mit einem schwarzen Rollkragenpullover, Lederhose und Lederjacke bekleidet, seine Füße stecken in schweren Motorradstiefeln.

»Freue mich, dich zu treffen, Rory«, sagt er mit Reibeisenstimme. »Ist doch okay, wenn wir uns duzen, oder?«

»Also, öhm, eigentlich ...«

»Konnte es gar nicht glauben, als Bodo mir erzählt hat, du wärst hier, um zu ermitteln«, redet Lars Blodstroem einfach weiter. »Mann, was für ein Zusammentreffen. Der populäre preisgekrönte Autor und der berühmte schüchterne Detektiv. Davon muss die Welt erfahren. Ist doch okay für dich, oder?« Er zieht ein Handy aus seiner Jacke, legt Roy den Arm um die Schulter und schießt – ehe der verschreckt dreinblickende Detektiv reagieren kann – ein Selfie. »Ist doch bestimmt okay für dich, wenn ich das direkt poste«, sagt er und tippt auf dem Handy-Display rum.

»Ähm, also, eigentlich eher, öhm, nicht ...«, versucht Rory zu protestieren.

Lars Blodstroem tippt ungerührt weiter, bis ich ihm das Handy aus den Fingern ziehe, das Foto lösche und in bestimmtem Ton sage: »Haben Sie es nicht gehört? Rory möchte das nicht.«

»Ist ja schon gut«, brummt der Autor missmutig. »Bist du sein Bodyguard, oder was?« Dann fixiert er den Detektiv mit stählernem Blick und fragt: »Und?«

»Und, öhm, was?«, haucht Rory und runzelt irritiert die Stirn.

»Wie findest du meine *Nordwedder*-Trilogie? Du hast sie doch sicher gelesen.«

»Also, ich, öhm, ich komme eher selten zum Lesen und daher habe ich sie leider noch nicht … Aber Matilda ist eine große Leserin und kennt die Bücher bestimmt.« Der Detektiv ringt die Hände und wirft mir einen Hilfe suchenden Blick zu.

Tatsächlich habe ich nur den ersten Band der *Nordwedder*-Trilogie gelesen. Ich fand ihn so schrecklich, dass ich mir Band 2 und 3 erspart habe. Auch wenn ich es nicht gerne tue, muss ich Olivia Paddington in dem Fall recht geben: Die Handlung in Lars Blodstroems Büchern ist an den Haaren herbeigezogen und so unlogisch, dass man Gefahr läuft, einen Hirnkrampf zu kriegen, wenn man genauer darüber nachdenkt.

Der blonde Autor blickt mich gespannt an. »Und? Hat es dich auch so gefesselt und begeistert wie alle übrigen Leser?«

Offenbar erwartet er, dass ich in eine überschwängliche Lobeshymne ausbreche. Wenn ich ehrlich sage, was ich von seinem Werk halte, wird er beleidigt sein. Was die Befragung schwierig machen könnte. Aber ich schaffe es beim besten Willen nicht, in irgendeiner Form Begeisterung vorzutäuschen. Also mogele ich mich um eine Antwort herum und sage: »Wo ich Sie jetzt schon mal persönlich treffe … Eine Szene in Band 1 habe ich nicht ganz verstanden.«

»Aha?«, macht er, betrachtet mich mit grimmigem Gesichtsausdruck und schiebt die Ärmel seiner Lederjacke hoch. Sodass man die Tattoos auf seinen Unterarmen sehen kann. »Und um welche Szene geht es?«

»Am Ende gibt es doch diese Verfolgungsjagd«, sage ich. »Der Bösewicht bekommt bei einem Schusswechsel eine Kugel ins Bein ab und kann sich kaum noch bewegen. Er schafft es aber, in seinem Porsche zu fliehen. Liv Nordwedder verfolgt ihn auf dem Motorrad. Sie kommen zu einem einsam gelegenen Haus am Rand einer Klippe. Der Kerl schleppt sich ins Haus, verschanzt sich dort – und sitzt in der Falle. Es gibt kein Entkommen für ihn. Und obwohl Liv Nordwedder unbewaffnet ist und weiß, dass der Mann über eine Pistole verfügt, rennt sie ebenfalls in das Haus und wird durch mehrere Schüsse verletzt, bevor es ihr doch noch gelingt, ihren Widersacher mit letzter Kraft zu überwältigen.«

»Genau«, sagt Lars Blodstroem. »Und was ist daran so schwer zu verstehen?«

»Nichts. Ich habe mich nur gefragt: Wenn sie unbewaffnet war und der Mann keine Chance hatte, aus dem Haus zu entkommen, warum hat sie nicht einfach ein Sondereinsatzkommando gerufen und gemütlich draußen gewartet? Ich hätte es jedenfalls so gemacht.«

»Du bist ja auch nicht Liv Nordwedder«, knurrt der Krimiautor unfreundlich. »So wie es aussieht, versteht du nicht im Geringsten, wie sie tickt. Sie regelt Dinge auf ihre Weise. Schnell, knallhart, entschlossen. Sie ruft keine Hilfe.« Lars Blodstroem richtet den Blick seiner blauen Augen auf Rory und erklärt in dramatischem Ton: »Liv Nordwedder ist eine einsame Wölfin. So wie ich. Ich bin auch ein einsamer Wolf.«

»Ach, äh, ist das so?«, fragt der Detektiv perplex.

»Ja«, bestätigt der hünenhafte Autor, und im nächsten Moment glaube ich meinen Augen (und Ohren) nicht zu trauen, als er den Kopf in den Nacken wirft und ein durchdringendes Wolfsgeheul ausstößt: *Wooohoo! Wooohoo!*

Aus der Küche schallt ein aufgekratztes Jaulen zurück.

»Doktor Herkenrath, ein einsamer Cockerspaniel«, erkläre ich dem verdutzt dreinschauenden Lars Blodstroem. »Aber da wir ja nicht wegen Liv Nordwedder, sondern wegen Amanda Kent hier sind, käme ich jetzt gerne mal zur Befragung. Falls das für Sie *okay* ist.«

~ 10 ~
Bunte Pillen und ein Angebot

Lars Blodstroem geht zu dem Servierwagen hinüber und schenkt sich ein Glas Whisky ein. »Geht doch in Ordnung, wenn ich mir während der Befragung ein kleines Schlückchen gönne, oder? Auch ein Gläschen, Rory?«

»Ach, äh, nein. Danke. Das, äh, nein …«

»Wahrscheinlich fragt ihr euch, warum mich das Verschwinden von Amanda Kent so kalt lässt«, sagt er, fläzt sich in einen Sessel und schlürft mit Kennermiene an seinem Whisky. »Ich liege da ganz auf einer Linie mit dem Kommissar: Die Frau hat ihr Verschwinden inszeniert, um Werbung für ihr neues Buch zu machen. So wie ich sie kennengelernt habe, traue ich ihr das ohne Weiteres zu. Guter Mann übrigens, dieser Kommissar Valko. Zaudert und zögert nicht. Wie Liv Nordwedder.«

»Ja, er ist auch ein einsamer Wolf«, nuschele ich genervt in mich hinein und will zu meiner ersten Frage ansetzen, als sich Rory überraschend zu Wort meldet.

»Herr, öhm, Kiesewind berichtete uns, Sie hätten bei der Anreise etwas Pech mit Ihrem Motorrad gehabt?«, wispert er schüchtern.

»Ja«, brummt der Schriftsteller. »Hatte ein paar Kilometer vor dem Haus eine Panne und musste die Karre schieben. Jetzt warte ich auf ein Ersatzteil.«

»Ach, was, äh, ist denn kaputt?«, fragt der Detektiv, aber Lars Blodstroem übergeht die Frage und sagt:

»Du kennst dich mit Motorrädern aus? Du bist auch *Biker*, Rory?«

»Öhm, nein«, wehrt der Detektiv verlegen ab und gesteht: »Motorräder sind mir ein wenig zu ... schnell. Ich fahre meistens, ähm, Taxi.«

»Und jetzt hat mir zu allem Überfluss dieses fette Katzenvieh von Olivia Paddington auch noch den Tank zerkratzt«, motzt der Schriftsteller. »Sie streitet natürlich ab, dass es dieser Brutus war. Ich hatte mich deswegen ordentlich in den Haaren mit ihr.«

»Mit Amanda Kent sollen Sie sich aber auch nicht ganz grün gewesen sein«, sage ich und blicke ihn prüfend an.

»Weil ich ehrlich war und gesagt habe, dass schnarchnasige Landpolizisten und schnurrige Katzendetektive nur was für alte Omis sind. Wer keine Kritik vertragen kann, darf keine Bücher veröffentlichen. Aber die beiden Zicken waren sofort eingeschnappt. Amanda hat mich übel angeblafft und kam mir mit so einer blöden *Schreiben Sie erst mal so viele Bücher wie ich,*

Jungchen-Tour, und Olivia sah aus, als würde sie gerne ihren Monster-Kater auf mich hetzen. Die beiden Tanten sind doch so was von vorgestern. Haben keine Ahnung davon, wie man sich erfolgreich vermarktet.«

»Wie denn?«, frage ich neugierig nach.

»Jedes Foto, das man irgendwo postet, sollte dem Leser sagen: Dieser Autor weiß, wovon er schreibt. Er ist genauso wie seine Hauptfigur. In meinem Fall: hart, athletisch, kämpferisch, entschlossen, furchtlos. Und gut aussehend. Das Gesamtpaket aus Autor und Buch muss stimmen. Stell dir vor, du wolltest ein Kochbuch kaufen und hättest zwei Bücher zur Auswahl. Auf dem Cover des ersten Buches prangt ein Foto, das einen wohlgenährten, zufrieden lächelnden Mann mit Kochmütze zeigt. Auf dem zweiten Buch ist ein graugesichtiger, unterernährt wirkender Kerl mit trübem Blick zu sehen. Für welches Buch würdest du dich entscheiden? Siehst du? Bei Krimis ist das nicht anders. Wenn man düstere Skandinavien-Krimis schreibt, ist es verkaufsförderlich, wenn man so aussieht, wie sich Leser einen nordeuropäischen Hünen vorstellen. Und wenn man auf Fotos entschlossen und hart rüberkommt. Immer unterwegs, immer auf der Jagd. Ein einsamer Wolf.« Erneut legt er den Kopf in den Nacken, bricht in Wolfsgeheul aus – und verstummt eingeschnappt, als Bodo Kiesewind aus der Küche schreit:

»Verflixt noch mal! Hör endlich mit diesem blöden Gejaule auf, Lars! Du machst den Hund ja völlig irre!«

Die Befragung von Lars Blodstroem bringt wenig Neues. Auch er schildert die gereizte Atmosphäre und die Streitereien, sieht die Schuld dafür aber (natürlich) bei den beiden Autorinnen.

Während seiner Aussage muss ich unentwegt daran denken, was Amanda Kent in ihrem Interview behauptet hat: dass man ein guter Beobachter sein muss, um ein guter Schriftsteller zu werden. Ein Grundsatz, von dem Lars Blodstroem offenbar nie gehört hat. Genau genommen ist er der schlechteste Zeuge, den ich je befragt habe. Er gehört zu den Menschen, die kaum etwas von ihrer Umwelt mitbekommen, weil sie pausenlos mit sich selbst beschäftigt sind.

Von Amandas Bemerkung während des Waldspaziergangs erwähnt er nichts. Und bei dem Zwiebelkuchenessen am Sonntagabend war er so sehr damit beschäftigt, sich mit Olivia Paddington wegen des zerkratzten Motorrades zu fetzen, dass er von den übrigen Gästen kaum Notiz genommen hat. Von den Betzings hat er sich nicht einmal die Vornamen gemerkt und Karola Driskopp hat erst in dem Moment seine Aufmerksamkeit erregt, als sie auf Amanda Kent losging.

»Völlig gaga, die Alte«, befindet er kopfschüttelnd.

Ansonsten ist ihm nichts Bemerkenswertes aufgefallen.

»Bodo Kiesewind berichtete uns, dass, öhm, dass Amanda Kent Sie während eines Spaziergangs am Samstag mit einer etwas, öhm, unhöflichen Bemerkung bedacht hat. Sie soll gesagt haben, äh … wie war das noch gleich, Matilda?«

Ich schlage mein Notizbuch auf und verkünde: »Sie hat gesagt: ›*Hören Sie doch auf, den harten Kerl zu spielen, Jungchen. Ich weiß über Sie Bescheid.*‹ Und laut Herrn Kiesewind haben Sie darauf sehr betreten reagiert.«

»Echt jetzt?«, sagt Lars Blodstroem und zuckt mit den Schultern. »Erinnere ich mich nicht dran. Die Frau hat jedes Mal, wenn sie den Mund aufgemacht hat, irgendwas Gehässiges gesagt. Irgendwann habe ich einfach nicht mehr zugehört.«

»Und Sie haben überhaupt keine Ahnung, was Amanda Kent damit gemeint haben könnte?«

»Nö. Und ehrlich gesagt, interessiert es mich nicht die Bohne. Sind wir dann durch? Habe Bodo versprochen, noch ein bisschen Holz für den Kamin zu hacken.«

»Öhm, ja, äh, natürlich«, stottert Rory, bevor er sich am Hals kratzt und mit leiser Stimme sagt: »Nur eine, ähm, winzig kleine Sache noch. Entschuldigen Sie bitte, wenn ich so direkt frage, aber … Ist es unter Umständen möglich, dass Sie in der Nacht von Freitag auf Samstag einen Besucher hatten?«

»Was? So ein Quatsch! Wie kommst du denn auf die abgefahrene Idee, Rory?«, sagt der Autor und lächelt überheblich.

»Jemand hat eine fremde Stimme in Ihrem Zimmer gehört«, antworte ich anstelle des Detektivs.

Einen Moment lang verrutscht Lars Blodstroems selbstbewusstes Lächeln und er wirkt erschrocken. Dann fängt er sich, nimmt einen Schluck Whisky und sagt in geringschätzigem Ton: »Es gab keine Stimme. Ich wette, den Blödsinn hat euch die durchgeknallte Katzen-Tante aufgetischt. Wundert mich nicht im Geringsten, dass sie Stimmen hört. Bei all den bunten Pillen, die sie ständig einwirft.«

»Bunte Pillen?«, entfährt es mir verblüfft.

»Ja«, bestätigt Lars Blodstroem – und beweist, dass er ein doch nicht ganz so schlechter Beobachter ist, wie ich dachte. Er richtet seine eisblauen Augen auf mich und eröffnet mir: »Seit wir hier sind, habe ich mehrmals gesehen, wie sie irgendwelche Pillen geschluckt hat. Immer ganz klammheimlich. Wenn sie dachte, niemand kriegt es mit. Einmal hat sie bemerkt, dass ich sie dabei beobachtet habe – was ihr so peinlich war, dass sie knallrot angelaufen ist. Keine Ahnung, was das für Pillen sind. Aber ... wären es nur Tabletten gegen Kopfweh oder Magenschmerzen, müsste ihr das ja nicht peinlich sein, oder? Und ich bin nicht der Einzige, dem die Sache mit den Pillen aufgefallen ist. Amanda Kent hat es ebenfalls mitbekommen. Und ich glaube, Bodo auch. Also – wenn die Frau Stimmen hört, dann liegt es höchstwahrscheinlich an ihren Pillen. Es gab keinen Besucher!« Der Autor stellt sein Whiskyglas auf einem Beistelltisch ab, geht zu Rory hinüber, haut ihm seine Pranken auf die Schultern und erklärt mit heiser klingender Stimme: »Ich finde es aber voll okay, dass du nachgefragt hast. Als Ermittler *muss* man knallhart nachfragen. So wie Liv Nordwedder. Ich hoffe, es ist okay für dich, wenn ich das so direkt sage, aber ... ich habe den Eindruck, hinter all deiner Schüchternheit steckt in Wirklichkeit auch ein knallharter, entschlossener Typ. Ich spüre da eine ganz, ganz starke Verbindung zwischen uns. Du bist wie ich, Rory. Ein Wolf!«

»Ach, öhm, wirklich?«, stammelt der Detektiv überrumpelt, während ich in mich hinein giggele und denke: *Rory? Ein Wolf? Dann wohl doch eher ein Samtpfötchen.*

Hatschi! Tschi! Tschi!, höre ich Olivia Paddington im Obergeschoss niesen, während der Detektiv und ich zurück in die Küche gehen. Lars Blodstroem hat sich ins Freie begeben, um sich dem Holzhacken zu widmen.

Rory sieht nach der Begegnung mit dem wikingerhaften Autor etwas mitgenommen aus. Schüchternen ist es höchst unangenehm, wenn fremde Menschen sie duzen oder ihnen die Hände auf die Schultern legen.

»Was diesen Besucher angeht, hat er uns angelogen«, schildere ich den Eindruck, den ich aus der Befragung von Lars Blodstroem gewonnen habe. »Als Sie danach gefragt haben, hat ihn das ziemlich aus dem Konzept gebracht. Auch wenn er es halbwegs gut überspielt hat.«

Der schüchterne Detektiv legt die Stirn in Falten und murmelt mit nachdenklicher Miene: »Lars Blodstroem hat gelogen. Und Olivia Paddington hat ebenfalls gelogen, als sie behauptet hat, nicht in Amanda Kents Zimmer gewesen zu sein. Die Frage ist nur: Warum?« Rory hüstelt verlegen und erklärt mir: »Leider ist es so, dass bei Befragungen recht häufig gelogen wird. Wenn jemand lügt, bedeutet das aber nicht zwangsläufig, dass diese Lüge etwas mit dem Verbrechen zu tun hat. Menschen lügen aus den verschiedensten Gründen. Zum Beispiel, um, äh, um Dinge zu vertuschen, die ihnen unangenehm oder peinlich sind. Die große Schwierigkeit bei einer Ermittlung besteht darin, herauszufinden, welche Lügen mit dem Verbrechen in Zusammenhang stehen und welche nur dazu dienen, ein persönliches Geheimnis zu bewahren. Ein Unterfangen, das umso schwieriger wird, je mehr Lügen einem aufgetischt werden. Und ich würde sagen, wir, öhm, wir haben heute bereits so einige Lügen gehört.«

Ich bin mir beinah sicher, dass die Geschichte mit Olivia Paddingtons Pillen auch eine Lüge ist, die Lars Blodstroem uns erzählt hat, um von seinem nächtlichen Besucher abzulenken und die Autorin als Zeugin unglaubwürdig erscheinen zu lassen.

Umso mehr überrascht es mich, als Bodo Kiesewind, den ich ebenfalls danach frage, die Behauptung des Schriftstellers bestätigt.

»Ja, ist mir auch aufgefallen«, nuschelt er mit gerunzelter Stirn. »Sie hat sich mit schöner Regelmäßigkeit irgendwelche Pillen eingeworfen. Ich glaube, das hat jeder mitbekommen. Auch, wenn sie versucht hat, es zu verbergen. Ich habe sie nicht gefragt, was es mit diesen Tabletten auf sich hat. Geht mich schließlich nichts an. Olivia ist erwachsen und muss selbst wissen, was sie tut.«

Doktor Herkenrath liegt flach ausgestreckt unter dem Küchentisch, sieht ziemlich fertig aus und versucht offenbar, die Unmengen an Fleischwurst zu verdauen, die der Verleger an ihn verfüttert hat.

»Was haben Sie als Nächstes vor?«, will Bodo Kiesewind von dem schüchternen Detektiv wissen.

»Nun, ich, ähm, ich denke, es wäre sinnvoll, sich einmal mit diesem Ehepaar Betzing und Frau Driskopp zu unterhalten«, sagt Rory mit leiser Stimme. »Vielleicht haben sie etwas bemerkt, das Licht ins Dunkel bringen könnte.«

»Ja, sicher. Gute Idee«, murmelt Bodo Kiesewind, wirkt in diesem Moment aber, als wäre er in Gedanken ganz woanders. Der schwergewichtige Verleger späht kurz in den Flur, dann schließt er die Küchentür und erklärt freundlich lächelnd: »Zunächst mal haben Sie und Ihre Assistentin sich aber eine kleine Pause verdient. Einen Kaffee? Ich habe ihn extra dünn gemacht. Ist ja allgemein bekannt, dass Sie ihn so mögen. Und vielleicht ein paar Kekse? Ich würde Ihnen auch gerne etwas von der Schokolakritze anbieten, die Lars Blodstroem mir geschenkt hat. Eine ganz besondere Leckerei. Aber ich kann sie leider nicht finden. Keine Ahnung, wo ich sie hingeräumt habe.«

»Oh, vielen Dank. Das ist ausgesprochen, öhm, zuvorkommend«, entgegnet der Detektiv höflich, als Bodo Kiesewind ihm die Kekspackung vor die Nase hält. »Doch leider ist es ja so, dass in einem Vermisstenfall jede Minute zählt, und daher würde ich lieber –«

»Papperlapapp«, unterbricht ihn der Verleger in jovialem Ton und drückt den verdutzten Rory auf einen Stuhl. »Wenn Sie vor Entkräftung zusammenbrechen, ist keinem geholfen. Sie brauchen was im Magen. Also nehmen Sie sich ein paar Kekse. Und du natürlich auch, Matilda.« Eilig schenkt er dem Detektiv dünnen Kaffee ein, bei dem es sich eigentlich nur um Wasser mit leicht bräunlicher Färbung handelt, nimmt auf dem Stuhl neben Rory Platz, beugt sich zu ihm vor und flüstert in geheimnistuerischem Ton: »Außerdem gibt es da noch eine Sache, die ich gerne mit Ihnen besprechen würde. Dabei geht es nicht direkt um den Fall, aber …«

»Äh, aha?«, murmelt Rory verwundert.

»Also … nicht, dass Sie mich für kaltherzig halten«, sagt Bodo Kiesewind und streicht sich verlegen über den Bart. »Ich versichere Ihnen: Meine ganze Sorge gilt Amandas Wohlergehen. Niemand wünscht sich mehr als ich, dass Sie sie gesund und wohlbehalten finden. Aber natürlich bin ich auch Verleger. Und als Verleger muss man ans Geschäft denken. Sollte Amanda Ernst machen und die *Inspector Joyce*-Reihe tatsächlich beenden, dann sieht es für den Verlag ziemlich düster aus. Es sei denn, wir schaffen es, eine andere Buchreihe auf den Markt zu bringen, die sich ebenso erfolgreich verkauft. Und da kam mir die Idee, dass ... *True Crime* ist Ihnen doch sicher ein Begriff, Rory. Oder?«

Offenbar nicht. Der Detektiv macht ein reichlich ratloses Gesicht, bevor ich ihm erkläre: »*True Crime* ist momentan schwer angesagt und bezeichnet Filme oder Serien oder eben auch Bücher, in denen es um wahre Verbrechen geht. So was wie die *Mörderischen Ehefrauen.*«

»Genau«, bestätigt Bodo Kiesewind, blickt Rory frohgemut an und sagt: »Ihre Fälle sind ja auch alle *True Crime.* Und daher habe ich mich gefragt, ob Sie noch nie die Idee hatten, Ihre Erlebnisse in Buchform zu veröffentlichen.«

Rory guckt perplex und wirkt leicht überfordert. »Äh, nein. Das wäre mir, *räusper,* unangenehm. Das, öhm, wäre doch irgendwie ...«

»Ich denke, Sie *sollten* mal darüber nachdenken«, setzt der graubärtige Verleger nach. »*True Crime* an sich verkauft sich schon gut. Und wenn der Autor auch noch ein so berühmter Detektiv ist wie Sie ... Die Leser werden sich drum reißen. Hier ist mein Angebot: Sie veröffentlichen die Bücher bei mir, im *BK-Krimi-Verlag.* Wir machen erst mal einen Vertrag über drei Bände. Und natürlich kriegen Sie einen ordentlichen Vorschuss. Ich garantiere Ihnen, die Reihe wird der Oberknüller: *Rory Shy, der schüchterne Detektiv*. Ich habe sogar schon eine Idee für die Gestaltung: Auf dem Cover könnte so was wie ein Schattenriss von Ihnen zu sehen sein und –«

»Also, das, öhm, das wäre mir eigentlich alles nicht so recht«, protestiert der schüchterne Detektiv kraftlos. »Außerdem bin ich ja nun mal Detektiv und kein Autor. Ich verfüge über keinerlei, ähm, schriftstellerisches Talent und –«

»Machen Sie sich deswegen mal keine Sorgen«, wischt Bodo Kiesewind den Einwand zur Seite. »Sie müssen die Bücher natürlich nicht selbst schreiben. Dafür würde ich einen erfahrenen Autor oder eine erfahrene Autorin engagieren. Als *Ghostwriter*. So nennt man jemanden, der die eigentliche Schreibarbeit erledigt, dessen Name aber nicht auf dem Cover auftaucht. Da wird nur Ihr Name stehen. In dicken, fetten Lettern. Weil Ihr Name die Bücher verkauft.«

»Also, ich weiß nicht. Wäre das nicht irgendwie … unseriös?«

»Ach was«, wehrt der Verleger ab. »Sie müssen sich auch nicht sofort entscheiden. Ich schlage Folgendes vor: Sie schlafen mal eine Nacht drüber. Und ich werde Lars und Olivia fragen, ob sie Interesse hätten, als *Ghostwriter* für Sie tätig zu werden. Ich würde die beiden bitten, kleine Rory-Shy-Textproben zu schreiben. Und Sie suchen sich dann einfach den Text aus, dessen Stil Ihnen am ehesten zusagt. Abgemacht?«

»Also … ich weiß nicht …«

»Wunderbar«, übergeht der Verleger Rorys scheue Bedenken, lächelt zufrieden, schnellt erstaunlich flink von seinem Stuhl auf und fragt: »Soll Ich Sie ins Tal zu den Betzings fahren?«

Ich werfe einen kurzen Blick auf Doktor Herkenrath. Angst

vorm Autofahren und ein Bauch voller Fleischwurst sind eine brandgefährliche Kombination. Und die Reinigung von Autopolstern ist eine teure Angelegenheit.

»Ich glaube, wir gehen besser zu Fuß. So können wir uns auch einen Eindruck von der Umgebung verschaffen«, lasse ich Bodo Kiesewind wissen.

»Okay«, sagt er achselzuckend, deutet aus dem Fenster und erklärt uns: »Dahinten, hinter der Hecke, läuft ein schmaler Pfad lang, der ins Tal führt. Aber Vorsicht! Der ist extrem rutschig und abschüssig. Da legt man sich schnell mal auf die Nase. Ich spreche aus eigener leidvoller Erfahrung.«

Doktor Herkenrath hat keine Lust auf einen Spaziergang an der frischen Luft. Er streckt sich unter dem Tisch aus, gähnt und guckt, als hätte er Verstopfung.

»Komm schon«, fordere ich ihn auf. »Oder hast du so viel Fleischwurst intus, dass du dich nicht mehr bewegen kannst?«

Danach sieht es beinah aus. Doktor Herkenrath macht keinerlei Anstalten, sich von der Stelle zu bewegen. Stattdessen hält er die Zeit für ein Verdauungsschläfchen gekommen, schließt die müden Schiele-Augen – und reißt sie im nächsten Moment entsetzt auf, als aus dem Obergeschoss ein wütendes Fauchen zu hören ist: Brutus!

Augenblicklich steht mein Cockerspaniel auf allen vier Pfoten, drückt sich ängstlich an mich und kann gar nicht schnell genug aus dem Haus kommen.

»Ich rufe die Betzings an und informiere sie darüber, dass Sie mit ihnen sprechen möchten«, verabschiedet Bodo Kiesewind den Detektiv. »Damit die beiden auch zu Hause sind und Sie nicht umsonst ins Tal laufen. Mit Karola zu telefonieren, habe ich keine Lust. Nicht nach ihrem gestrigen Auftritt. Aber Sie werden sie sicher antreffen. Sie verlässt ihr Grundstück so gut wie nie.«

Als wir um die Hausecke biegen, treffen wir auf Lars Blodstroem, der mit freiem Oberkörper den herbstlichen Temperaturen trotzt, vor einem Holzklotz steht, eine blitzende Axt schwingt und Holz in handliche Scheite hackt.

»Auch mal, Rory?«, fragt er und streckt dem Detektiv die Axt entgegen.

»Ach, nein, danke. Vielleicht ein, ähm, anderes Mal«, wehrt dieser schüchtern ab.

»Du solltest es unbedingt mal ausprobieren«, rät der wikingerhafte Autor und wischt sich Schweiß von der Stirn. »Körperliche Betätigung hilft dabei, die Birne frei zu kriegen. Und weckt den inneren Wolf in dir.« Lars Blodstroem legt den Kopf in den Nacken und bricht schon wieder in sein dämliches Wolfsgeheul aus. *Wouhouhou, wouhouhou.*

Das weckt zumindest den Wolf in Doktor Herkenrath. Er antwortet mit einem lang gezogenen, gequält klingenden Jaulen.

Einen Wimpernschlag später fliegt ein Fenster im ersten Stock auf und eine erzürnte Olivia Paddington brüllt nach unten: »Ist da bald mal Ruhe? Wie soll ich bei dem Krach irgendwas Vernünftiges zu Papier bringen?«

Lars Blodstroem lässt die Axt sinken und murmelt mit grimmigem Gesicht: »Das schaffst du doch auch nicht, wenn es mucksmäuschenstill ist.«

»*Hatschi!* Das habe ich gehört!«, kreischt es von oben. »Unverschämtheit! Und das von jemandem, der gerade mal drei Bücher veröffentlicht hat.«

»Besser drei spannende Bücher, als zwanzig Bände Langeweile«, motzt Lars Blodstroem zurück.

»Das ist ja wohl ... Erbärmlicher Tintenkleckser!«, schreit Olivia Paddington wütend.

»Überkandidelte Katzen-Schnepfe!«

»Möchtegern-Wikinger!«

»Eingebildete Nudel!«

»Ich, öhm, denke, wir sollten dann so langsam mal«, wispert mir Rory zu. Während sich Lars Blodstroem und Olivia Paddington weiter anschreien, halten wir schnellen Schrittes auf die Hecke am Rand des Grundstücks zu. Die beiden sind so in Rage, dass sie unseren Aufbruch überhaupt nicht wahrnehmen.

»Also ... da kann Bodo Kiesewind mir einen so großen Vorschuss versprechen, wie er will«, haucht der Detektiv mit erschrockenem Gesicht. »Wenn ich das so mitkriege ... Ich, öhm, glaube nicht, dass ich unter die Schriftsteller gehen möchte.«

~ 11 ~
Zwei Ausrutscher

Das Interessante am Herbst ist, dass er zwei Gesichter hat. Es gibt die trüben, grauen, verregneten Herbsttage, an denen man sich am liebsten unter die Bettdecke verkriechen und gar nicht erst aufstehen möchte. Und es gibt Tage, da ist der Himmel blau, die Luft riecht wunderbar frisch und die bunte Herbstlandschaft sieht aus wie gemalt.

Der heutige Tag gehört eindeutig zur besseren Sorte. Leider fehlt mir aber die Muße, die herbstliche Stimmung zu genießen. Schließlich sind wir nicht zur Erholung hier, sondern in detektivischer Mission unterwegs.

Bodo Kiesewind hat nicht übertrieben: Der steil abwärts führende Trampelpfad ist extrem abschüssig und rutschig, und man muss höllisch aufpassen, wohin man seinen Fuß setzt.

Obacht, Matilda!, ermahne ich mich, als wir den schmalen Weg in Angriff nehmen. Ein gebrochener Arm in der Familie ist schließlich genug.

Während wir mit vorsichtigen Schritten ins Tal hinabsteigen, bin ich in Gedanken ganz bei unserem Fall. Je länger ich darüber nachgrübele, umso sicherer bin ich, dass Amanda Kents Verschwinden in irgendeiner Weise mit der *interessanten Sache* zu tun hat, der sie auf der Spur war.

Aber worum handelt es sich bei dieser Sache? Geht es um Lars Blodstroem und seinen mysteriösen Besucher? Dafür würde die Bemerkung sprechen, die sie während des Waldspaziergangs gemacht hat. Oder ist sie auf irgendein dunkles Geheimnis von Olivia Paddington, beziehungsweise Jolanda Buttergrieß gestoßen? Könnte es irgendetwas mit den bunten Pillen zu tun haben? Sowohl der Autor wie auch die Autorin haben uns angelogen, was beide verdächtig erscheinen lässt.

Oder hat sich die Andeutung, die Amanda Kent gegenüber ihrer Tochter gemacht hat, auf etwas oder jemand ganz anderen bezogen? Wer hatte ein Interesse daran, dass die Schriftstellerin verschwindet?

Eine Person haben wir bisher noch überhaupt nicht in Betracht gezogen …

»Halten Sie es für möglich, dass Bodo Kiesewind für Amanda Kents Verschwinden verantwortlich sein könnte?«, frage ich und blicke Rory forschend an.

»Nun, ich will es nicht ausschließen, aber, öhm, eigentlich nicht«, entgegnet er nach kurzem Nachdenken. »Wie kommst du darauf?«

»Na ja … In Krimis sind ganz oft diejenigen die Täter, die die Ermittler zu Hilfe rufen. Weil sie glauben, dass sie das unverdächtig macht. Und diese Personen haben scheinbar auch kein Motiv. Bis sich herausstellt, dass sie –«

Mitten im Satz rutsche ich auf dem schlüpfrigen Untergrund weg, stoße einen überraschten Schrei aus und rudere wild mit den Armen. Hätte ich doch auf den Weg geachtet, statt irgendwelche wüsten Theorien aufzustellen. Rory versucht noch, nach meinem Arm zu greifen, aber es ist bereits zu spät. Ich verliere das Gleichgewicht, lande auf dem Allerwertesten, sause abwärts wie ein außer Kontrolle geratenes Rohrpostpaket, überschlage mich zweimal – und lande unsanft in einem stachligen Gebüsch.

Doktor Herkenrath winselt furchtvoll, Rory kommt auf mich zugerannt, betrachtet mich mit verschrecktem Gesicht und fragt: »Alles in, öhm, Ordnung, Matilda?«

»Ja, ich … glaube schon«, murmele ich und lasse mir von dem Detektiv auf die Füße helfen.

Schwein gehabt: Außer ein paar Kratzern habe ich offenbar keinen Schaden davongetragen. Nachdem der erste Schreck überwunden ist, kann ich sogar wieder lächeln. »Mann, da hat es mich aber mal so richtig weggehauen.«

Der Detektiv geht nicht auf meine Bemerkung ein. Er wirkt verwirrt, legt den Kopf in den Nacken, schließt die Augen und sagt mit leiser Stimme: »Ich … ich empfange ein Signal. Ganz schwach. Aber hier ist irgendetwas, das mit Amanda Kents Verschwinden zu tun hat.«

»Hier?«, entfährt es mir völlig verdutzt. »Mitten in der Walachei?«

Während ich noch ratlos in die Gegend glotze, geht Rory in die Hocke, fährt mit der Hand durch das feuchte Gras am Rand des Pfades und dreht mehrere Steine um – wird aber nicht fündig. Bis er die Suche auf den Strauch ausweitet, in den ich reingerauscht bin. Mit zusammengekniffenen Augen späht er in das dichte Dornengestrüpp. Dann teilt er die Zweige vorsichtig, greift mit der rechten Hand in das Gebüsch – und angelt zu meiner grenzenlosen Verblüffung einen Tintenkuli heraus, den er mir mit einem schüchternen Lächeln präsentiert.

Er umfasst den Stift mit seiner Faust und schließt die Augen, um sich besser konzentrieren zu können. So funktioniert seine *geheime Methode.* Um Gegenständen, die mit Verbrechen in Zusammenhang stehen, Informationen zu entlocken, ist es notwendig, dass der Detektiv sie umfasst, betastet, befühlt, über ihre Oberfläche streicht oder sie sonst irgendwie berührt. Im Normalfall bewirkt dieses Vorgehen, dass dadurch Bilder in seinem Kopf aufblitzen, die wichtige Hinweise für die Ermittlung liefern. Manchmal aber, zum Beispiel dann, wenn ein Gegenstand im Wasser gelegen hat oder Wind und Wetter ausgesetzt war, ist das Signal, das er aussendet, so schwach, dass Betasten nicht ausreicht. In solchen Fällen ist Rory gezwungen, an den Gegenständen zu lecken, um an Informationen zu gelangen.

So auch in diesem Fall: Nachdem er es fast eine Minute lang mittels *Umfassen* versucht hat, schüttelt der Detektiv resigniert den Kopf, seufzt tief und macht sich daran, mit der Zunge über den Stift zu fahren.

Das ist echt eklig, denke ich und schaue weg – bis ich ein freudiges Kieksen höre.

»Haben Sie was gesehen?«, frage ich aufgeregt.

»Ja«, antwortet Rory, zieht eine Flasche Mundwasser aus der Manteltasche und spült sich den Mund aus. »Dieser Stift gehört Amanda Kent. Als ich mit der Zunge darübergefahren bin, konnte ich sie vor meinem inneren Auge sehen: Sie war in ihrem Zimmer, in Bodo Kiesewinds Haus. Die Bilder, die in meinem Kopf erscheinen, haben ja leider keinen, ähm, Zeitstempel, aber ich vermute, dass, öhm, dass sich die Szene kurz nach dem Zwiebelkuchenessen abgespielt hat. Amanda Kent lief auf und ab und schien über etwas nachzugrübeln. Und dann sah sie plötzlich so aus, als wäre ihr eine Erleuchtung gekommen, und sie hat mit diesem Tintenkuli etwas auf ein kleines, gelbes Notizblatt gekritzelt. Anschließend hat sie den Zettel zusammengeknüllt, ist eilig in ihren Mantel geschlüpft, hat den Kuli in der Manteltasche verstaut und das Zimmer verlassen.«

»Konnten Sie erkennen, was Amanda Kent geschrieben hat?«, will ich wissen.

»Nein, leider, öhm, nicht«, entgegnet der Detektiv in bedauerndem Ton, blickt sich um und runzelt die Stirn. »Neben der Frage, was sie geschrieben hat, beschäftigt mich aber vor allem die, wie der Stift hierher gelangt ist. Irgendwelche, öhm, Ideen, Matilda?« Rory legt seinen Detektivinnen-Ausbilder-Blick auf und schaut mich erwartungsvoll an.

»Also … das, was Sie gerade vor Ihrem inneren Auge gesehen haben, bestätigt die Theorie, dass Amanda Kent das Haus freiwillig verlassen hat. Sie steigt über diesen Pfad ins Tal hinab und … Möglicherweise ist sie da oben ausgerutscht, wo es mich auch erwischt hat. Sie stürzt, landet wie ich in dem Busch und dabei fällt ihr der Stift aus der Manteltasche. Die Frage ist natürlich: Was wollte sie mitten in der Nacht im Tal?« Nachdenklich fahre ich mir mit der Hand durch die Haare und spekuliere: »Diese *interessante Sache* … Möglicherweise ging es dabei gar nicht um Olivia Paddington oder Lars Blodstroem, sondern um Karola Driskopp oder das Ehepaar Betzing.« Sorgenvoll lasse ich meinen Blick über das verfallene Fachwerkhaus und das Anwesen mit den Backsteingebäuden wandern. »Halten Sie es für möglich, dass sie sich vielleicht in einem der Häuser befindet? Dass sie gefangen gehalten wird?«

»Nun, öhm, möglicherweise *hat* diese *interessante Sache* mit Frau Driskopp oder den Betzings zu tun. Möglicherweise *ist* Amanda Kent deshalb mitten in der Nacht ins Tal hinabgestiegen«, sagt der Detektiv und kratzt sich verlegen am Hals. »Aber wir können es nicht mit Sicherheit sagen. Alles könnte auch ganz anders gewesen sein. Es gibt so viele Unwägbarkeiten und offene Fragen.«

»Zum Beispiel?«, frage ich verdutzt, denn mir erscheint meine Theorie ganz schlüssig.

»Wir wissen, dass Amanda Kent das Haus freiwillig verlassen hat«, sagt der Detektiv. »Aber hat sie auch freiwillig diesen Pfad genommen? Wollte sie wirklich ins Tal? Und wenn ja, ist sie jemals dort angekommen? War sie alleine? Oder war jemand bei ihr? Jemand, der sie gezwungen hat, mit ihm zu kommen? Sei es, ins Tal hinab oder …« Rorys Blick wandert über die umliegenden Hügel. »Oder wohin auch immer. Möglicherweise hat sie den Tintenkuli gar nicht verloren, sondern ihn bewusst hier deponiert. Um eine Spur zu hinterlassen.«

So ist das, wenn man mit dem schüchternen Detektiv zusammenarbeitet. Immer wenn man kurz davor ist, in Jubel auszubrechen, weil man denkt, man würde endlich klarsehen und wüsste, in welche Richtung man ermitteln muss, kommt Rory mit so vielen Einwänden, Bedenken und Fragen an, dass man anschließend verwirrter ist als zuvor.

Wobei diese Einwände stets berechtigt und nicht einfach aus der Luft gegriffen sind. Rory betrachtet jeden Sachverhalt von mehreren Seiten. Das kann einem zwar mal die detektivische Jubelstimmung verhageln – aber es ist einfach eine professionelle Art zu ermitteln. Besser einmal zu oft nachgedacht, als einmal zu früh gejubelt. Das erste ungeschriebene Detektiv-Gesetz lautet: *Lege dich nie zu früh auf eine Theorie fest, sondern ziehe jede Möglichkeit in Betracht.* Eine Regel, die Rory – im Gegensatz zu dem vorschnellen Kommissar Valko – stets beherzigt. Das dürfte einer der Gründe dafür sein, dass er jeden seiner Fälle löst, während der Kommissar nur äußerst bescheidene Ermittlungserfolge zu verzeichnen hat.

Der schüchterne Detektiv blickt auf die herbstliche Landschaft, tritt von einem Fuß auf den anderen und scheint ein gedankliches Problem zu wälzen, bis er sich schließlich räuspert und mit leiser Stimme sagt: »Diese Notiz, die Amanda Kent auf den gelben Zettel gekritzelt hat … Sie könnte der Schlüssel zur Lösung dieses Falls sein. Aber … wenn ich von dem Tintenkuli, mit dem die Nachricht geschrieben wurde, ein Signal empfange, dann hätte ich von dem gelben Zettel auch eines empfangen müssen. Vorhin, als wir das Zimmer untersucht haben. Dass ich keines empfangen habe, kann nur bedeuten, dass der Zettel nicht mehr da war. Ich kann mich auch nicht erinnern, einen gesehen zu haben. Dabei hat Amanda Kent ihn zusammengeknüllt auf dem Schreibtisch liegen lassen. Wäre er noch da gewesen, hätte ich ihn mit Sicherheit bemerkt. Was heißt, dass –«

»Natürlich!«, geht es mir auf. »Deswegen hat jemand das Zimmer durchwühlt und diese Unordnung angerichtet. Er oder sie hat den Notizzettel gesucht – und offenbar auch gefunden.«

Angespornt durch Doktor Herkenrath, der laut bellt, so als wollte er mir zustimmen, unterbreite ich Rory meine Theorie in allen Einzelheiten: »Halten wir fest: Amanda Kent war einer *interessanten Sache* auf der Spur. Während ihres Aufenthalts in Herbsterheck muss sie irgendetwas gesehen oder gehört haben, das ihre Aufmerksamkeit erregt hat. Nehmen wir mal an, bei dieser *Sache* handelt es sich um etwas, das einen der anderen Gäste betrifft. Etwas, das diese Person um jeden Preis verbergen will. Vielleicht, weil es ihren Ruf beschädigen könnte, vielleicht, weil es um irgendetwas Kriminelles geht. Aber Amanda Kent kommt dieser Person auf die Schliche und …« Nachdenklich halte ich einen Moment inne. »Erinnern Sie sich, was sie zu Miriam am Telefon gesagt hat? Sie hat nicht gesagt *Ich weiß etwas!*, sie hat gesagt, sie sei einer Sache auf der Spur. Das deutet darauf hin, dass ihr etwas aufgefallen war oder dass sie etwas als merkwürdig empfand, es zu diesem Zeitpunkt aber noch nicht richtig einordnen konnte. Dazu passt auch das, was Sie vor Ihrem inneren Auge gesehen haben: dass Amanda Kent nachdenklich im Zimmer auf und ab lief. Dann geht ihr plötzlich auf, welche Bedeutung das, was sie gehört oder gesehen hat, wirklich hat. Und wie um sich dieser Erkenntnis noch einmal zu vergewissern, kritzelt sie die entscheidenden Gedanken auf einen Zettel.«

»Ja, bis, öhm, bis dahin würde ich dir folgen«, murmelt der Detektiv. »Und was, glaubst du, ist danach geschehen?«

»Na ja, das ist jetzt natürlich Spekulation«, sage ich. »Aber … möglicherweise hat Amanda Kent sich aus dem Haus geschlichen, weil sie nach so etwas wie einem eindeutigen Beweis für ihren Verdacht gesucht hat. Aber die Person, auf die sich ihr Verdacht richtete, hatte irgendwie bemerkt, dass sie ihr auf die Schliche gekommen war. Der oder diejenige hat geahnt, was die Autorin tun würde, hat ihr aufgelauert, sie entführt und in ein Versteck gebracht.«

»Und diese Person ist dann später ins Haus eingedrungen und hat den Notizzettel an sich genommen? Wie hätte sie von diesem Zettel wissen können?«, fragt Rory und guckt skeptisch.

Nach seinem Einwand ist mir augenblicklich klar, dass meine Theorie ein gewaltiges logisches Schlagloch hat – aber jeder Mensch hat Schwächen. Eine meiner Schwächen ist es, dass ich nicht gut zugeben kann, wenn ich auf dem Holzweg bin. Weswegen ich mir eine waghalsige Erklärung zurechtbiege, an die ich selbst nicht wirklich glaube: »Nachdem, was wir bisher über Amanda Kent wissen, könnte sie zu ihrem Entführer so was gesagt haben wie ›*Sie können mich verschleppen, wie Sie wollen, Sie Hörnchen. Ich habe in meinem Zimmer eine Nachricht hinterlassen. Jeder, der die liest, weiß sofort, was Sache ist. Dann sind Sie dran, Sie Vollhonk!*‹«

»Ist doch Schwachsinn«, höre ich den Detektiv murmeln. Ich blicke ihn völlig fassungslos an und bin mir sicher, dass ich mich verhört haben muss. Habe ich aber nicht.

Was daran deutlich wird, dass Rory tomatenrot anläuft und über sich selbst so erschrocken ist, dass ihm für einen Moment die Luft wegbleibt. Dann stammelt er verschämt: »Das ähm, das … Entschuldige bitte, Matilda. Ich weiß nicht, was mich da … Also, öhm, eigentlich wollte ich nur sagen, dass, äh, dass ich deine Theorie nicht hundertprozentig schlüssig finde. Oh, Gott, ist mir das peinlich. Was für ein übler Ausrutscher. Ich verstehe nicht, wie ich …«

»Vielleicht hatte Lars Blodstroem ja recht«, sage ich und muss angesichts Rorys Verlegenheit grinsen. »Vielleicht steckt ein ganz knallharter Typ in Ihnen. Und der kommt jetzt zum Vorschein. Warten Sie ab: Heute sagen Sie schlimme Wörter, morgen schwingen Sie eine Axt, übermorgen sitzen Sie auf einem Motorrad und nächste Woche sind Sie volltätowiert.«

»Nein, das, äh … Nein, ich denke nicht«, wispert Rory mit erschrocken aufgerissenen Augen. »Ich, *räusper,* kann mich nur noch einmal entschuldigen. Ich, ähm, sollte ein besseres Vorbild sein.«

»Kriegen Sie sich mal wieder ein«, beruhige ich ihn. »Wenn Sie wieder zu Hause sind, schreiben Sie zur Strafe hundertmal *Samtpfötchen darf nicht Schwachsinn sagen* – und dann ist gut.«

»Öhm, ja, das, äh … Und um noch einmal auf deine Theorie zurückzukommen: Ich halte sie, wie bereits angemerkt, für etwas, *hüstel, hüstel,* unausgereift. Warum hätte Amanda Kent ihrem Entführer von dem Zettel erzählen sollen? Die Notiz war doch so etwas wie eine Rückversicherung für sie. Und ich, ähm, kann mir auch nicht vorstellen, dass sie der Person dann auch noch den Haustürschlüssel ausgehändigt haben soll, damit diese unbemerkt ins Haus gelangen konnte. Das erscheint mir doch sehr, ähm … Und außerdem: Ich habe vor meinem inneren Auge gesehen, dass Amanda Kent den Zettel mitten auf dem Schreibtisch abgelegt hat. Ganz offen. Unübersehbar. Jedem, der das Zimmer betreten hätte, wäre er sofort aufgefallen. Er oder sie hätte weder Schubladen noch Schränke durchsuchen müssen. Warum also dieses Durcheinander? Das öhm, passt alles nicht zusammen.«

»Sie haben recht«, muss ich wohl oder übel zustimmen. »Aber als wir das Zimmer untersucht haben, war der Zettel nicht mehr da. Irgendjemand *muss* ihn an sich genommen haben.«

»Wir, ähm, werden uns das Zimmer später noch einmal ansehen«, sagt Rory. »Auch wenn ich mir nicht vorstellen kann, dass … Ähm, du hast den Raum doch abgeschlossen, oder?«

Ich nicke brav, ziehe den Zimmerschlüssel aus der Tasche und halte ihn Rory vor die schüchterne Detektiv-Nase.

»Gut, dann kann während unserer Abwesenheit niemand dort hinein. Und nun sollten wir nicht weiter spekulieren. Was immer Amanda Kent auch zugestoßen ist, ich befürchte, sie befindet sich in großer Gefahr. Wir haben keine Zeit zu verlieren.«

Der weitere Abstieg ins Tal verläuft ohne nennenswerte Zwischenfälle, abgesehen davon, dass Doktor Herkenrath eine mittelschwere Panikattacke bekommt, als plötzlich ein Feldhase vor uns über den Weg hoppelt. Der Hase ist über das Zusammentreffen mindestens genauso erschrocken wie mein Cockerspaniel und setzt mit weiten Sprüngen über einen kahlen Acker davon.

Wir erreichen den kleinen Fluss, überqueren ihn auf einer Holzbrücke und folgen einem befestigten Weg, der uns direkt zu dem ehemaligen Bauernhof der Betzings führt.

Auf der Pferdekoppel weidet ein Schimmel, der uns neugierig beäugt, als wir das Grundstück betreten.

Interessanterweise zeigt Doktor Herkenrath keinerlei Anzeichen von Angst, sondern bellt freudig und wedelt aufgeregt mit dem Schwanz. Ein Phänomen, das ich schon häufiger beobachten konnte: Bei Katzen, Eichhörnchen, Meerschweinchen oder Salamandern flippt er völlig aus. Tiere, die größer sind als er selbst, scheinen ihm merkwürdigerweise keine Angst zu bereiten. In Gesellschaft eines Elefanten, einer Giraffe und eines Blauwals würde er sich wahrscheinlich pudelwohl fühlen – beziehungsweise cockerspanielwohl.

Vor dem hohen Backsteinhaus stehen ein Tisch und eine Gartenbank, hinter den Fenstern hängen blütenweiße Gardinen, die Fensterbänke sind mit Blumenkästen geschmückt, an der Haustür ist ein Kranz aus Stroh angebracht. Zur Linken des Wohnhauses befinden sich zwei kleinere Gebäude, wahrscheinlich ehemalige Stallungen aus der Zeit, als das Anwesen noch ein Bauernhof war.

Gerade als Rory (behutsam) klingeln will, öffnet sich die Tür und eine Stimme sagt in überschwänglichem Ton: »Bodo hat Ihr Kommen bereits angekündigt. Das ist ja ganz unglaublich! Wer hätte gedacht, dass ich einmal dem berühmten schüchternen Detektiv begegnen würde? Ich freue mich unglaublich, Sie kennenzulernen. Bitte – kommen Sie doch herein!«

~ 12 ~

Zu Hause bei Inspector Joyce

Natalie Betzing dürfte um die sechzig Jahre alt sein. Eine schlanke, mittelgroße Erscheinung mit grauer Kurzhaarfrisur. Ihre Garderobe ist schlicht und praktisch: dunkle Stoffhose, blauer Wollpulli, flache Schuhe.

Sie führt uns an der Küche vorbei durch einen langen Korridor, deutet auf zwei halb gepackte Koffer, die aufgeklappt auf dem Boden stehen, und zwitschert: »Entschuldigen Sie bitte die unglaubliche Unordnung. Ich bin gerade am Packen. Wir fliegen demnächst in Urlaub. Immer wenn es hier kalt und ungemütlich wird, gönnen wir uns ein paar Tage in der Sonne. Hach, Sie glauben nicht, wie unglaublich das einem hilft, Energie für den Winter zu tanken.«

Das Wohnzimmer der Betzings ist mit einem Kachelofen und antiken Bauernmöbeln ausgestattet. Die Dame des Hauses bittet uns, auf einem voluminösen Sofa Platz zu nehmen, in dessen Polstern man beinah versinkt. Doktor Herkenrath macht es sich zu meinen Füßen bequem, gähnt müde und beschließt, sein Mittagsschläfchen nachzuholen.

An den Wänden hängen zahlreiche Holztäfelchen, die mit gereimten Sprüchen und Bauernregeln bedruckt sind. Allesamt Weisheiten von der Art, wie auch Frau Zeigler sie gerne verkündet: *Wenn's Arscherl brummt, ist's Herzerl gsund. Ist der Winter kalt und weiß, wird der Sommer lang und heiß. Wenn der Morgen zu früh graut, ist der ganze Tag versaut.*

»Kann ich Ihnen und Ihrer Mitarbeiterin etwas zu trinken anbieten?«, erkundigt sich Natalie Betzing zuvorkommend. »Ein Wasser? Oder ein Glas Milch? Oder für Sie vielleicht ein Dinkel-Bier, Herr Shy?«

»Äh, nein, danke, das … Dann doch lieber ein Wasser.«

»Gute Entscheidung«, flüstere ich dem Detektiv zu, als Frau Betzing kurz in die Küche verschwindet, und haue auch eine Lebensweisheit raus: »Verträgst du kein Bier und bist eher schüchtern, trink besser Wasser und bleib nüchtern.«

Nachdem Natalie Betzing Gläser und eine Flasche vor uns abgestellt hat, lässt sie sich in einem Sessel nieder, ringt nervös die Hände und sagt: »Tja, das ist ja mal eine ganz unglaubliche Aufregung. Da wird man so mir nichts, dir nichts in einen Vermisstenfall hineingezogen. Die Polizei war auch schon da. Hier bei uns im Haus. Ganz unglaublich. Ich habe bereits zu meinem Mann gesagt … *›Hilmar!‹*, habe ich gesagt. *›Hättest du je –‹*«

»Ist er auch da?«, frage ich und nehme einen Schluck Wasser. »Dann könnten wir Sie beide gemeinsam befragen.«

»Nein, mein Mann ist leider unterwegs«, sagt sie und lächelt entschuldigend. »Er hatte in der Stadt zu tun, aber er dürfte bald zurück sein. Er musste noch ein paar Dinge für unsere Reise besorgen. Hach, Sie kennen das sicher: Wie erholsam so ein Urlaub auch ist, die Vorbereitungen sind immer ein ganz unglaublicher Stress. Ich sage immer zu Hilmar – «

»Sie können uns aber sicher auch schon mal ein paar Fragen ohne Ihren Mann beantworten«, unterbreche ich ihr Geplapper.

»Natürlich, natürlich. Ich befürchte nur, dass ich Ihnen nicht weiterhelfen kann. Das habe ich dem Kommissar auch schon gesagt. Ich habe diese Frau ja nur einmal gesehen. Genau genommen weiß ich nicht mal … Ah, da kommt Hilmar.«

Natalie Betzing deutet aus dem Fenster auf den Hof, wo ein Jeep vorfährt. Ein kräftiger Mann mit einer Steppjacke, Gummistiefeln und einem kahlen Schädel steigt aus dem Wagen und kommt auf das Haus zu. Kurz darauf öffnet sich die Wohnzimmertür, Hilmar Betzing tritt ein, wirkt bei unserem Anblick überrascht und wirft seiner Gattin einen fragenden Blick zu.

»Du kennst doch bestimmt Herrn Shy, den berühmten schüchternen Detektiv«, tiriliert sie und zeigt mit dem Finger auf Rory. »Er und seine Mitarbeiterin sind hier, um uns ein paar Fragen zu stellen. Wegen der verschwundenen Schriftstellerin. Ist das nicht unglaublich?«

»Angenehm«, nuschelt Hilmar Betzing, fährt sich mit der Hand über die Glatze, setzt sich und sagt mit bedauerndem Gesichtsausdruck: »Schlimme Sache das. Man kann nur hoffen, dass der Frau nichts zugestoßen ist. Die Polizei hat uns heute Morgen ja auch schon verhört. Oder sagt man *vernommen*? Jedenfalls … Meine Frau und ich können zu dieser Sache nichts Erhellendes beitragen. Wir haben diese Amanda Kent erst bei Bodos Zwiebelkuchenessen kennengelernt. Vorher war uns nicht mal ihr Name ein Begriff. Wir sind beide keine großen Leser.«

»Wie lange kennen Sie Bodo Kiesewind denn schon?«, leite ich die Befragung in unverbindlichem Plauderton ein.

»Seit vier Jahren«, schießt es aus Natalie Betzing heraus, bevor ihr Ehemann sie korrigiert.

»Es sind fünf Jahre.«

»Fünf Jahre schon? Unglaublich, wie die Zeit verfliegt«, zwitschert sie. »Jedenfalls haben wir ihn kennengelernt, als wir den Hof restauriert haben und hierher nach Herbsterheck gezogen sind.«

»Sie, öhm, Sie beide stammen also nicht hier aus der Gegend?«, erkundigt sich Rory schüchtern.

»Nein, nein«, wehrt Frau Betzing lächelnd ab. »Wir sind eigentlich Stadtpflanzen. Aber mein Mann hatte ein unglaublich glückliches Händchen bei ein paar Börsengeschäften. Das hat uns eine gewisse finanzielle Unabhängigkeit verschafft und uns erlaubt, uns vorzeitig zur Ruhe zu setzen. Wir wollten weg vom Lärm und der Hektik der Stadt, haben uns nach einer Bleibe auf dem Land umgesehen, den alten Bauernhof entdeckt und uns in Herbsterheck niedergelassen. Seitdem ist Bodo unser Nachbar. Oder besser gesagt, Teilzeit-Nachbar. Er kommt ja nur gelegentlich hier raus.« Sie schüttelt den Kopf und verkündet: »Da zieht man aufs Land, weil man denkt, da wäre es ruhig und friedlich. Und dann passiert so etwas. Ein Verbrechen! In Herbsterheck. Ganz unglaublich!«

»Ist doch noch überhaupt nicht raus, ob es wirklich um ein Verbrechen geht«, brummt ihr Gatte. »Vielleicht hat sie sich auch nur beim Spazierengehen verlaufen. Wenn man hier im Wald vom Pfad abkommt … Letztes Jahr hat sich ein Wanderer verirrt. Den hat man erst nach vier Tagen gefunden.«

»Äh, ja«, macht Rory und sagt verlegen: »Dennoch, öhm, sollten wir die Möglichkeit nicht außer Acht lassen, dass eventuell, öhm …«

»Es könnte uns helfen, wenn Sie uns Ihre Eindrücke von dem Abendessen schildern würden«, springe ich dem schüchternen Detektiv bei.

Das Ehepaar tauscht einen betretenen Blick. Natalie Betzing räuspert sich und erklärt verschämt: »Also, dieser Abend war für uns etwas … Wissen Sie, wir haben sonst nicht mit Schriftstellern zu tun. Nur mit normalen Menschen.«

»Bücher und all so was sind nichts für uns«, sagt ihr Mann und fügt in mürrischem Ton hinzu: »Wer Bücher schreibt, der hat den Kopf doch in den Wolken. Wir sind bodenständige Menschen und stehen mit beiden Beinen auf der Erde. Wir brauchen keine Fantastereien. Und der Abend hat ja mal wieder vollauf bestätigt, was für ein seltsames Völkchen diese Schriftsteller sind. Ist natürlich nur meine Meinung, aber: Die sind alle ein bisschen malle in der Birne.«

»Und von gutem Benehmen haben sie offenbar auch noch nie gehört«, empört sich seine Ehefrau. »Olivia Paddington und Lars Blodstroem haben unentwegt gestritten. Außerdem hat sie ständig geniest und fand es dabei nicht nötig, die Hand vors Gesicht zu halten. Muss man denn seine Bazillen überall in der Gegend verteilen? Unglaublich so was!«

»Noch mehr hat mich gestört, dass ihr dicker Kater die ganze Zeit um den Zwiebelkuchen rumgeschlichen ist. Meiner Meinung nach haben Tiere nichts am Tisch verloren. Ist doch unhygienisch, so was«, moppert Hilmar Betzing.

»Und dieser Lars Blodstroem …«, wispert seine Frau mit einem Gesichtsausdruck, der sich nicht so recht zwischen Abscheu und Faszination entscheiden kann. »Der Mann hat was unglaublich Brutales. Dieser stechende Blick. Ganz zu schweigen von seinen schrecklichen Tätowierungen …«

»Und welchen Eindruck hatten Sie von Amanda Kent?«, will ich wissen.

»Na, dass sie nicht gerade der Frohsinn in Person ist«, sagt Hilmar Betzing achselzuckend. »Sie hat den ganzen Abend über kaum geredet. Bis sie mit Karola aneinandergeraten ist. Mannomann, da war plötzlich Feuer in der Hütte.«

»Was, öhm, können Sie uns denn über Frau Driskopp sagen? Sie dürften sie doch gut kennen, schließlich ist sie Ihre Nachbarin«, hakt Rory schüchtern nach.

»Die ist auch malle«, befindet Hilmar Betzing und verdreht die Augen. »Steht andauernd unangemeldet bei uns auf der Matte. Angeblich, um sich Zucker oder Salz oder Mehl oder sonst was zu leihen. Aber eigentlich will sie einen nur mit irgendwelchem Blödsinn vollschwätzen. Wenn sie sich erst mal niedergelassen hat, wird man sie so schnell nicht wieder los. Und ständig kommt sie einem beim Reden zu nahe. Die Frau ist eine unerträgliche Nervensäge.«

»Ach, jetzt sei nicht ungerecht, Hilmar«, versucht seine Frau, ihn zu besänftigen. »Karola ist einfach unglaublich einsam. Sie braucht gelegentlich ein bisschen Gesellschaft und jemanden zum Reden. Natürlich ist sie ein wenig wunderlich, aber …«

»Ein wenig?«, murrt Herr Betzing. »Jedes Mal, wenn sie hier auftaucht, redet sie ununterbrochen von irgendeinem Hannibal und einer Winifred. So, als müsste ich die kennen. Dabei habe ich nicht die geringste Ahnung, wer diese Leute sind. Und bei einem Essen mit Geschirr um sich zu werfen, kann man ja wohl kaum als wunderlich bezeichnen, sondern nur als völlig verrückt!«

Um die traurige Wahrheit zu sagen: Die Befragung der Betzings ist ein Flop! Es kommt nicht viel dabei rum, außer dass Natalie Betzing alles Mögliche *ganz unglaublich* findet, dass das Ehepaar Bücher für überflüssig und so ziemlich jeden außer sich selbst für verrückt hält.

Nach dem plötzlichen Ende des Abendessens haben sie umgehend den Nachhauseweg angetreten (»Wir waren ganz unglaublich erleichtert, als wir endlich gehen konnten.«), sich zu Bett begeben und bis zum nächsten Morgen tief und fest geschlafen.

»Es tut uns ganz unglaublich leid, dass wir Ihnen nicht helfen konnten«, flötet Frau Betzing, als uns das Ehepaar an der Haustür verabschiedet.

»Ach, das, äh, das, öhm …«

»Ist halt so«, unterbreche ich das schüchterne Gestotter des Detektivs. »Sollte Ihnen doch noch was einfallen, rufen Sie uns bitte an.« Ich drücke ihr einen Zettel mit meiner Mobilnummer in die Hand. »Und – schönen Urlaub wünschen wir Ihnen!«

Als Rory, Doktor Herkenrath und ich das Grundstück verlassen, kommt der Schimmel zum Rand der Koppel getrabt, schnaubt durch die Nüstern und verabschiedet uns mit einem Wiehern. Doktor Herkenrath erwidert es mit einem freudigen Bellen.

Wir folgen einem Fußpfad, der am Ufer des Flusses entlangführt, und erreichen nach einem zehnminütigen Marsch das Fachwerkhaus von Karola Driskopp.

Eine wild wuchernde, dornige Hecke zieht sich um den Garten und das kleine Haus, bei dessen Anblick mir sofort wieder der Begriff *Hexenhäuschen* in den Sinn kommt. Es wirkt schief und krumm, das Gebälk ist verzogen und auf dem Dach fehlen mehrere Ziegel. Aus einem bröckligen Schornstein steigt Rauch auf. So als hätte die Hexe den Ofen schon mal vorsorglich angeworfen. Ganz wohl ist mir bei dem Anblick nicht. Und auch Rory guckt ein wenig verängstigt, als er behutsam auf den Klingelknopf drückt. So ähnlich müssen sich Hänsel und Gretel gefühlt haben, als sie an die Tür der bösen Hexe geklopft haben.

Die Frau, die uns öffnet, sieht zu meiner Erleichterung nicht nach Hexe aus. Ihre Erscheinung entspricht aber tatsächlich dem Bild, das ich mir als Leserin immer von Winifred Joyce, der Angetrauten des brummigen Inspectors, gemacht habe.

Karola Driskopp hat stumpfes blondes Haar, das sie in einer Pagenfrisur trägt. Genau die Haarfarbe und Frisur, die Amanda Kent der Polizistengattin in ihren Romanen verpasst hat. Und auch Frau Driskopps Garderobe könnte direkt aus dem Kleiderschrank von Winifred Joyce stammen: eine pastellfarbene Rüschenbluse mit Puffärmeln, ein beiger Faltenrock und eine exakte Kopie der Holzperlenkette, die Inspector Joyce seiner

Gattin in Band 3 (*Tote Weihnachtsmänner leben länger*) mit den liebevollen Worten *»Hier! Für dich.«* zu Weihnachten schenkt.

Karola Driskopp wirft einen misstrauischen Blick auf Doktor Herkenrath und betrachtet uns mit verkniffenem Gesichtsausdruck – bis ihr plötzlich klar wird, wer da vor ihrer Haustür steht.

»Rory Shy, der berühmte Detektiv«, stößt sie hervor und schlägt überrascht die Hand vor den Mund. Dann fährt ihr Kopf ruckartig vor, so weit, dass Rorys und ihre Nasenspitze sich beinah berühren. »Sind Sie es wirklich?«

»Ähm, ja«, murmelt Rory und weicht zwei Schritte zurück. Nachdem er einen ausreichenden Sicherheitsabstand eingenommen hat, räuspert er sich verlegen, stellt Doktor Herkenrath und mich vor und erklärt, warum wir hier sind.

Worauf Karola Driskopp mit ängstlichem Gesichtsausdruck krächzt: »Auch wenn ich mich mit ihr gestritten habe – ich habe nichts mit dem Verschwinden von Amanda Kent zu tun. Das habe ich der Polizei bereits gesagt. Die hat mich ebenfalls verdächtigt. Sie haben meinen Computer untersucht. Aber das hat bewiesen, dass ich die ganze Nacht hier war.«

»Das, öhm, wissen wir bereits«, merkt Rory höflich lächelnd an. »Wir sind gekommen, um sie als, öhm, Zeugin zu befragen. Ihre Aussage könnte uns womöglich bei unserer Ermittlung weiterhelfen.«

»Als Zeugin?«, sagt Frau Driskopp und lächelt erleichtert.

»Ja, wer weiß? Vielleicht kann ich Ihnen wirklich behilflich sein. Ist ja fast wie in einem Fall von Inspector Joyce. Dann ... Dann kommen Sie doch bitte herein. Aber vorher die Füße abtreten. Jeder zwanzigmal!«

Nachdem das erledigt ist, dürfen wir endlich rein. Doktor Herkenrath, der sich die Füße natürlich nicht abgetreten hat, hinterlässt dabei eine ansehnliche Spur aus Pfotenabdrücken. Zum Glück ist es in der engen Diele so schummerig, dass Karola Driskopp nichts davon bemerkt.

Auf einer schmucklosen Kommode ist eine Vase mit Herbstblumen platziert, in einem metallenen Schirmständer stehen zwei Stockschirme, an der Garderobe hängen ein weinroter Schal und ein grüner Lodenmantel, wie ihn auch Winifred Joyce tragen könnte.

Ich bleibe stehen, schnuppere und sage: »Irgendwas riecht hier verbrannt!«

»Ach, du liebes bisschen«, entfährt es Karola Driskopp. »Ich habe eine Pastete im Ofen. Die habe ich völlig vergessen.« Sie rennt in die Küche und ruft: »Gehen Sie doch schon mal ins Wohnzimmer. Ich komme gleich.«

Wir tun, wie uns geheißen. Rory nimmt auf einer Couch Platz, ich in einem stoffbezogenen Sessel, Doktor Herkenrath streckt sich vor dem kleinen, gemauerten Kamin aus, in dem ein fröhliches Feuerchen prasselt.

Ich lasse meinen Blick durch das Zimmer wandern und habe plötzlich das merkwürdige Gefühl, als wäre ich schon mal hier gewesen. Das über dem Kamin hängende Ölgemälde mit dem röhrenden Hirsch, die mit Karamellbonbons befüllte Porzellanschale, der Zierteller mit Jagdmotiven, die Tischlampe in Form einer Muschel, die Sammlung alter Militärorden auf dem Wohnzimmer-Buffet ... Ich frage mich, aus welchem Grund all das so vertraut auf mich wirkt – bis es mir mit einem Mal dämmert.

»Hier sieht es aus wie bei *Inspector Joyce!*«, wispere ich Rory zu. »Die Tapete, der Bodenbelag, die Vorhänge, die Bilder an den Wänden, sogar die Couch, auf der Sie sitzen: Das ist eine eins-zu-eins-Kopie des Wohnzimmers, wie es in Amanda Kents Romanen beschrieben wird. Gruselig, oder?«

Ehe der Detektiv antworten kann, betritt Karola Driskopp den Raum. Sie trägt ein Tablett, auf dem eine Teekanne, ein Milchdöschen, drei Tassen und ein kleiner Teller mit Keksen stehen.

»Es geht doch nichts über eine gute Tasse Tee«, befindet sie, nachdem sie uns eingeschenkt und neben Rory auf der Couch Platz genommen hat. »Leider kann ich Ihnen keinen Zucker anbieten. Ich habe gerade erst bemerkt, dass ich keinen mehr im Haus habe.«

»Das, ähm, macht überhaupt nichts«, nuschelt der schüchterne Detektiv und lächelt gequält. Rory mag keinen Tee. Egal, ob mit oder ohne Zucker. Für ihn ist Tee ein Getränk, das man höchstens im Krankheitsfall zu sich nehmen sollte. Aber natürlich erwähnt er diesen Umstand nicht und nimmt einen Höflichkeitsschluck.

Karola Driskopp spielt mit schuldbewusstem Blick an ihrer Holzperlenkette herum, lächelt unsicher und sagt: »Ich nehme an, Bodo Kiesewind ist im Moment nicht besonders gut auf mich zu sprechen.« Forschend blickt sie Rory an, der verlegen stottert:

»Ähm, also, er, ähm …«

»Es tut mir unendlich leid, dass ich bei dem Abendessen so die Kontrolle verloren habe. Aber als Amanda Kent das Ende von Inspector Joyce verkündete, da hat irgendetwas bei mir ausgesetzt. Das darf einfach nicht sein: Hannibal Joyce darf nicht sterben! Denkt Amanda Kent denn überhaupt nicht an die Gefühle ihrer Leserinnen und Leser? Aber der arme Bodo kann ja überhaupt nichts dafür. Und er ist so ein netter und freundlicher Nachbar. Ich … ich werde ihn nachher anrufen und mich entschuldigen. Und natürlich werde ich ihm anbieten, den von mir verursachten Schaden zu ersetzen.«

»Ich glaube, das ist eine gute Idee. Tun Sie das«, bestärke ich Frau Driskopp, die daraufhin den Blick in die Ferne richtet und in bedeutungsvollem Ton erklärt:

»Nur wer seine Schuld erkennt, vermag sie zu begleichen. Doch gibt es manche Schuld, die wiegt so schwer, dass sie niemals beglichen werden kann.«

Das habe ich doch schon mal gehört, denke ich, als Karola Driskopp mich aufklärt: »Ein Zitat aus *Inspector Joyce, Band 9: Die Mumie aus dem Moor.*«

»Ähm, überaus, öhm, interessant«, sagt Rory. »Ich möchte Sie natürlich keineswegs drängen, aber, wenn wir jetzt doch vielleicht mit der Befragung, öhm …«

»Sicher, sicher«, murmelt sie und schiebt sofort das nächste Joyce-Zitat nach: »Nur wer die richtigen Fragen stellt, erhält auch die richtigen Antworten.«

»Berichten Sie uns doch von dem Abendessen«, bitte ich Karola Driskopp. »Oder besser noch: Beginnen Sie mit Bodo Kiesewinds Einladung.«

»Als Bodo mich zu diesem Essen eingeladen und mir gesagt hat, dass ich Amanda Kent kennenlernen würde, habe ich mich natürlich irrsinnig gefreut. Ich meine … wenn man ein so großer Joyce-Fan ist wie ich und hat plötzlich die Gelegenheit, die Autorin persönlich kennenzulernen, das ist … Ich war sehr aufgeregt, das muss ich zugeben. Kurz vor sieben habe ich mich mit meinen Nachbarn, den Betzings, an der Brücke getroffen und wir sind gemeinsam zu Bodo gegangen. Und zunächst war es ja auch ein ausgesprochen netter Abend.«

Rory und ich tauschen einen kurzen Blick und denken wahrscheinlich dasselbe: Mit dieser Meinung dürfte Karola Driskopp ziemlich alleine stehen.

»Wir hörten, dass andere es nicht ganz so harmonisch fanden«, werfe ich ein. »Lars Blodstroem und Olivia Paddington sollen sich zum Beispiel unentwegt gestritten haben.«

»Ach, auf die beiden habe ich nur wenig geachtet«, sagt sie. »Die haben mich nicht besonders interessiert. Weil mich ihre Bücher auch nicht interessieren. Katzenkrimis halte ich für völlig lächerlich und in Lars Blodstroems Büchern gibt es für meinen Geschmack zu viele Personen und viel zu viele Verfolgungsjagden. Ich mag es lieber beschaulich und übersichtlich. So wie bei Inspector Joyce.«

»Und was war mit Amanda Kent?«, bohre ich nach.

»Zuerst habe ich sie nur ehrfürchtig angestarrt. Sie schien mir nicht zu einem Gespräch aufgelegt und wirkte etwas grimmig. Aber so kennt man sie ja von ihren Interviews. Nichts Außergewöhnliches. Tja und dann ... habe ich mir ein Herz gefasst, sie angesprochen und ihr gestanden, was für eine große Bedeutung ihre Bücher für mein Leben haben. Dass ich einfach nicht genug von *Inspector Joyce* und seinen Fällen bekommen kann. Und natürlich wollte ich von ihr wissen, wie es mit ihm weitergeht.« Karola Driskopp rückt so eng an Rory heran, dass sie beinah auf seinem Schoß sitzt, und raunt: »Ich muss schon sagen ... Amanda Kent war ausgesprochen unhöflich. Hat mich angepflaumt, weil ich angeblich nicht genug Abstand zu ihr gewahrt hätte. Als ob ich nicht wüsste, welcher Abstand angemessen wäre.«

»Mhm?«, macht Rory, guckt verschüchtert und rückt ein Stück von ihr weg.

»Ja, und dann wurde sie wütend, hat mich als schlechtes Winifred-Double beschimpft und geschrien, dass sie Inspector Joyce in ihrem nächsten Buch sterben lassen würde. Mir wurde einen Moment ganz schwarz vor Augen und dann … Dann ist es mit mir durchgegangen. Ich war so aufgebracht, dass ich mich überhaupt nicht mehr an Einzelheiten erinnern kann. Ich weiß nur noch, dass ich sie wüst beleidigt und einen Teller nach ihr geworfen habe. Ich war vor Wut völlig außer mir. Hilmar Betzing und Lars Blodstroem haben mir die Arme auf den Rücken gedreht und geschrien, dass ich aufhören soll. Ich habe Mantel und Schal von der Garderobe gerissen, bin aus dem Haus gestürmt und nach Hause gerannt. Und da war ich auch den Rest der Nacht. Ich habe eine Online-Unterschriftenaktion ins Leben gerufen: *Hannibal Joyce darf nicht sterben.* Ich sage die Wahrheit, Kommissar Valko hat das alles überprüft.« Ihr Blick, der gerade noch ganz ängstlich war, bekommt einen schwärmerischen Ausdruck. »Ach, das ist schon einer, der Kommissar. Ein bisschen erinnert er mich an Inspector Joyce. Er ist genauso knurrig. Und wie gut er aussieht … Über den sollte mal einer eine Buchreihe schreiben.«

»Kommt ja vielleicht noch«, murmele ich und seufze resigniert.

Diese Befragung hat genauso wenig Erhellendes zutage gebracht, wie die der Betzings.

»Abflug«, sage ich zu Doktor Herkenrath, der offenbar wenig Lust verspürt, sein warmes Plätzchen am Kamin aufzugeben, und nur widerwillig zu mir herübergetrottet kommt.

Als wir uns in der Diele verabschieden, nutzt Karola Driskopp die Gelegenheit, um uns ein weiteres *Inspector Joyce*-Zitat mit auf den Weg zu geben: »Mag es auch lange dauern, die Gerechtigkeit nimmt ihren Lauf.«

Während sie das noch verkündet, bleibt mein Blick an dem weinroten Schal hängen, der von einem Garderobenhaken baumelt. Bei dem, was ich sehe, stutze ich, gehe zur Garderobe hinüber und nehme ihn genauer unter die Lupe.

»Was ist?«, fragt Karola Driskopp und beobachtet mich mit einem argwöhnischen Blick.

Ich nehme den Schal in die Hand, halte ihn ihr vor die Nase und deute auf ein mit gelbem Garn eingesticktes Monogramm: *A K.*

»Das ist nicht Ihr Schal. Er gehört Amanda Kent. Wie kommt Amanda Kents Schal in Ihr Haus?«

~ 13 ~
Fleischwurstverbot

Für einen Moment herrscht Totenstille. Karola Driskopps Gesicht wird kreideweiß, während sie fassungslos auf den roten Wollschal stiert.

Dann hebt sie den Kopf, wirft Rory und mir einen flehenden Blick zu und wispert: »Bitte, glauben Sie mir, sie war nicht hier. Amanda Kent war nie in diesem Haus. Ich habe keine Ahnung, wie …« Sie hält inne und macht ein Gesicht, als würde ihr plötzlich ein Licht aufgehen. »Natürlich … Als ich gestern Abend aus Bodos Haus stürmte, habe ich in aller Eile Mantel und Schal von der Garderobe gerissen. Ohne genau hinzusehen. Mein Schal sieht genauso aus wie dieser. Weinrot mit kurzen Fransen. Nur ohne Monogramm. In der Hektik muss ich aus Versehen Amanda Kents Schal genommen haben. Es kann nur so gewesen sein. Mein Schal muss noch bei Bodo an der Garderobe hängen. Soll ich ihn anrufen? Er wird Ihnen bestätigen, dass ich die Wahrheit sage.«

»Nein, das, äh, das ist nicht nötig«, erklärt der Detektiv in höflichem Ton. »Wir werden das später vor, öhm, vor Ort überprüfen.«

»Den Schal müssen wir mitnehmen«, eröffne ich Karola Driskopp und stopfe das Kleidungsstück in meine Manteltasche. »Er könnte ein Beweisstück sein.«

»Ich schwöre, ich habe nichts mit Amanda Kents Verschwinden zu tun«, beteuert sie noch einmal, geleitet uns zur Tür und verabschiedet uns mit einem letzten bedeutungsschweren Zitat von Inspector Joyce: »Gurkensandwich bleibt Gurkensandwich und Unschuld bleibt Unschuld!«

»Ich möchte nicht den Ausdruck *malle* gebrauchen, aber die Frau ist wirklich mehr als wunderlich«, befinde ich, nachdem wir die Brücke überquert haben und den Wiederaufstieg zu Bodo Kiesewinds Haus in Angriff nehmen. »Sieht aus wie Winifred Joyce, wohnt wie Winifred Joyce und klingt wie Winifred Joyce. Finden Sie so was nicht irgendwie ... beängstigend?«

»Ach, das ist doch, ähm, völlig harmlos. Ich würde das als eine, öhm, liebenswerte Schrulle bezeichnen«, wiegelt der Detektiv lächelnd ab.

War ja klar, denke ich. *Wer Marzipanbrote mit Messer und Gabel isst, Zimmerpflanzen nur an ungeraden Tagen gießt und für menschenleere Einöden schwärmt, der hat auch für so ziemlich jede andere Marotte Verständnis.*

Aber mal abgesehen von dieser Erkenntnis: Was hat uns unser Ausflug ins Tal gebracht?

Nicht besonders viel.

Es hat sich bestätigt, dass »unglaublich« Natalie Betzings Lieblingswort ist und dass Karola Driskopp (vorsichtig formuliert) etwas eigenartig rüberkommt. Aber das hilft uns bei unserer Ermittlung nicht einen Schritt weiter. Wir haben keine einzige brauchbare Information in Bezug auf das Verschwinden von Amanda Kent bekommen.

Die Betzings haben auf mich unverdächtig gewirkt. Ihre Aussagen klangen glaubwürdig und ich vermag bei ihnen absolut kein Motiv zu erkennen. Welches Interesse sollten sie am Verschwinden der Autorin haben?

Bei Karola Driskopp sieht die Sache ein wenig anders aus: Sie war wütend auf Amanda Kent – und wir haben den Schal der Schriftstellerin bei ihr gefunden. Aber darüber hat sie selbst so erschrocken gewirkt, dass ich geneigt bin, ihr zu glauben. Außerdem werden wir ja in Kürze wissen, ob sie bezüglich des vertauschten Schals die Wahrheit gesagt hat. Wovon ich eigentlich ausgehe.

Wenn man mich fragt: Wir sollten uns in diesem Fall verstärkt auf Lars Blodstroem und Olivia Paddington konzentrieren.

Fragt sich nur, warum wir den Tintenkuli der Autorin auf halbem Weg ins Tal gefunden haben. Wohin war sie unterwegs?

War jemand bei ihr? Hat sie den Stift verloren oder hat sie ihn absichtlich dort hinterlassen?

Zumindest bietet uns das, was der Kuli Rory *gezeigt* hat, einen konkreten Ansatzpunkt, an dem wir tätig werden können: Wir müssen noch einmal in das Zimmer der Autorin und uns vergewissern, dass der gelbe Notizzettel wirklich nicht mehr dort ist. Ich denke, dass Rory recht hat: das, was Amanda Kent auf den Zettel gekritzelt hat, könnte der Schlüssel zur Lösung dieses Falles sein.

Finden wir den Zettel, dann finden wir auch Amanda Kent.

Als wir die Hügelkuppe erreichen, dämmert es bereits.

Bodo Kiesewind öffnet uns und informiert uns als Erstes darüber, dass Karola Driskopp ihn angerufen und sich wortreich bei ihm entschuldigt hat. »Sie hat mich für morgen früh zu einem *Versöhnungsfrühstück* eingeladen«, berichtet er. Dann fällt sein Blick auf Doktor Herkenrath, der nach dem Aufstieg völlig fertig ist und sich flach auf die Dielen fallen lässt. »Na, noch ein Stückchen Fleischwurst, mein Bester?«

Sofort springt mein Cockerspaniel auf, wedelt mit dem Schwanz und hechelt erwartungsfroh.

»Nein, er hatte für heute mehr als genug«, schreite ich ein. »Wenn er noch mehr frisst, endet das böse. Ab sofort hat er Fleischwurstverbot!«

Doktor Herkenrath wirft mir einen vorwurfsvollen Blick zu

und schafft es, so elend auszusehen, als hätte er seit Tagen keine Nahrung zu sich genommen.

»Keine Chance«, lasse ich ihn wissen. »Da kannst du so leidend gucken, wie du willst.«

Rory nimmt derweil den Garderobenständer in Augenschein und teilt mit: »Hier, öhm, hier ist kein Schal.«

»Was?«, platzt es überrascht aus mir heraus. »Kein zweiter Schal? Das bedeutet, Karola Driskopp hat uns angelogen! Aber, ihr muss doch klar gewesen sein, dass diese Lüge auffliegt. Wieso –«

»Nun, ähm, möglicherweise *hat* sie die Wahrheit gesagt«, entgegnet Rory mit nachdenklicher Miene. »Amanda Kent könnte den Schal genommen haben, als sie nachts das Haus verlassen hat. Sie war in Eile und ist natürlich davon ausgegangen, dass es ihr roter Schal war, der an der Garderobe hing. Das, öhm, erscheint doch naheliegend. Karola Driskopp hat aus Versehen den Schal von Amanda Kent genommen. Und umgekehrt war es genauso.«

»Erinnern Sie sich vielleicht, ob gestern Abend hier zwei Schals hingen, die so aussahen?«, frage ich Bodo Kiesewind und zeige ihm denjenigen, den ich von Karola Driskopp mitgenommen habe.

Der Verleger wirft einen kurzen Blick auf den Fransenschal und zuckt mit den Schultern. »An der Garderobe hingen gestern Abend eine Menge Kleidungsstücke. Ob darunter auch zwei rote Schals waren? Keine Ahnung. Habe nicht darauf geachtet. Ich kann aber mit Sicherheit sagen, dass sowohl Amanda wie auch Karola solche Schals besitzen. Ich habe sie beide schon damit gesehen.«

Ganz aus dem Schneider ist Karola Driskopp für mich damit zwar nicht, aber Bodo Kiesewinds Aussage spricht dafür, dass der schüchterne Detektiv mit seiner Vermutung richtigliegen könnte.

Der Verleger fährt sich mit der Hand über den grauen Bart und will von Rory wissen: »Haben Sie denn von Karola oder den Betzings etwas erfahren, das uns weiterhilft?«

»Nun, ähm, nicht direkt«, wispert der Detektiv verschämt. »Aber wir haben das hier gefunden. Am Rand des Pfades, der ins Tal führt.« Er greift in seine Tasche und präsentiert Bodo Kiesewind den Tintenkuli. »Dieser Stift gehört Amanda Kent.«

Der Verleger starrt Rory völlig perplex an. »Aber … der Kuli könnte doch jedem x-Beliebigen gehören. Wie kommen Sie darauf, dass es Amandas Stift ist?«

Der schüchterne Detektiv zupft nervös an seinem Ohrläppchen. Natürlich kann er das nicht erklären, ohne seine *geheime Methode* zu offenbaren. Er räuspert sich und stammelt: »Das, öhm, das, äh, das …«

Ich eile ihm mit der Standardantwort zu Hilfe, die ich bei Fragen dieser Art immer anbringe. »Das kann Rory Ihnen leider nicht verraten. Ist ein Berufsgeheimnis.«

»Aha?«, macht Bodo Kiesewind und runzelt die Stirn. »Und, ähm, was haben Sie jetzt vor?«

»Wir müssen uns das Zimmer von Amanda Kent noch einmal ansehen«, lasse ich ihn wissen. »Passen Sie so lange noch mal auf Doktor Herkenrath auf? Aber bitte –«

»Schon klar«, sagt der Verleger und lacht. »Absolutes Fleischwurstverbot.«

Als Rory und ich vor Amanda Kents Zimmer stehen, blickt der schüchterne Detektiv auf die Uhr und fragt: »Wann musst du zu Hause sein?«

»Auf jeden Fall, bevor Frau Zeigler zurückkommt. Spätestens um acht«, antworte ich.

»Dann, öhm, solltest du jetzt besser Amadeus anrufen und ihn bitten, uns abzuholen. Sonst könnte es etwas knapp werden. Er braucht hierher ja eine gute Stunde. Das lässt uns Zeit genug, das Zimmer noch einmal zu untersuchen.«

Ich nehme mein Smartphone und wähle die Nummer des Chauffeurs, der mir versichert, sich sofort auf den Weg zu machen.

»Dann, ähm, wollen wir doch mal«, sagt Rory, lässt sich von mir den Schlüssel geben und dreht ihn behutsam im Schloss.

Ich drücke den Lichtschalter, der Detektiv steigt über die am Boden liegende Matratze, stakst auf den Schreibtisch zu und befindet nach einem kurzen Blick: »Nein. Kein Zettel. Jemand muss ihn fortgenommen haben. Er lag zusammengeknüllt auf dem Schreibtisch. Ich habe ihn deutlich gesehen, als ich an dem Tintenkuli geleckt habe.«

Um ganz sicherzugehen, durchsuchen wir das Zimmer noch einmal mit aller Gründlichkeit – aber ohne Erfolg. Die Notiz bleibt unauffindbar.

Dieser verschwundene Zettel ist das entscheidende Puzzleteil, denke ich. Und noch immer erscheint mir die Theorie, die mir als Erstes in den Sinn kam, am schlüssigsten: Amanda Kent hat auf diesen Zettel etwas geschrieben, das jemanden in irgendeiner Art belastet. Die Person hat die Schriftstellerin in ihre Gewalt gebracht, ihr den Schlüssel abgenötigt und ist hier eingedrungen, um das entscheidende Beweisstück zu beseitigen.

Dagegen sprechen aber die Einwände, die Rory vorgebracht hat: Amanda Kent hätte dieser Person sicher nichts von der Notiz erzählt. Und selbst wenn doch – der oder diejenige hätte den zusammengeknüllten Zettel einfach vom Schreibtisch nehmen können, ohne so ein Chaos anzurichten.

Was ist hier wirklich geschehen? Wer war wann und aus welchem Grund in diesem Zimmer? Wenn es nicht die Person war, die Amanda Kent jetzt irgendwo gefangen hält – wer dann? Olivia Paddington? Warum hat sie dieses Zimmer durchsucht? Und warum hat sie die Notiz mitgenommen?

Je länger ich über diese Fragen nachdenke, umso konfuser werde ich. Als Detektivin im ersten Ausbildungsjahr darf man schon mal konfus sein. Was mich beunruhigt, ist, dass Rory, der in solchen Situationen häufig mit irgendeinem genialen Geistesblitz um die Ecke kommt, ein so ratloses Gesicht macht, wie ich es noch nie bei ihm gesehen habe.

Im Korridor vor der Küche haben sich Bodo Kiesewind, Lars Blodstroem und Olivia Paddington um Kommissar Valko versammelt, der gerade von seinem Außeneinsatz zurückgekehrt ist.

Doktor Herkenrath hockt mit hängender Zunge neben der Gruppe und sieht verdächtig glücklich aus. Was in mir die Vermutung aufkommen lässt, dass der Verleger sich nicht an unsere Abmachung gehalten und ihn heimlich mit Fleischwurst verköstigt hat.

Der verfrorene und schlecht gelaunte Kommissar zieht die Nase hoch und knurrt: »Wir brechen die Suche für heute ab. Bei Dunkelheit bringt das nichts. Wir machen morgen früh weiter. Auch wenn das sowieso für die Katz ist. Die feine Frau Kent sitzt doch irgendwo in einem noblen Hotel, lässt sich die Füße massieren, trinkt Champagner, stopft Kaviar in sich rein und amüsiert sich köstlich darüber, was für ein Aufsehen sie erregt. Sehen Sie sich das an, Shy!« Er hält dem schüchternen Detektiv sein Handy vor die Nase und motzt: »Im Internet gibt es gerade nur ein Thema: Das Verschwinden von Amanda Kent. Sämtliche Fernsehsender haben ebenfalls darüber berichtet. Und morgen früh wird es auch in allen Zeitungen stehen.«

»Na, da hat Amanda ja die Aufmerksamkeit, die sie wollte. Ich bin, *hatschi, hatschi,* ich bin ganz einer Meinung mit Ihnen, Herr Kommissar. Das ist alles nur ein infamer Schwindel«, näselt Olivia Paddington.

»Sehe ich auch so!«, stimmt Lars Blodstroem ihr in seltener Einigkeit zu und haut dem schüchternen Detektiv eine Hand auf die Schulter. »Und was denkst du, Rory? Ist doch okay, wenn ich so direkt nach deiner professionellen Meinung frage, oder?«

»Ähm, das, äh, *hüstel, hüstel,* ist, öhm …«

»Wo gedenken Sie und Ihre Leute denn morgen früh zu suchen?«, frage ich den Kommissar, worauf er mich wütend anblafft:

»Sag du mir doch wo, Frau Schlauberger! Seit die Geschichte bekannt ist, werden wir mit Hinweisen zum möglichen Aufenthaltsort von Amanda Kent überschüttet: Mal ist sie angeblich in einem Café ganz in der Nähe gesehen worden, ein anderes Mal auf einem Weinfest an der Mosel. Dann wieder will jemand sie in einer Pension an der Nordseeküste erkannt haben, und ein vierter Hinweisgeber ist ihr auf dem Münchener Oktoberfest begegnet, wo sie in einem Dirndl auf dem Tisch getanzt hat. Wir hatten sogar einen Anruf aus England. Die Anruferin war sich sicher, Amanda Kent heute Mittag beim Polo mit Mitgliedern der königlichen Familie beobachtet zu haben. Jeder Spinner mit zu viel Tagesfreizeit ruft uns an oder schreibt uns eine Nachricht. Und ich bin gezwungen, all diesen völlig bekloppten Hinweisen nachzugehen, statt –«

Ein fieses Fauchen unterbricht den Kommissar. Brutus, der sich unbemerkt an uns herangeschlichen hat, springt auf das Treppengeländer, macht einen Buckel, funkelt Doktor Herkenrath mit seinen gelben Augen an, stößt sich von dem Geländer ab und schnellt durch die Luft.

Mein Cockerspaniel jault panisch, fährt herum und flüchtet Hals über Kopf in die Küche. Brutus nutzt den Schädel von Kommissar Valko für eine Zwischenlandung und fährt dabei mit den Krallen über die Stirn des Polizisten (»Au! Verdammtes Höllenvieh!«). Dann flitzt der Kater Doktor Herkenrath hinterher – und eine Sekunde später fliegen die Fetzen.

Ich stürme zur Spaniel-Rettung in die Küche. Mein ängstlicher Hund hat offenbar schon ein paar Tatzenhiebe abbekommen, sieht reichlich zerrupft aus und schielt mich verzweifelt an.

»Verzieh dich!«, scheuche ich den Kater weg und nehme den geschockten Doktor Herkenrath auf den Arm.

»Mein armes kleines Katzenbaby. Hat dich das böse Hundi schon wieder erschreckt?«, ertönt Olivia Paddingtons Stimme hinter mir. »Komm zur, *hatschi, hatschi,* komm zur Katzenmami, kleines Schätzchen.«

Der Kater springt in ihre Arme, schnurrt unschuldig und blickt mich an, als würde er mich auslachen.

Ich stehe kurz davor, zu explodieren. Bodo Kiesewind, der sieht, wie es in mir brodelt, entschärft die Situation, indem er die Zusammenkunft kurzerhand auflöst und zu seinen Autoren sagt: »War es nicht so, dass ihr eigentlich schreiben wolltet?«

Beide verstehen den Wink und verdünnisieren sich. Olivia Paddington kann es sich aber nicht verkneifen, mich mit einem abschätzigen Blick zu bedenken, während sie mit ihrem hinterlistigen Kater auf dem Arm die Treppe hinaufstolziert.

Doktor Herkenrath winselt erleichtert und sieht mich an, als wollte er sagen: *Willst du nicht noch mal über das Fleischwurstverbot nachdenken? Nach dem Schreck habe ich mir doch eigentlich ein Stückchen verdient.*

»Nein. Auf keinen Fall!«, verfüge ich streng. »Und hör auf, so zu gucken.«

»Oh, Sie haben da eine üble Schramme auf der Stirn«, befindet Bodo Kiesewind mit einem Blick auf Kommissar Valko. »Soll ich die Wunde desinfizieren?«

»Ach, lassen Sie mich doch einfach in Ruhe«, schimpft der Kommissar, reißt die Haustür auf und verschwindet in der Dunkelheit.

Bodo Kiesewind leistet uns Gesellschaft, während wir in der Bibliothek auf Amadeus warten.

Doktor Herkenrath hat sich relativ passgenau in einen der Kreideumrisse auf dem Teppich abgelegt. Um sicherzugehen, dass er keine weiteren Krimis anknabbert, behalte ich ihn genau im Auge, während ich am Fenster stehe und darauf warte, die Scheinwerfer der Limousine aufleuchten zu sehen.

Rory wird derweil von dem Verleger in Beschlag genommen, der lang und breit erklärt, dass seine ganze Sorge der verschwundenen Autorin gilt – ehe er erneut versucht, den Detektiv für eine *Rory Shy*-Buchreihe zu begeistern.

»Ich habe mit Lars und Olivia gesprochen. Beide wären interessiert, als *Ghostwriter* für Sie tätig zu werden. Sie haben mir versprochen, bis morgen früh Textproben abzuliefern. Die können Sie sich ja dann mal ansehen.«

Rory windet sich verlegen in seinem Sessel hin und her. »Also, ich weiß nicht … Ich fühle mich damit nicht so wirklich wohl und …«

»Da kommt Amadeus«, erlöse ich den Detektiv aus der Situation.

Erleichtert schnellt er aus dem Sessel hoch und murmelt: »Dann, ähm, bis morgen früh, Herr Kiesewind.«

Als wir in die Limousine steigen, ruft ihm der Verleger hinterher: »Aber Sie denken drüber nach! Versprochen?«

Auf der Rückfahrt telefoniere ich mit Charlotte, die natürlich geknickt ist, als sie erfährt, dass wir bisher auf keine vielversprechende Spur gestoßen sind.

»Wie geht es Miriam denn?«, erkundige ich mich besorgt.

»Sie ist ganz krank aus Angst um ihre Mutter. Und völlig erschöpft. So erschöpft, dass sie vor einer halben Stunde eingeschlafen ist. Ich bin froh, dass sie ein bisschen zur Ruhe kommt. Aber wenn ich mir vorstelle, dass ich ihr gleich mitteilen muss, dass es bisher noch keine Spur von Amanda gibt …«

»Tut mir leid, dass ich nichts Besseres zu vermelden habe«, sage ich und füge aufmunternd hinzu: »Ist aber kein Grund, den Kopf hängen zu lassen. Du kennst doch deinen Freund: Irgendwann kommt ihm dieser eine originelle Gedanke und – schwupps – sieht die Sache ganz anders aus. Ich nehme an, du möchtest jetzt gerne mit ihm sprechen?«

Ich bin im Begriff, Rory das Smartphone zu übergeben, als mir noch etwas einfällt.

»Ach übrigens«, sage ich zu Charlotte und schalte in den Klatschtanten-Modus. »Weißt du, wie Rory heute von einer Krimiautorin genannt wurde?«

Der Detektiv reißt entsetzt die Augen auf, winkt hektisch ab und stammelt: »Ich, öhm, ich glaube nicht, dass Charlotte interessiert, wie mich Frau, ähm, Paddington …«

»Keine Ahnung. Sag schon«, fordert mich Charlotte auf.

Rory sieht so panisch aus, als hätte ihm jemand das Besteck zum Marzipanbrotessen geklaut. In einer beschwörenden Geste hebt er die Hände. »Matilda, ich, öhm, denke wirklich nicht, dass, äh …«

»Samtpfötchen«, lasse ich Rorys Freundin mit einem breiten Grinsen wissen.

Einen Moment lang herrscht am anderen Ende der Leitung Stille, dann prustet Charlotte los und kriegt sich gar nicht mehr ein vor Lachen.

»Tut mir leid«, sage ich kichernd zu Rory. »Aber das konnte ich mir einfach nicht verkneifen. Ich befürchte, den Namen haben Sie von jetzt an weg.«

»Tja, das, äh, befürchte ich auch …« Der schüchterne Detektiv seufzt tief, guckt wie Doktor Herkenrath nach dem Fleischwurstverbot und sinkt ermattet in sich zusammen.

Amadeus hat uns so zeitig abgeholt, dass ich es eigentlich locker bis um acht Uhr nach Hause schaffen müsste. Dummerweise kommen wir dann aber doch in Verzug. Zunächst müssen wir einen ungeplanten Zwischenstopp einlegen, weil Doktor Herkenraths Magen rebelliert. (Wen wundert es, nach all der Fleischwurst?) Und kaum haben wir die Stadt erreicht, geraten wir in einen Stau.

Ich blicke nervös auf meine Armbanduhr. Zwanzig vor acht. Das wird eine knappe Angelegenheit.

An einer roten Ampel schaue ich nach rechts und sehe in dem Wagen neben uns einen Fahrer mit Hut, der geduldig nickt, während seine Häkelkappe tragende Beifahrerin ohne Unterlass auf ihn einredet.

»Frau Zeigler!«, entfährt es mir erschrocken und ich gehe umgehend auf Tauchstation. »Geben Sie Gas, Amadeus. Ich muss unbedingt vor ihr zu Hause sein.«

Der Chauffeur startet durch, stellt seine Klasse unter Beweis und schafft es mittels ein paar riskanter Fahrmanöver, mich um fünf vor acht an unserem Grundstück abzuliefern.

»Bis morgen. Ich bin um halb neun bei Ihnen«, rufe ich Rory zu, als ich aus dem Wagen springe. Während Amadeus mit dem Detektiv davonfährt, biegt der Kleinwagen von Frau Zeigler und ihrem Raimund um die Ecke.

Ich schließe auf, werfe meinen Mantel über den Garderobenhaken, schleudere die Stiefel von den Füßen, stürme ins Wohnzimmer, mache Licht, schnappe mir ein Buch, werfe mich auf die Couch und lege die Beine hoch.

»Komm her«, sage ich zu dem verwirrt dreinblickenden Doktor Herkenrath. »Leg dich hier vorne hin und versuch so auszusehen, als hättest du dich den ganzen Tag nicht vom Fleck gerührt.«

Das ist eine seiner leichtesten Übungen und gelingt ihm mit Bravour.

»Kind?«, ruft Frau Zeigler, als sie dreißig Sekunden später in die Diele tritt und den Kopf ins Wohnzimmer steckt. »Alles in Ordnung bei dir?«

»Alles bestens«, versichere ich lächelnd, deute auf das Buch und erkläre: »War den ganzen Tag hier und habe einen Krimi gelesen.«

»Aha?«, entgegnet Frau Zeigler und zieht sich die Häkelkappe vom Kopf. »Und worum geht es in deinem Krimi?«

»Um eine verschwundene Schriftstellerin«, flunkere ich routiniert. »Ist ganz spannend. Und wie war es bei Ihnen? Sind Sie und Ihre Schwester mit den Vorbereitungen vorangekommen?«

»Frag nicht«, stöhnt sie und verzieht das Gesicht. »Lief alles gut, bis Raimund eine Lampionkette anbringen wollte. Statt eine Leiter zu holen, hat er sich auf einen wackligen Stuhl gestellt und dann … Ach, dieser Mann ist ein hoffnungsloser Fall.« Sie wirft einen besorgten Blick auf Doktor Herkenrath, runzelt die Stirn und sagt: »Der Hund sieht ja ganz verhungert aus. Ich glaube, ich hole ihm besser mal ein Stückchen Fleischwurst!«

~ 14 ~
Eine neue Strategie

Unverschämtes Glück ist, wenn man zu schusselig war, den Handywecker zu stellen, es aber trotzdem schafft, pünktlich wach zu werden, weil man von einem Videoanruf aus seinen Träumen gerissen wird.

»Hallo, Papa. Hallo, Mama«, melde ich mich und reibe mir den Schlaf aus den Augen. »Wie geht es euch?«

»Wir haben dich doch hoffentlich nicht geweckt«, sagt Papa lächelnd, hält seinen Gipsarm in die Kamera und kann mit einer frohen Botschaft aufwarten. »Wahrscheinlich muss ich den Gips nicht so lange tragen wie befürchtet. Möglicherweise können wir am Mittwoch kommender Woche nach Hause fliegen. Dann bleiben uns wenigstens noch ein paar Tage, um was Schönes zu unternehmen.«

»Super, Papa!«, sage ich freudig und muss anschließend zur Kenntnis nehmen, dass die Nachricht von Amanda Kents Verschwinden bis auf die Färöer-Inseln vorgedrungen ist. Mama hat darüber auf einem Nachrichtenportal im Internet gelesen. Sie verfolgt den Fall gespannt und hofft, wie unzählige andere *Joyce*-Fans auch, dass ihrer Lieblingsautorin nichts zugestoßen ist.

»Sie wird wiederauftauchen«, sage ich in zuversichtlichem Ton. »Schließlich ermittelt Rory Shy in der Sache. Und der hat bisher jeden Fall gelöst.«

»Rory Shy untersucht den Fall? Wirklich?«, fragt Mama überrascht. »Davon stand in den Nachrichten überhaupt nichts. Woher weißt du das denn?«

Eine plötzliche Hitzewelle schießt durch meinen Körper, als mir klar wird, dass ich mich verplappert habe. »Ähm, habe ich auf irgendeiner Seite gelesen«, antworte ich ausweichend und beeile mich, das Gespräch in eine andere Richtung zu lenken: »Wisst ihr eigentlich schon, dass Frau Zeiglers Raimund eine Mülltonne umgefahren hat?«

Nachdem wir fünfzehn Minuten miteinander gesprochen haben, verabschieden sich meine Eltern. Wir verabreden, morgen früh erneut zu telefonieren.

Ich lege das Smartphone zur Seite – und rümpfe angeekelt die Nase. Was ist das für ein bestialischer Gestank?

»Oh, Mann! Doktor Herkenrath!«, schimpfe ich, springe aus dem Bett und reiße das Fenster auf.

Mein Cockerspaniel hockt auf dem Bettvorleger und schielt so unschuldig, wie er es immer tut, wenn er gepupst hat.

»Puh!«, mache ich und wedele mit den Händen, während ich frische Herbstluft ins Zimmer strömen lasse. »Ab heute ist endgültig Schluss mit Fleischwurst!«

Frau Zeigler steht gestiefelt, gespornt und mit Häkelkappe auf dem Kopf in der Diele. Als ich die Treppe runterkomme, ertönt vor dem Haus ein Hupen, unmittelbar darauf ist ein Geräusch zu hören, das sehr danach klingt, als würde ein Kleinwagen an einem Laternenpfahl entlangschrammen. Ich verziehe bei dem metallischen Kreischen schmerzvoll das Gesicht.

Frau Zeigler verdreht die Augen, sagt zu mir »Bis heute Abend, Kind«, tritt aus der Tür und schimpft in Richtung ihres Gatten: »Ist dir klar, dass du dir gerade einen dicken Kratzer in die Beifahrerseite gefahren hast? Schaffst du es nicht einmal zu parken, wie jeder andere Mensch auch? Herrgott, Raimund!«

Ich spaziere in die Küche und mache mir ein Frühstück. Während ich an meinem Kakao schlürfe und eine Portion Haferflocken esse, sehe ich mir an, was das Internet zu Amanda Kents Verschwinden zu sagen hat.

Jede Menge.

Zwar ist außer der Tatsache, dass die Autorin verschwunden ist, so gut wie nichts an Fakten über den Fall bekannt. Aber das hindert Teile der Internetgemeinde nicht daran, wild zu spekulieren. Viele sind der gleichen Meinung wie Kommissar Valko und glauben, dass alles nur eine Inszenierung ist, die Aufmerksamkeit auf Amanda Kents neuen Roman lenken soll. Auf den sozialen Plattformen gibt es aber auch etliche User, die ganz genau wissen, was der Schriftstellerin zugestoßen ist.

Einer verfügt scheinbar über besonders exklusive Kenntnisse und behauptet, die Autorin hätte für einen Geheimdienst gearbeitet und wäre nun *ruhiggestellt* worden. Eine andere Userin hat unwiderlegbare Beweise dafür, dass Amanda Kent mit einem nigerianischen Prinzen durchgebrannt ist. Ein ganz besonders realitätsferner Schwurbler schafft es sogar, ihr Verschwinden mit einer geheimen Verschwörung von Krimi-Verlagen, einer ebenso geheimen Basis auf dem Mond und einer noch geheimeren geheimen Weltregierung in Zusammenhang zu bringen. Der Beitrag ist so verworren, dass ich nach der Hälfte aufgebe.

Wie schön, dass man im Internet keine Ahnung von irgendwas haben muss, aber trotzdem zu allem eine Meinung haben darf, denke ich, seufze tief und sage zu Doktor Herkenrath: »Machen wir uns auf die Socken.«

Rory sieht aus, als hätte er in der vergangenen Nacht nicht viel Schlaf bekommen. Während Amadeus die schwarze Elektrolimousine aus der Stadt steuert, stiert der Detektiv wortlos aus dem Seitenfenster und scheint unentwegt über etwas nachzugrübeln.

Die Zeit läuft uns davon, denke ich. Wer sich mit Kriminalfällen beschäftigt, weiß: Wird eine verschwundene Person nicht innerhalb von vierundzwanzig Stunden entdeckt, sinken die Chancen, dass sie unversehrt aufgefunden wird, ganz rapide. Und diese vierundzwanzig Stunden sind bereits abgelaufen.

Wir haben die Hälfte der Fahrt hinter uns, als mein Handy klingelt. Überrascht blicke ich auf das Display: Kommissar Valko.

Offenbar befindet er sich irgendwo, wo es schwer ist, ein Netz zu bekommen. Beim ersten Versuch bricht das Gespräch nach einer Sekunde ab, beim zweiten kommt eine Verbindung zustande, aber die Brüllstimme des Kommissars dringt stark verzerrt aus dem Hörer: »Gib mir mal deinen Chef!«

Ich reiche das Smartphone weiter an Rory, der sich verlegen räuspert: »Ja, öhm, Shy?«

Kommissar Valko schreit so laut, dass ich jedes Wort der Unterhaltung verstehen kann.

»Hören Sie, Shy: Ich bin mit meinen Leuten gerade in einem Waldstück, etwa zwanzig Kilometer von Herbsterheck entfernt. Ich glaube zwar immer noch, dass Amanda Kent uns verarscht, aber wir haben einen Hinweis bekommen, der nicht so abwegig zu sein scheint wie die anderen. Ein Förster will heute Morgen eine verwirrt wirkende Frau gesehen haben, die orientierungslos durch den Wald geirrt ist.«

»Ach, öhm, ja?«, sagt der Detektiv und wirkt überrascht.

»Ich rufe aber eigentlich wegen was anderem an«, schnarrt es aus dem Hörer. »Ein ganzes Heer von Journalisten hat sich auf den Weg nach Herbsterheck gemacht. Damit die uns nicht bei der Ermittlung in die Quere kommen, haben wir die Gegend weiträumig abgesperrt und ein paar Kilometer vor dem Dorf Straßensperren errichtet. Ich habe den Beamten aber Bescheid gesagt, dass sie Sie durchlassen sollen, Shy.«

»Oh, das ist … Das ist wirklich ausgesprochen freundlich von Ihnen«, bedankt sich Rory höflich. »Das hätte ich jetzt gar nicht, ähm …«

»Ja, ja. Schon gut, Shy. Und denken Sie daran, dass –«

Abrupt reißt die Verbindung ab.

»Hallo, Herr Kommissar?«, haucht Rory schüchtern in den Hörer. »Hallo?«

»Sieht aus, als wäre er in einem Funkloch«, kommentiere ich und lasse mir das Handy zurückgeben. »Und? Was halten Sie von dieser Geschichte mit der Frau im Wald?«

»Nun ich, ähm, ich halte es für eher unwahrscheinlich, dass es sich bei dieser Person um Amanda Kent handelt«, meint der Detektiv. Er hüstelt und räuspert sich umständlich, dann zieht er zu meiner Überraschung ein dünnes Taschenbuch aus der Jacke: *Inspector Joyce, Band 17, Sturm über Hollow-Hall.* Einer der wenigen Bände, die ich noch nicht gelesen habe.

»Sind Sie jetzt doch unter die Krimileser gegangen?«, frage ich verdutzt.

»Nur aus, ähm, beruflichem Interesse«, versichert er und errötet leicht. »Ich habe vergangene Nacht noch bis zwei Uhr gelesen. Bücher verraten ja auch immer viel über ihren Autor oder ihre Autorin. Und ich habe gehofft, vielleicht etwas über Amanda Kent zu erfahren, das uns weiterbringen könnte.«

»Waren Sie erfolgreich?«

»Diesbezüglich, öhm, nicht. Nein. Abgesehen davon, dass ich glaube, wer einen so ruppigen Inspector erfindet, mit dem ist wahrscheinlich auch nicht gut, ähm, Kirschen essen. Aber das war uns ja bereits klar. Inspector Joyce sagt allerdings auf Seite 127 etwas, das mich auf einen Gedanken gebracht hat. Er und sein Kollege Vikram Singh sind bei ihrer Ermittlung in einer schwierigen Lage: Sie finden kaum Indizien, die ihnen weiterhelfen. Und die Verdächtigen und Zeugen, die sie befragen, tischen ihnen nur Lügen auf. Und in dieser Situation sagt der Inspector …« Rory schlägt das Buch auf und liest: *»Lügen! Nichts als Lügen, Singh. Die wollen uns doch für dumm verkaufen. Aber nicht mit mir. Wenn es nur Lügen gibt, dann werden wir eben mit diesen Lügen arbeiten. Und die werden uns zur Wahrheit führen. Nehmen wir uns den ganzen verlogenen Haufen noch mal vor.«* Der Detektiv kratzt sich aufgeregt am Hals und erklärt: »Wir befinden uns in der gleichen Lage wie Inspector Joyce. Wir haben nichts in den Händen. Das Einzige, was wir mit Bestimmtheit wissen, ist, dass Lars Blodstroem und Olivia Paddington uns angelogen haben. Lars Blodstroem in Bezug auf seinen nächtlichen Besucher und Olivia Paddington in Bezug auf Amanda Kents Zimmer. Auch wir können nur an diesen Lügen ansetzen. Wir sollten die beiden noch einmal befragen.«

»Und was soll das bringen?«, entgegne ich skeptisch. »Sie werden sich blöd stellen und fröhlich weiterlügen.«

»Nun, auch da hat mich Inspector Joyce auf einen interessanten Gedanken gebracht«, sagt Rory. »Wir, ähm, müssen vielleicht einfach eine andere Strategie anwenden. Oder wie Inspector Joyce sagt …« Der Detektiv blättert weiter. *»Es ist an der Zeit, die Samthandschuhe auszuziehen, Singh. Nehmen Sie die Leute richtig in die Mangel, versetzen Sie sie in Angst, treiben Sie sie in die Ecke und quetschen Sie die Wahrheit aus ihnen raus!«* Rory hüstelt verlegen und wispert: »Dabei kam mir die Idee, das könnten wir unter Umständen doch auch so, öhm … Aber du, äh, du weißt ja, wie unangenehm mir so etwas ist. Und da dachte ich, du würdest vielleicht gerne …?«

»Sie meinen, ich darf Lars Blodstroem und diese entsetzliche Olivia Paddington in die Mangel nehmen, sie in Angst und Schrecken versetzen und sie nach allen Regeln der Kunst ausquetschen?«

»Ja, das, ähm, wäre der Plan. Im, äh, Groben jedenfalls.«

Ich recke den Daumen in die Höhe, grinse breit und verkünde voller Tatendrang: »Da habe ich ja richtig was, auf das ich mich freuen kann!«

Ein paar Kilometer vor Herbsterheck stoßen wir auf die Straßensperre. Am Rand der Landstraße sind zahlreiche Wagen geparkt, direkt vor der Sperre steht ein Pulk aus Journalisten, die aufgebracht mit den Polizisten diskutieren und fordern, durchgelassen zu werden.

Unter ihnen auch Kati Keuken, eine forsche Fernsehjournalistin, der wir im Zuge früherer Ermittlungen schon mehrfach begegnet sind. Die Frau ist regelrecht besessen von Rory und nervt ganz ungemein.

»Ach, du liebes, öhm, bisschen«, entfährt es dem Detektiv bei ihrem Anblick. Er rutscht ein Stück tiefer in die Autopolster und zieht den Kopf ein. Ich gehe ebenfalls in Deckung, denn ich habe keine Lust, in den Fernsehnachrichten aufzutauchen. Dann hätte ich Frau Zeigler – und vor allem meinen Eltern – so einiges zu erklären.

Eine uniformierte Beamtin kommt auf die Limousine zu und sagt durch das heruntergelassene Seitenfenster zu Amadeus: »Hier ist gesperrt. Drehen Sie um!« Dann erkennt sie Rory, murmelt: »Oh, Sie sind es, Herr Shy«, lässt einen Kollegen die Sperre öffnen und winkt uns durch.

Wenige Minuten darauf setzt Amadeus uns vor dem Landhaus von Bodo Kiesewind ab und tritt die Rückfahrt in die Stadt an.

Ich lasse meinen Blick über die Herbstlandschaft schweifen und sehe den grünen Oldtimer von Bodo Kiesewind, der aus dem Tal kommend über eine enge Serpentinenstraße auf das Haus zubraust. Bald darauf steuert der Verleger das noble Gefährt in die Einfahrt, steigt aus und kommt mit sorgenvollem Gesichtsausdruck auf uns zu.

»Morgen, Herr Kiesewind. Ist was passiert?«, frage ich.

Er spielt nervös mit dem Autoschlüssel und nuschelt: »Ich war gerade im Tal und wollte zu Karola. Sie hatte mich doch zu diesem …«, der Verleger macht mit den Fingern Anführungszeichen, »… Versöhnungsfrühstück eingeladen. Doch sie war nicht da. Karola mag etwas wunderlich sein, aber sie ist überpünktlich und hält jede Verabredung ein. Die Haustür war nicht abgeschlossen, was ich ausgesprochen seltsam fand. Nachdem sie nicht auf mein Klingeln reagiert hatte, bin ich ins Haus. Alles sah aus wie immer. So, als wäre sie nur mal kurz in den Garten, um ein bisschen Petersilie fürs Frühstück zu rupfen. Dort habe ich natürlich auch nach ihr gesucht – aber keine Spur.«

Mit dieser Entwicklung habe ich überhaupt nicht gerechnet und bin völlig überrumpelt.

Auch Rory wirkt verdattert und legt die Stirn in Falten, dann räuspert er sich und sagt: »Ist es möglich, dass sie, öhm, dass sie bei ihren Nachbarn ist? Hilmar und Natalie Betzing haben uns erzählt, dass Frau Driskopp häufig zu ihnen kommt, um sich etwas zu borgen. Und ich erinnere mich, dass sie gestern keinen Zucker mehr im Haus hatte. Vielleicht, öhm …«

Der Verleger schüttelt den Kopf. »Den Gedanken hatte ich

natürlich auch und bin als Erstes zu den Betzings gefahren. Aber die haben sie auch nicht gesehen. Und jetzt mache ich mir wirklich Sorgen.«

»Wenn sie ansonsten jede Verabredung einhält, gibt es nur zwei Möglichkeiten«, sage ich zu Rory. »Entweder, Karola Driskopp ist – Alibi hin, Alibi her – doch für das Verschwinden von Amanda Kent verantwortlich. Dann hat sie nach der gestrigen Befragung Fracksausen gekriegt und sich abgesetzt. Oder … ihr ist etwas Ähnliches zugestoßen wie der Autorin.«

»Ja«, bestätigt der Detektiv mit gerunzelter Stirn, wendet sich an Bodo Kiesewind und fragt: »Im Haus gab es keine Spuren einer gewaltsamen Auseinandersetzung?«

»Nein. Nicht im Geringsten. Und was haben Sie jetzt vor? Soll ich Sie runter zum Haus fahren?«

Rory scheint das Für und Wider dieses Vorschlags abzuwägen, dann verkündet er zögerlich: »Nein, äh, ich, öhm, halte es bei dieser Sachlage für unwahrscheinlich, dass wir dort brauchbare Spuren finden. Aber natürlich sollten wir Kommissar Valko über die, ähm, Situation informieren und ihn darüber in Kenntnis setzen, dass Karola Driskopp möglicherweise auf der Flucht ist. Vielleicht kann er sie zur, *hüstel, hüstel,* zur Fahndung ausschreiben lassen.«

Ich zücke mein Handy und wähle die Nummer des Kommissars, bekomme aber auch nach mehreren Versuchen keine Verbindung. »Anscheinend ist er noch immer in einem Funkloch«, kommentiere ich und zucke bedauernd mit den Schultern. »Ich versuche es später noch mal.«

»Wenn Sie nicht runter zum Haus von Karola wollen, wie sieht Ihr Plan für den heutigen Tag denn ansonsten aus?«, fragt Bodo Kiesewind, während er die Tür aufschließt und uns ins Haus lässt.

Doktor Herkenrath läuft in Erwartung eines Stückchens Fleischwurst zielstrebig in die Küche und winselt enttäuscht, als der Verleger keinerlei Anstalten macht, ihn mit einem Leckerli zu bedenken.

Rory erklärt Bodo Kiesewind derweil: »Wir, ähm, wir möchten Lars Blodstroem und Olivia Paddington noch einmal befragen.«

»Noch mal?«, fragt der Verleger überrascht.

»Ja, es, öhm, es gibt da noch ein paar Details, die wir gerne, öhm …«

»Aha, aha?«, brummt Bodo Kiesewind in sich hinein und druckst etwas herum, bevor er Rory bittet: »Wenn Sie vielleicht vorher nur mal kurz … Lars und Olivia haben mir ihre *Rory Shy*-Textproben gegeben. Vielleicht könnten Sie ja eben mal einen schnellen Blick …«

»Also, das ist, ähm, im Moment eher …«

»Ach, kommen Sie. Dauert doch nur ein paar Minuten«, redet der Verleger einfach weiter, legt dem Detektiv eine Hand auf den Rücken und schiebt ihn in die Bibliothek. Doktor Herkenrath und ich dackeln gezwungenermaßen hinterher. Bodo Kiesewind drückt Rory in einen Sessel, nimmt zwei Papierbögen von einem Sideboard und hält sie dem schüchternen Detektiv vor die Nase. »Das obere Blatt ist der Entwurf von Olivia, das zweite der von Lars. Werfen Sie doch mal einen kurzen Blick drauf.«

Rory vermittelt so gar nicht den Eindruck, als ob er das möchte, aber natürlich ist er zu höflich, um der Bitte des Verlegers nicht nachzukommen. Er nimmt das erste Blatt in die Hand und beginnt zu lesen. Neugierig wie ich nun mal bin, kann ich es nicht lassen, ihm dabei über die Schulter zu spinksen. Schon bei der Überschrift muss ich kichern.

Rory Shy, das schüchterne Samtpfötchen
Ein Kriminalroman von Olivia Paddington

»Also, ich, ähm, weiß nicht«, murmelt der Detektiv verlegen. »Dieser Titel ist irgendwie, öhm …«

»Über Einzelheiten können wir später sprechen«, wiegelt Bodo Kiesewind ab. »Lesen Sie doch erst mal weiter.«

Der Detektiv heftet seinen Blick auf den Papierbogen und liest mit gequältem Gesichtsausdruck:

Kapitel 1
Die Mauzi-Verschwörung

Rory Shy wurde geweckt, als ein Sonnenstrahl sein kleines Näschen kitzelte. Er hob den Kopf, richtete die Ohren auf und lauschte angestrengt. Vom nahen Fischmarkt waren die Stim-

men der Verkäufer zu hören, die lautstark ihre Ware anpriesen: Heringe, Sprotten, Aale, Lachs …

Augenblicklich stellte sich bei Rory ein Hungergefühl ein und er erinnerte sich daran, dass er von gestern noch ein paar Sardinen im Kühlschrank hatte. Der schüchterne Detektiv sprang aus den Kissen und landete auf den Dielen vor dem Bett. Von dort aus tapste er auf leisen Sohlen in die Küche.

Doch kaum hatte er begonnen, sich über die Sardinen herzumachen, als er erstarrte: Hinter dem Kühlschrank kam eine Maus hervorgeschossen und blickte ihn aus runden Knopfaugen an!

Ohne zu zögern, setzte der Detektiv mit einem Satz über den Tisch hinweg und jagte der Maus hinterher, der es gelang, durch eine winzige Öffnung in der Fußleiste zu entkommen. Rory warf sich auf den Bauch, behielt die Öffnung im Auge und wartete darauf, dass der kleine Nager wiederauftauchen würde.

In diesem Moment schrillte die Türklingel.

Erschrocken fuhr der Detektiv auf und sprang zur Gegensprechanlage.

»Firma Leckerli-Tiernahrung«, meldete sich eine tiefe Stimme. »Ich habe hier eine Lieferung für Rory Shy. Fünfhundert Dosen Mauzi-Katzenfutter.«

Katzenfutter? Ich habe kein Mauzi-Katzenfutter bestellt, schoss es dem Detektiv durchs Köpfchen. Er hatte einen unfehlbaren Instinkt und dieser Instinkt sagte ihm:

Hier geht irgendetwas Merkwürdiges vor!

Rory lässt das Blatt sinken, sieht ganz verzweifelt aus und haucht in Richtung des Verlegers: »Also ... ich finde das jetzt irgendwie nicht so, öhm ... Wissen Sie, ich mag doch gar keinen Fisch und eigentlich habe ich auch keine, ähm, Mäuse in der Wohnung. Und außerdem – «

»Ja, ja«, unterbricht ihn der Verleger und zieht ihm das Papier aus der Hand. »Habe schon geahnt, dass das nicht so ihren Geschmack treffen würde. Aber ich bin ganz begeistert von dem, was Lars sich ausgedacht hat. Ich bin sicher, das wird Ihnen gefallen. Hier!«

Rory macht ein Gesicht, als wäre er gerne irgendwo anders, ist aber zu schüchtern, um sich ernsthaft zur Wehr zu setzen. Mit zusammengekniffenen Augen blickt er auf den zweiten Papierbogen.

Das Heulen der schüchternen Wölfe

Ein »Rory Shy«-Thriller von

LARS BLODSTROEM

Kapitel 1

Wie der eisige Atem eines zornigen Winterdämons fuhr der schneidend kalte Nordwind über das Land, rüttelte an den Türen der Häuser und wirbelte Schneeflocken und Eiskristalle durch die Luft.

Die Stadt schlief. Nur ein einsamer Wolf wachte noch: Rory Shy, der schüchterne Detektiv, stand mit nacktem Oberkörper am geöffneten Fenster und blickte durch das Schneetreiben auf den blassen Vollmond, der die nächtliche Winterlandschaft in ein fahles Licht tauchte.

Der Detektiv sog die eisige Luft tief in seine Lungen und lauschte dem Tosen des Windes.

Eine Unruhe, die er sich selbst nicht erklären konnte, hatte von ihm Besitz ergriffen. Es war, als würde das Blut, das durch seine Adern pulsierte, ihm zuflüstern: Etwas Unheilvolles wird geschehen!

So ähnlich hat es sich damals angefühlt, dachte Rory und fuhr sich mit der Hand über die Bartstoppeln. Damals, als die Söderberg-Bande ihn in einen Hinterhalt gelockt hatte und er nur entkommen konnte, weil er fünf seiner Bewacher zu Boden geschlagen und sich mit einem waghalsigen Sprung von einem zwanzig Meter hohen Turm hatte retten könnten.

»Vielleicht sehe ich aber auch nur Gespenster«, sagte der Detektiv mit heiserer Stimme zu sich selbst und ging zu seiner Hausbar hinüber, um sich einen Whisky einzuschenken.

Gerade, als er nach der Flasche greifen wollte, wurde das Haus von einer gewaltigen Detonation erschüttert, draußen explodierte ein roter Feuerball, der Detektiv wurde quer durchs Zimmer geschleudert und krachte gegen eine Wand.

Einen Moment lang war er benommen, Blut tropfte von seiner Stirn und er blickte fassungslos auf das Trümmerfeld, das gerade eben noch seine Wohnung gewesen war. Dann sprang er auf die Füße, hetzte zum Fenster und sah eine Gestalt in einer Wolfsmaske, die auf einem Motorrad die Flucht ergriff.

Ohne zu zögern, sprang Rory aus dem Fenster, landete auf dem Sattel seiner Maschine, die direkt vor dem Haus geparkt war, trat den Kickstarter und nahm die Verfolgung auf.

Auf der vereisten Straße geriet er bei rasendem Tempo ein ums andere Mal ins Schleudern, schaffte es aber, das Zweirad unter Kontrolle zu halten und an dem Unbekannten mit der Wolfsmaske dranzubleiben. Der Detektiv raste halsbrecherisch in eine Kurve – als wie aus dem Nichts ein Tanklastzug vor ihm auftauchte …

Rory wirkt aufs Höchste verwirrt und blickt den Verleger fragend an: »Ich habe doch gar keine Hausbar. Und ein Motorrad erst recht nicht. Und wieso, ähm, wieso *nackter Oberkörper?«*

»Das heißt, Sie finden sich in dem Text nicht wieder?«, hakt Bodo Kiesewind nach und wirkt ganz unglücklich.

»Ähm … nein. Nicht, öhm, ganz«, haucht der Detektiv, erhebt sich aus dem Sessel, räuspert sich verlegen und erklärt: »Ich sollte mich jetzt an die, öhm, an die Arbeit machen.« Einen Moment später schlüpft er zur Tür hinaus.

Doktor Herkenrath und ich sind im Begriff, ihm zu folgen, als Bodo Kiesewind mich zurückhält und mir in geheimnistuerischem Flüsterton zuraunt: »Sag mal, wie stehst du denn in Deutsch?«

»Auf einer guten Zwei. Wieso?«

»Na ja«, macht er und streicht nachdenklich über seinen grauen Bart. »Die Abenteuer von Sherlock Holmes werden doch von seinem Gehilfen Doktor Watson erzählt. Und du bist so was wie Rorys Doktor Watson. Hättest du nicht vielleicht Interesse, über seine Fälle zu schreiben? Das wäre dann natürlich eher was in Richtung Kinderkrimi. Unter dem Motto: *Junge Autorin schreibt für junge Leserinnen und Leser.* Könnte ich mir sehr gut vorstellen so was.«

Vor meinem inneren Auge erscheint ein Bild von Papa und Mama, die in einer Buchhandlung stehen und verdutzt auf ein Buch starren: *Die Abenteuer von Rory Shy – erzählt von seiner Assistentin Matilda Bond.*

»Ach, wissen Sie«, sage ich. »Ich glaube, das ist nichts für mich. Aber vielen Dank für das Angebot.«

~ 15 ~
Mangeln und Quetschen

»Nur noch mal, um ganz sicherzugehen: Ich habe freie Hand beim Mangeln und Quetschen?«, frage ich, als wir vor Lars Blodstroems Zimmer stehen.

»Na ja, was heißt, äh, freie Hand? Du beabsichtigst doch nicht, ihn, äh …?«

»Keine Sorge. Ich habe nicht vor, ihm Daumenschrauben anzulegen. Zumindest nicht im wörtlichen Sinne«, kichere ich.

Aus dem Zimmer ist das Geräusch von Fingern, die über eine Tastatur fahren, zu hören. Ich klopfe entschlossen an die Tür, die zehn Sekunden später mit einem kräftigen Ruck aufgerissen wird.

Lars Blodstroem macht ein schlecht gelauntes Gesicht und ist wenig erfreut darüber, aus seiner Arbeit gerissen zu werden. Doch bei Rorys Anblick verzieht sich sein Mund zu einem breiten Grinsen.

»Du bist hier, weil dir mein *Rory Shy*-Text so gut gefallen hat, oder? Ich wusste, dass er dich umhauen würde, Alter. Er ist fabelhaft, oder?«

»Ach, öhm, das … Ja, er ist ganz … Aber eigentlich sind wir nicht deswegen hier, sondern, weil, ähm …«

»Wir kommen dann einfach mal rein«, sage ich forsch und schlüpfe unter dem Arm des verdutzten Autors ins Zimmer.

»Hey! Was soll das? Ich habe zu tun«, protestiert er und deutet auf den Tisch, auf dem ein Laptop und zwei Bluetooth-Boxen stehen.

»Das muss warten«, entgegne ich in ruppiger *Inspector Joyce*-Manier und kommandiere: »Erst beantworten Sie uns ein paar Fragen. Setzen Sie sich!«

Lars Blodstroem ist von meinem rauen Ton so überrascht und eingeschüchtert, dass er sich tatsächlich auf einen Stuhl pflanzt.

»Schließen Sie bitte die Tür, Rory«, sage ich zu dem schüchternen Detektiv, während ich den Autor mit einem drohenden Blick bedenke.

»Aber … was soll das?«, stammelt Lars Blodstroem ängstlich und sieht in diesem Moment weder wie ein Wikingerkrieger noch wie ein einsamer Wolf aus, sondern wie Doktor Herkenrath, wenn ihn eine Eichhörnchen-Bande umzingelt.

Wäre *Einschüchterung* ein Fach auf der Detektivinnen-Schule, hätte ich mir gerade eine Eins mit Sternchen verdient.

Der Autor wirft einen Hilfe suchenden Blick zu Rory, der aber nur verlegen auf seine Schuhspitzen stiert.

Ich schniefe durch die Nase, so wie ich es von Kommissar Valko her kenne, nehme Lars Blodstroem ins Visier und erkläre ihm kurz und bündig. »Falls es Ihnen nicht klar sein sollte: Wenn Amanda Kent etwas zustößt und Sie uns bei der Befragung belogen oder uns etwas verschwiegen haben, dann tragen Sie eine Mitschuld daran. Wollen Sie mit einer so gewaltigen Schuld leben?«

Das ist fast wortwörtlich aus *Inspector Joyce*. Aber das weiß Lars Blodstroem ja nicht. Er wirkt beeindruckt, rutscht ängstlich auf seinem Stuhl hin und her und beteuert mit jammernder Stimme: »Ich weiß nichts über Amandas Verschwinden. Was wollt ihr von mir?«

»Sagen Sie uns endlich, wer Ihr Besucher war! Wem gehörte die Stimme, die Olivia Paddington in der Nacht von Freitag auf Samstag in Ihrem Zimmer gehört hat?«

»Es gab keinen Besucher«, wimmert er aufgelöst.

»Sie lügen schon wieder!«, setze ich nach.

»Nein. Das ist die Wahrheit«, krächzt er. Der hünenhafte Autor ist in sich zusammengesunken, hockt da wie ein Häuflein Elend und bittet den Detektiv in flehendem Ton: »Ich sage euch die Wahrheit, Rory. Aber du darfst es niemandem erzählen. Das muss unter uns bleiben. Sonst …« Der Autor schlägt für einen Moment die Hände vors Gesicht, dann atmet er tief durch und erklärt kleinlaut: »Ich hatte keinen Besuch. Die Stimme, die Olivia gehört hat, war diese.«

Er öffnet ein Audioprogramm auf seinem Laptop und aus den Boxen erklingt eine tiefe, beruhigend wirkende Stimme: *»Du bist cool, Alter. Du schaffst das. Du schaffst alles, was du dir vornimmst. Du lässt dich nicht von Problemen aufhalten. Probleme machen dich nur stärker. Du ziehst es durch. Du bist ein knallharter Typ. Du zeigst es allen. Du glaubst an dich. Nichts kann dich stoppen. Du weißt, was gut für dich ist. Du gehst deinen Weg. Geradeaus. Durch eisige Kälte und tosenden Sturm. Du bist ein einsamer Wolf. Du bist ein furchtloser …«*

»Was ist das?«, frage ich verblüfft.

»Das ist … zur Selbsthypnose«, gesteht Lars Blodstroem, blickt verschämt zu Boden und nuschelt: »Das höre ich mir jeden Abend zum Einschlafen an. Es hilft mir dabei … Es hilft mir dabei, Lars Blodstroem zu sein. Der Autor, der genauso unerschrocken und knallhart ist wie seine Romanfiguren.«

»Ich, öhm, verstehe nicht ganz«, murmelt Rory und blickt den Schriftsteller fragend an.

»Ich habe euch doch erzählt, wie wichtig es ist, dass das Gesamtpaket aus Buch und Autor stimmt«, führt er in weinerlichem Ton aus. »Dass sich ein Buch mit einer knallharten Ermittlerin wie Liv Nordwedder doppelt so gut verkauft, wenn der Autor genauso knallhart rüberkommt. So, als würde er auch andauernd Kampfhubschrauber steuern, schroffe Bergwände hochklettern oder Wildwasserbäche durchschwimmen.« Lars Blodstroem zupft nervös an seinen blonden Barthaaren und stottert: »Aber das … das bin ich gar nicht. Das ist nur ein Image. Ich bin eigentlich ein ziemlich … ängstlicher Typ. Und schüchtern. So wie, öhm … so wie du, Rory. Es ist anstrengend, wenn man ständig jemanden verkörpern muss, der man gar nicht ist. Und dabei hilft mir dieses Hypnose-Programm. Ich lasse es die ganze Nacht laufen. Und wenn ich morgens aufwache, dann … dann fühle ich mich zumindest halbwegs in der Lage, den harten Kerl zu spielen. Den Krieger. Den einsamen Wolf.«

Bei dem Wort *Wolf* fühlt Doktor Herkenrath sich bemüßigt, ein unmelodisches Jaulen anzustimmen.

»Darauf hat sich die Bemerkung von Amanda Kent bezogen, die sie während des Spaziergangs gemacht hat«, geht es mir auf. *»Hören Sie auf, den harten Kerl zu spielen, Jungchen. Ich weiß über Sie Bescheid.* Sie muss die Stimme aus Ihrem Zimmer auch gehört haben – und hat die entsprechenden Schlüsse gezogen.«

»Möglich«, wispert der blonde Autor verschämt. »Oder sie hat darauf angespielt, dass …« Er läuft rot an und verstummt.

»Worauf?«, frage ich interessiert und ziehe die Augenbrauen hoch.

»Also … all diese Bilder von mir, die im Internet kursieren«, setzt er stockend an. »Ein paar von denen sind echt: die, auf denen ich beim Wandern oder Holzhacken zu sehen bin. Aber die anderen sind … nicht echt. Die sind alle bearbeitet. Ich habe Flugangst und Höhenangst. Nie im Leben würde ich einen Fallschirmsprung wagen. Die Eiger-Nordwand habe ich auch nie bestiegen. Und durch irgendwelche Stromschnellen schwimmen, kann ich ganz bestimmt nicht. Ich habe noch nicht mal einen Freischwimmer. Und die Geschichte mit dem Motorrad … Mir geht es wie dir, Rory. Die Geschwindigkeit macht mir Angst. Ich würde mich nie freiwillig auf ein Motorrad setzen. Ich habe auch gar keinen Führerschein und …«

»Ähm, keinen Führerschein?«, fragt der Detektiv erstaunt und deutet durch das Fenster auf das rotlackierte Zweirad, das vor dem Haus geparkt ist. »Aber wie, öhm …?«

»Das wollte ich ja gerade erzählen«, nuschelt Lars Blodstroem und blickt betreten auf den Boden. »Bodo gegenüber wollte ich das Image vom knallharten Biker in Lederkluft natürlich auch aufrechterhalten. Also habe ich jemanden dafür bezahlt, dass er die Maschine auf einem Hänger bis drei Kilometer vors Haus transportiert. Da haben wir das Motorrad dann abgeladen, ich habe es die letzten Kilometer hierhergeschoben und behauptet, ich hätte eine Panne gehabt. Dummerweise war es nur so, dass … Ausgerechnet in dem Moment, als wir die Maschine vom Hänger luden, kam Amanda Kent in ihrem zerbeulten Kombi um die Ecke gezockelt. Die Frau ist ein Drache, aber sie ist nicht doof und hat sofort kapiert, was Sache war. Ich bin mir ziemlich sicher, dass sich ihre Bemerkung auf die Geschichte mit dem Motorrad bezogen hat.« Der Autor seufzt resigniert und lässt den Kopf hängen.

Ich starte einen Frontalangriff und behaupte in schneidendem Ton: »Und nachdem Amanda Kent Ihrem Geheimnis auf die Spur gekommen war, hatten Sie Angst, sie könnte ihr Wissen öffentlich machen. Und da haben Sie sie –«

»Nein, gar nichts habe ich«, widerspricht er aufgeregt. »Ich hatte überhaupt nicht den Eindruck, dass sie es Bodo oder sonst jemandem erzählen wollte. Sie hat es einfach nur genossen, mich damit aufzuziehen, und es mir immer wieder unter die Nase gerieben. Außerdem ... Ich hätte Amanda Kent nie etwas antun können, weil ... Weil sie *mir* eine Höllenangst einjagt. Die Frau ist furchterregend. Jedes Mal, wenn sie mich in ihrer ruppigen Art angeranzt hat, kam ich mir vor wie ein Schuljunge und musste mich zusammennehmen, um nicht in Tränen auszubrechen.« Alles Knallharte ist von dem Autor gewichen. Kraftlos erklärt er: »Ich habe nichts mit Amandas Verschwinden zu tun. Und auch nicht die geringste Idee, wo sie sein könnte. Ihr müsst mir glauben!«

Rory und ich tauschen einen Blick, der Detektiv nickt kurz und ich sage zu Lars Blodstroem: »Also schön. Fürs Erste. Aber möglicherweise haben wir später weitere Fragen. Halten Sie sich uneingeschränkt zu unserer Verfügung!«

Ein Satz, mit dem auch Inspector Joyce fast jede seiner Befragungen beendet.

Lars Blodstroem wendet sich dem schüchternen Detektiv zu und flüstert verschämt: »Du ... du wirst doch niemandem davon erzählen? Von dem, ähm, ängstlichen und schüchternen Lars Blodstroem? Das wäre nicht gut für meine Buchverkäufe.«

»Ähm, nein. Sie können sich diesbezüglich ganz auf meine Diskretion verlassen«, murmelt der Detektiv. Dann legt er die Stirn grüblerisch in Falten und sagt zu dem Schriftseller: »Ich empfände es als vermessen, Ihnen Ratschläge zu geben. Und ich, öhm, hoffe, Sie finden es nicht unangebracht und distanzlos, wenn ich Ihnen etwas sage. Aber … das, öhm, das muss doch unglaublich anstrengend sein, immer den harten Kerl zu spielen. Nur weil Sie glauben, Sie müssten so sein, wie die Menschen in Ihren Büchern. Wenn Sie der eher ängstliche Typ sind, warum, öhm, schreiben Sie nicht einfach Geschichten über furchtsame und zurückhaltende Ermittler?«

»Meinst du wirklich?«, entgegnet Lars Blodstroem nachdenklich, scheint sich mit der Idee aber nicht wirklich anfreunden zu können. »Ein ängstlicher Ermittler? Darüber habe ich wirklich noch nie … Na ja, könnte man … könnte man mal drüber nachdenken.«

»Und damit wäre das Rätsel um den mysteriösen nächtlichen Besucher kein Rätsel mehr«, fasse ich zusammen, während Rory und ich die Treppe zu Olivia Paddingtons Zimmer hinaufsteigen. Dann kichere ich und sage mit so tiefer Stimme wie möglich: *»Du bist cool, Alter. Du schaffst das. Du schaffst alles, was du dir vornimmst. Du ziehst es durch. Du bist ein knallharter*

Typ.« Augenzwinkernd schlage ich vor: »Vielleicht sollten Sie sich auch mal als knallharter Typ in Szene setzen und sich in Lederkluft vor einem Motorrad fotografieren lassen. Das würde die gesamte Unterwelt in Angst und Schrecken versetzen.«

»Öhm, meinst du?«, fragt Rory ganz ernsthaft. »Ich weiß nicht. Ich glaube, dass ich mich in, öhm, einer Lederhose nicht besonders, ähm, wohlfühlen würde.«

»War ein Witz«, sage ich lachend. »Aber das mit der Selbsthypnose klingt interessant. Vielleicht sollte ich es auch mal probieren: *Du bist ein Ass in Mathe, Matilda. Du bist die Königin der Winkelberechnung. Du bist die Meisterin der Bruchrechnung. Du löst jede Textaufgabe.* Wenn das funktioniert, könnte es mir eine Menge lästigen Lernens ersparen.«

»Ähm, ja«, murmelt Rory und wispert: »Ich denke, dass wir, öhm, dass wir Lars Blodstroem nach diesem Gespräch von der Liste der Verdächtigen streichen können. Als er von Amanda Kents ruppigem Ton gesprochen hat, wirkte er wirklich verängstigt. Was ich, nebenbei erwähnt, nur allzu gut verstehen kann. Zumindest nach dem, was ich bisher von ihr gesehen und gehört habe.«

Olivia Paddington befindet sich nicht auf ihrem Zimmer. Aber als wir ein dreifaches *Hatschi!* aus der Bibliothek hören, wird uns klar, wo sich die Autorin aufhält.

Wir steigen die Stufen hinab, Rory klopft behutsam und öffnet die Tür. Doktor Herkenrath schielt ängstlich in den Raum hinein und versteckt sich hinter meinem Rücken, als er Brutus erspäht, der in einem der Kreideumrisse liegt und döst. Olivia Paddington sitzt hinter ihrem Notebook an einem Arbeitspult und trägt eine Lesebrille, die sie bei unserem Eintreten hastig von der Nase zieht.

Puh! Badet die Frau in Parfüm?, denke ich. Der Patschuli-Duft ist so stark, dass es einem die Sinne raubt. Rory schnappt verzweifelt nach Luft, fummelt hektisch an seinem Krawattenknoten und sieht ganz elend aus.

»Was wollen Sie denn jetzt schon wieder?«, näselt die Schriftstellerin und wirkt schwer genervt. »Ich habe zu tun.«

»Wir auch. Deswegen sind wir hier«, entgegne ich, marschiere einmal quer durchs Zimmer und öffne das Fenster. »Sie haben doch nichts dagegen? Ist ein bisschen stickig hier drin.«

Der Detektiv atmet befreit auf, als frische Herbstluft in das Zimmer strömt, während Olivia Paddington nörgelt: »Ich habe etwas dagegen! Willst du, dass aus meiner Erkältung eine Lungenentzündung wird? Das Fenster wird wieder geschlossen! Und dieser aggressive Hund verschwindet aus der Bibliothek! Sofort!«

»Nein. Doktor Herkenrath bleibt hier«, halte ich entschlossen dagegen. »Wenn hier jemand aggressiv ist, dann ist es Ihr Brutus. Setzen Sie ihn doch vor die Tür. Und außerdem werden Sie uns jetzt ein paar Fragen beantworten, Frau Buttergrieß.«

»Nicht in diesem Ton«, kräht sie und springt wütend auf. »Und mein Name lautet Paddington!«

»Nein, tut er nicht«, keife ich zurück. »Ihr Name ist Jolanda Buttergrieß. Schluss mit dem falschen Namen! Und Schluss mit den Lügen! Sie waren in Amanda Kents Zimmer. Und Sie werden uns jetzt sagen, was Sie dort getan haben. Sonst werden Sie merken, dass wir auch ganz andere Saiten aufziehen können!«

Der letzte Satz ist aus *Inspector Joyce, Band 14, Der Pub in der Heide.* Ich hätte genauso gut sagen können: *Sonst lernen Sie uns mal anders kennen* oder *Wir können auch die harte Tour fahren.* Alles leere Drohungen – die aber eine stark einschüchternde Wirkung haben. Das weiß man, wenn man regelmäßig Krimis liest.

Rory guckt ganz verschreckt. Olivia Paddington-Buttergrieß auch. Es hat ihr die Sprache verschlagen.

Menschen, die herrisch und von oben herab auftreten, schüchtern andere Menschen ein und kriegen daher meist ihren Willen. Daran gewöhnen sie sich mit der Zeit. Bietet ihnen dann doch mal jemand die Stirn, sind sie davon so überrascht und perplex, dass sie ganz schnell einknicken. Unsere Mangel- und Quetsch-Strategie scheint zu funktionieren. Auch wenn sie Rory so unangenehm ist, dass er betreten zu Boden blickt.

Die Autorin sieht aus, als wäre sie gegen eine Wand gelaufen, blickt mich ungläubig an und sinkt mit einem resignierten, ermatteten Seufzen auf ihren Stuhl. Ich bemerke, dass ihre Hände zittern, und wieder wird sie von einem krampfartigen Niesanfall heimgesucht.

»Also raus damit«, setze ich nach. »Und keine Geschichten mehr über herumstromernde Kater. Waren Sie in Amanda Kents Zimmer? Haben Sie den Raum so verwüstet?«

»Ja«, krächzt sie kraftlos und atmet schwer.

»Wann waren Sie dort? Warum waren Sie dort? Was haben Sie dort getan?«

Frau Buttergrieß-Paddington niest erneut und schnäuzt sich in ein Taschentuch, bevor sie mit belegter Stimme erklärt: »Ich bin doch nur in ihr Zimmer, um … Nein, ich muss vorher beginnen: Seit Jahren gelte ich als *die* deutsche Katzenkrimi-Autorin. Weswegen ich ja auch Katzen-Botschafterin des Jahres – «

»Das erwähnten Sie bereits«, unterbreche ich sie. »Und was hat das mit Amanda Kents Zimmer zu tun?«

Olivia Paddington spielt verschämt an ihren Armreifen herum, niest zweimal und erklärt in jammerndem Ton: »Ich … ich habe gar keine Erkältung, sondern … Vor einem halben Jahr bekam ich plötzlich eine Katzenhaarallergie. Wenn Brutus in meine Nähe kam, spürte ich ein Kratzen in der Kehle. Hals und Nase schwollen zu und ich musste unaufhörlich niesen.« Sie wirft mir einen verzweifelten Blick zu und krächzt: »Was hätte ich tun sollen? Ich konnte mein Brutus-Schätzchen deswegen doch nicht abgeben. Das hätte ich nie übers Herz gebracht. Und überhaupt … Wie hätte das denn ausgesehen? Eine Katzenkrimi-Autorin ohne Katze. Eine Katzen-Botschafterin mit Katzen-Allergie. Ich wollte nicht, dass irgendjemand davon erfährt. Also … habe ich mir Tabletten gegen die Allergie besorgt. Die lindern die Symptome und unterdrücken das Niesen. Ich muss alle zwei Stunden eine nehmen.«

Rory und ich tauschen einen kurzen, wissenden Blick. Damit wäre auch das Rätsel um die bunten Pillen gelöst.

»Die Tabletten bewahre ich in einem kleinen Silberdöschen auf«, fährt die Autorin derweil fort. »Am Samstagmorgen hatte ich das Behältnis nach dem Frühstück im Esszimmer vergessen. Und als ich zurücklief, um es zu holen, saß Amanda Kent am Tisch. Sie hatte das Döschen geöffnet und betrachtete die Tabletten. Dann hat sie es mir mit einem fiesen Lächeln überreicht und gesagt: ›Bitteschön, Euer Hochwohlgeboren. Das gehört doch Ihnen, nicht wahr? Ich weiß, was das für Tabletten sind. Mein Ex-Mann hatte auch eine Katzenhaarallergie.‹ Ich war völlig vor den Kopf gestoßen: Amanda Kent hatte mein peinliches Geheimnis entdeckt. Ausgerechnet diese neiderfüllte, gehässige Person. Ich traute ihr ohne Weiteres die Boshaftigkeit zu, diese Information an die Presse zu geben. Und dann? Ade, Katzenmami des Monats. Ade, Katzen-Botschafterin des Jahres.« Sie wirft einen wehmütigen Blick auf Brutus, der im Schlaf mit den Vorderbeinen zuckt.

Doktor Herkenrath reagiert auf das Lebenszeichen des Katers mit einem furchtsamen Fiepen, zieht den Kopf ein und macht sich noch ein bisschen kleiner.

Olivia Paddington schnäuzt sich mehrfach und sagt mit matter Stimme: »Wie sich herausstellte, hatte Amanda Kent aber einen noch viel bösartigeren Plan: Als ich Sonntagmittag eine Tablette nehmen wollte, stellte ich mit Schrecken fest, dass das Silberdöschen verschwunden war. Ich habe überall danach gesucht: in meinem Zimmer, in der Bibliothek, in der Küche, im Esszimmer … Sogar draußen im Garten. Und während ich das tat, öffnete Amanda ihr Fenster, grinste gemein und sagte: ›Na, wer huscht denn da auf leisen Pfoten durch den Garten? Sucht die Katzenmami was Bestimmtes?‹ Und als ich ihre grinsende Visage sah, wurde mir klar, was geschehen war: Sie hatte mein Pillendöschen genommen. Um mich vor den anderen, *hatschi, hatschi,* bloßzustellen. Meine Nase schwoll immer stärker an. Und ich hatte keine Möglichkeit, an Tabletten-Nachschub zu kommen. Zum einen war es Wochenende und zum anderen ist die nächste Apotheke etliche Kilometer entfernt. Und abends, bei dem Zwiebelkuchenessen, bekam ich einen Niesanfall nach dem anderen. Ich habe allen erzählt, es wäre eine Erkältung und habe versucht, mir nicht anmerken zu lassen, wie schlecht es mir wirklich ging. Ich war so wütend auf Amanda … Ich hätte ihr am liebsten den Hals umgedreht.«

»Haben Sie?«, frage ich sicherheitshalber nach.

»Nein! Natürlich nicht!«, entrüstet sich Olivia Paddington. »Ich war erleichtert über diese Szene, die Karola Driskopp gemacht hat. Weil, *hatschi, hatschi,* weil der Abend dadurch ein frühzeitiges Ende nahm und ich mich endlich zurückziehen konnte. Na ja, und dann …« Die Autorin zupft nervös an ihrer Turmfrisur herum. »Ich konnte nicht schlafen, weil mein eigenes Niesen mich wach gehalten hat. Aber ich konnte das arme Brutus-Schätzchen doch nicht vor die Tür setzen. Und da hörte ich plötzlich, wie die Haustür ins Schloss fiel. Ich blickte aus dem Fenster und sah Amanda über den Rasen huschen. Sie lief zu der Hecke hinüber und nahm den Weg ins Tal.«

»Ähm, können Sie sich vielleicht auch noch erinnern, wann das war?«, fragt Rory schüchtern nach.

»So gegen halb zwei«, antwortet die Autorin nach kurzem Nachdenken. »Aber … verstehen Sie, was ich Ihnen eigentlich sagen will? Amanda Kent wurde nicht Opfer eines Verbrechens! Sie hat das Haus freiwillig verlassen. Dieser Kommissar liegt mit seiner Vermutung völlig richtig: Sie hat ihr Verschwinden inszeniert.«

»Warum haben Sie ihm nichts von Ihrer Beobachtung erzählt?«, will ich wissen.

Olivia Paddington spielt verlegen mit ihrem Taschentuch und erklärt mit gesenktem Blick: »Weil ich … weil ich keine Aufmerksamkeit auf mich lenken wollte. Dann wäre am Ende noch herausgekommen, dass ich … dass ich Amandas Zimmer durchsucht habe. *Hatschi.*« Die Schriftstellerin zieht die Nase hoch und fährt mit belegter Stimme fort: »Als ich Amanda aus dem Haus schleichen sah, habe ich mich natürlich verwundert gefragt, was es damit auf sich hat, aber schon im nächsten Moment schoss mir ein ganz anderer Gedanke durch den Kopf: dass dies *die* Gelegenheit war, ihr Zimmer zu durchsuchen. Ich war mir sicher, dass ich mein Pillendöschen dort finden würde. Also bin ich mit meinem Brutus-Schatz in den Anbau geeilt. Wir hatten Glück. Amanda hatte das Zimmer nicht abgeschlossen. Ich habe buchstäblich jeden Winkel durchsucht, aber … ich habe das Pillendöschen nicht gefunden.«

»Und warum haben Sie bei Ihrer Suche so ein Chaos veranstaltet?«, frage ich.

»Das war volle Absicht«, entgegnet sie. »Ich wollte, dass sie weiß, dass ich dort gewesen bin und mir zurückgeholt habe, was mir gehört. Ich habe es gemacht, um sie zu ärgern. Sie hätte sich ja schlecht öffentlich darüber aufregen können. Dann hätte jeder erfahren, dass sie mir meine Allergietabletten weggenommen hatte. Und das hätte *sie* in einem ganz schlechten Licht dastehen lassen.« Die Autorin senkt verlegen den Blick und nuschelt kleinlaut: »Blöd nur, dass ich mich scheinbar getäuscht habe. Entweder, es gibt ein ganz raffiniertes Versteck. Oder … ich habe mich geirrt und sie hat das Döschen doch nicht genommen.«

»Haben Sie, öhm, haben Sie auf dem Schreibtisch vielleicht einen gelben, zusammengeknüllten Notizzettel bemerkt?«, erkundigt sich der schüchterne Detektiv und lehnt sich mit gespanntem Gesichtsausdruck vor.

»Einen gelben Notizzettel? Ja, ich erinnere mich. Er stach mir ins Auge, als ich das Zimmer betrat. Weil er mitten auf dem Schreibtisch lag. Auf einer grünen Schreibunterlage. Aber ich habe nicht weiter darauf geachtet. Schließlich war ich nicht auf der Suche nach einem Zettel, sondern nach meinem, *hatschi,* Pillendöschen.«

»Das heißt, Sie haben den Zettel auch nicht mitgenommen, als Sie das Zimmer verlassen haben?«, frage ich nach.

»Nein!« Olivia Paddington schüttelt energisch den Kopf. »Was um alles in der Welt hat es, *hatschi,* denn mit diesem Zettel auf sich?«

Ich schaue zu Rory, dessen nachdenklicher Gesichtsausdruck darauf hindeutet, dass ihm dieselben Gedanken durch den Kopf gehen wie mir: Wir haben Olivia Paddington so eingeschüchtert, dass sie gestanden hat, das Zimmer durchwühlt zu haben. Warum sollte sie dann bezüglich des Notizzettels die Unwahrheit sagen? Aber wenn der Zettel sich noch dort befand, als sie im Zimmer war, und nun verschwunden ist, kann das nur eines bedeuten: Es muss noch jemand dort gewesen sein!

~ 16 ~
Wüste zu Wasser

Olivia Paddingtons Blick wandert hektisch zwischen Rory und mir hin und her, bis ihr aufgeht: »Sie, *hatschi,* Sie glauben nicht, dass Amanda Kent ihr Verschwinden inszeniert hat. Sie glauben, dass ihr da draußen etwas zugestoßen ist. Und dass ihr Verschwinden etwas mit diesem Zettel zu tun hat.«

Zu meiner Überraschung sehe ich, dass der hochnäsige Ausdruck aus dem Gesicht der Autorin verschwindet. Sie wirkt ehrlich erschüttert und sagt mit matter Stimme: »Auch wenn ich mich mit Amanda in die Haare gekriegt habe: Im Grunde genommen mag ich die alte, knurrige Wachtel. Sie hat Persönlichkeit und lässt sich nicht den Mund verbieten. Und wissen Sie was? Als ich ihr Zimmer durchsucht habe, habe ich in einer ihrer Taschen drei *Detective Poo Poo*-Romane gefunden. Und die sahen ziemlich zerlesen aus. So schlecht kann sie meine Bücher also gar nicht finden. Und umgekehrt ist es ebenso: Insgeheim bewundere ich ihre Arbeit. Ich habe jeden ihrer *Inspec-*

tor Joyce-Romane mit Begeisterung gelesen. Auch wenn ich das, *hatschi*, ihr gegenüber niemals zugeben würde. Ich … ich hoffe, Sie finden sie.«

»Ich, öhm, danke Ihnen für Ihre Ehrlichkeit«, entgegnet der schüchterne Detektiv und erhebt sich aus seinem Sessel.

Wir sind bereits an der Tür, als Olivia Paddington mit näselnder Stimme fragt: »Wie hat Ihnen eigentlich mein *Rory Samtpfötchen*-Text gefallen? Ich habe Sie doch recht gut getroffen. Finden Sie nicht?«

Höflich versucht der Detektiv, sich um eine klare Antwort herumzuwinden. »Nun, ich, öhm, fand es gar nicht mal so, ähm …«

In diesem Moment schreckt Brutus aus seinem Schlaf auf, erblickt Doktor Herkenrath, geht augenblicklich in den Angriffs-Modus über und springt mit einem bösen Fauchen auf meinen furchtvoll winselnden Cockerspaniel zu.

»Brutus! Nicht! Komm, *hatschi*, zur Katzenmami!«, versucht Olivia Paddington, ihn zurückzuhalten.

Brutus wirft einen gelangweilten Blick auf sie, der wohl bedeuten soll: *Du kannst mir mal den Buckel runterrutschen, Mami.* Dann setzt er seine Attacke unbeirrt fort und verpasst Doktor Herkenrath einen Hieb mit der Tatze.

Ich will gerade dazwischengehen, als ich Zeugin eines Wunders werde: Der Ausdruck in Doktor Herkenraths Schiele-Augen verändert sich. Von *angsterfüllt* zu *entschlossen.*

Man sagt, Mut wächst aus Verzweiflung. Und genau das passiert in diesem Moment bei meinem Cockerspaniel. So als wäre ihm plötzlich klar geworden: Wenn ich mich jetzt nicht wehre, wird mir dieser Kater das Leben für immer zur Hölle machen. Es reicht! Nimm das, rotfelliger Schulhofschläger!

Er springt auf die Beine, reckt den Kopf vor und knurrt den Kater drohend an. Der ist offenbar genauso gestrickt wie seine Katzenmami: Kriegt er unerwartet Gegenwind, knickt er ein. Brutus macht ein dummes Gesicht, stößt ein überraschtes Maunzen aus und weicht verängstigt zurück. Als Doktor Herkenrath ihn auch noch anbellt, versetzt ihn das so in Panik, dass er sich mit einem verzweifelten Sprung durch das geöffnete Fenster rettet. Ohne auch nur einen Moment zu zögern, setzt mein Cockerspaniel ihm nach!

»Brutus! Brutus! Komm zur Katzenmami!«, ruft Olivia Paddington und stürmt aus der Bibliothek.

Rory und ich rennen ihr durch den Korridor hinterher, stürzen durch die Haustür ins Freie, laufen ums Haus herum – und finden Doktor Herkenrath knurrend und in drohender Haltung vor einem Stapel Kaminholz. Der Kater hat sich in einen Hohlraum zwischen den Holzscheiten geflüchtet und maunzt erbärmlich.

»Ist ja gut«, beruhige ich meinen Hund und kraule ihm die Ohren. »Du hast ihm gezeigt, was eine Harke ist, und dir Respekt verschafft. Jetzt kannst du ihn in Ruhe lassen.«

Alle Anspannung fällt von Doktor Herkenrath ab und er schielt plötzlich so ängstlich, als wäre er über seinen eigenen Mut erschrocken.

Bodo Kiesewind und Lars Blodstroem, die durch das Fauchen und Bellen aufgeschreckt worden sind, kommen ebenfalls aus dem Haus gelaufen.

»Was ist denn los?«, fragt der Verleger aufgeregt.

»Ach, nichts Besonderes«, sage ich. »Der Jäger ist nur zum Gejagten geworden.«

Olivia Paddington ist derweil in die Hocke gegangen und lockt Brutus aus seinem Versteck. »Komm, kleines Katzenbaby. Armes kleines Baby. Komm zu Mami.« Sie nimmt den kläglich miauenden Kater in den Arm und will sich aufrichten – als sie plötzlich stutzt und erstaunt in den Hohlraum zwischen den Holzscheiten blickt, in dem Brutus sich versteckt hatte.

»Aber das ist doch ... Das sind doch ...« Sie greift in die Öffnung und zieht eine kleine Silberdose hervor. »Mein, *hatschi,* Tablettendöschen! Brutus muss es hierhergeschleppt haben. Sehen Sie nur«, sagt die Autorin zu Rory. »Es war kein Zufall, dass er sich ausgerechnet hierher geflüchtet hat. Offensichtlich hat er in diesem Hohlraum so etwas wie eine Katzen-Schatzkammer angelegt.« Olivia Paddington bedenkt Brutus mit einem strafenden Blick und schimpft: »Böses, böses Katzenbaby. Deinetwegen musste die Mami ganz viel schlimmes

Hatschi machen.« Sie öffnet das kleine Behältnis mit zitternden Fingern, schiebt sich eine Tablette zwischen die Lippen und seufzt erleichtert. »Aber jetzt wird es der Mami bald wieder bessergehen.«

»Siehst du?«, sagt Lars Blodstroem, knufft mich in die Seite und raunt mir zu: »Ich habe es euch doch gesagt. Sie wirft sich irgendwelche Pillen ein.«

Rory fördert derweil weitere Gegenstände aus dem Hohlraum ans Licht. Offenbar hat Brutus alles, was er sich im Haus unter die Pfoten reißen konnte, hierhergeschleppt: einen silberfarbenen Serviettenring (»Der ist aus dem Esszimmer. Habe ihn schon vermisst«, brummt Bodo Kiesewind), ein halbvergammeltes Stück Zwiebelkuchen, den Deckel einer Konservendose, eine fast leere Klopapierrolle, ein Ladekabel, das Lars Blodstroem gehört, und einen gehäkelten Topflappen.

»Würde mich nicht wundern, wenn dein Kater auch meine Schokolakritze geklaut hätte«, sagt Bodo Kiesewind in ärgerlichem Ton zu Olivia Paddington.

»Ja, es kann nur so gewesen sein. Tut mir leid, Bodo«, beeilt sie sich zu versichern, läuft rot an und droht Brutus mit dem Finger: »Böses Katzen-Schatzi. Du durftest dem Onkel Bodo doch nicht seine Lakritze wegessen. Schäm dich, böses Katzenbaby.«

Ganz schön durchtrieben, die Dame, denke ich, als der Detektiv sich räuspert und mit einem Blick zwischen die Holzscheite verkündet: »Da, öhm, steckt noch etwas.« Er nimmt die Pinzette aus seinem Jackett, schiebt sie in den Hohlraum und präsentiert mir unmittelbar darauf mit scheuem Lächeln ein gelbes zusammengeknülltes Stück Papier.

»Aber da ist der Zettel ja«, entfährt es Olivia Paddington überrascht. Dann klären sich ihre Gesichtszüge und sie wispert: »Natürlich ... Als ich in Amandas Zimmer war, war Brutus doch bei mir. Bei der Gelegenheit muss er den Zettel, ohne dass ich es bemerkt habe, vom Schreibtisch stibitzt haben.«

»Wie, du warst in Amandas Zimmer? Und was zum Teufel hat es mit diesem Zettel auf sich?«, will Bodo Kiesewind wissen, bekommt aber keine Antwort.

Ich springe zu Rory hinüber, schaue über seine Schulter auf den Zettel und warte gespannt darauf, dass er ihn entfaltet.

»Öhm, nicht hier«, wispert er mir zu, dreht sich um zu Bodo Kiesewind, Olivia Paddington und Lars Blodstroem, die neugierig zu uns herüberblicken, und sagt verlegen lächelnd: »Wenn Sie die Freundlichkeit hätten, uns für einen, öhm, kurzen Moment zu entschuldigen?«

Wir rennen in die Bibliothek. Ich schließe die Tür hinter uns, während Doktor Herkenrath sich in einen Kreideumriss hockt, mit dem Schwanz auf den Boden klopft und mich ansieht, als wollte er sagen: *Ich verstehe die Aufregung um diesen Zettel zwar nicht. Aber ohne mich hättet ihr ihn nie gefunden. Wäre da als kleine Anerkennung nicht endlich ein Stückchen Fleischwurst angebracht?*

»Später«, vertröste ich ihn, denn ich kann nicht erwarten, endlich zu erfahren, was Amanda Kent auf diesem Zettel notiert hat. Vor Spannung wird mein Mund ganz trocken.

Behutsam entfaltet der schüchterne Detektiv den Notizzettel, streicht ihn glatt, und wir lesen … Ja, was eigentlich?

»Himmel! Die Frau hat ja eine unfassbare Sauklaue«, schießt es aus mir raus. »Wer soll das denn entziffern?«

»Ähm, ich«, murmelt Rory schüchtern und erklärt: »Ich bin gewissermaßen, öhm, Experte. Meine Schrift ist ja auch ein wenig, ähm …«

Das ist wahr: Der Detektiv hat mir mal eine Nachricht mit dem Wortlaut *Bin Mürbchen holen* hinterlassen. Leider so krakelig, dass ich *Bin Möhrchen helfen* gelesen und mich verdattert gefragt habe, ob er in einem Fall von Karotten-Kriminalität ermittelt.

Er kneift die Augen zusammen und betrachtet die Notiz eingehend. Drei Wörter, ein Bindestrich, ein viertes Wort.

Rory bewegt lautlos die Lippen und runzelt die Stirn – bis ihm ein Licht aufgeht. »Ich weiß, was es heißt«, haucht er und verkündet: »*Wüste zu Wasser-Skandal.*«

»Was?«, sage ich völlig perplex. »Was soll das denn sein?«

»Ich … ich erinnere mich, etwas darüber gelesen zu haben«, murmelt der Detektiv und kratzt sich nachdenklich an der Nase.

»Ich glaube, dabei ging es um einen groß angelegten Spendenbetrug kurz nach der Jahrtausendwende. Gib den Begriff doch bitte einmal ein. Ich bin gespannt, was, ähm …«

Tatsächlich gibt es einen Wikipedia-Eintrag dazu, den ich dem Detektiv laut vorlese: *»Als Wüste zu Wasser-Skandal bezeichnet man einen Spendenbetrug, der 2003 aufgedeckt wurde.*

Die Hilfsorganisation Wüste zu Wasser *wurde 1994 von Mark Hermann und seiner Partnerin Lydia Bloch gegründet und sammelte Spenden, mittels derer weltweit der Brunnenbau in Dürregebieten vorangetrieben werden sollte. Den beiden Gründern gelang es, zahlreiche prominente Unterstützer in Politik, Wirtschaft und Kultur für ihre Kampagne zu gewinnen. In den folgenden Jahren verbuchte die Organisation Spenden in Millionenhöhe und wurde mehrfach für ihr humanitäres Engagement ausgezeichnet.*

Im August 2003 fiel einem Fernsehjournalisten, der eine Dokumentation über die Arbeit von Wüste zu Wasser *drehte, auf, dass es Unstimmigkeiten in der Buchhaltung der Hilfsorganisation gab. Er teilte dies offiziellen Stellen mit, die daraufhin ermittelten.*

Die Ermittlung ergab, dass die Organisation tatsächlich nur ein Viertel der angegebenen Brunnen gebaut hatte. Den Großteil der Spendengelder hatten Mark Hermann und Lydia Bloch auf geheime Konten ins Ausland umgeleitet, auf die nur sie persönlich Zugriff hatten.

Das Paar konnte seiner Verhaftung (wahrscheinlich mithilfe eines bezahlten Informanten aus Polizeikreisen) durch Flucht entgehen. Vermutet werden Mark Hermann und Lydia Bloch in Südamerika. Trotz einer großangelegten internationalen Fahndung hat sich ihre Spur aber verloren.«

Verwirrt blicke ich den Detektiv an. »Schön und gut. Oder eher nicht gut. Aber was hat das mit dem Verschwinden von Amanda Kent zu tun?«

Ich scrolle nach unten und finde unter dem Artikel ein paar weiterführende Links. Unter anderem den zu einem Video, das Ausschnitte einer Preisverleihung zeigt, auf dem das Paar für seine Arbeit geehrt wird.

Eine rothaarige Dame im Abendkleid steht auf einer Bühne und erklärt mit freudigem Gesicht: *»Und daher ist es mir eine Ehre, heute Abend Mark Hermann und Lydia Bloch und ihr beispielhaftes* Wüste zu Wasser-*Projekt mit dem diesjährigen Preis für humanitäres Engagement auszuzeichnen.«*

Die beiden Geehrten treten auf die Bühne und nehmen den Preis scheinbar gerührt entgegen. Der Mann trägt Bart und einen Zopf, die Frau hat mittellanges, blondes Haar, das ihr in Locken auf die Schultern fällt.

»Grundgütiger!«, entfährt es Rory, während er gebannt auf das Display starrt. »Jetzt ist alles klar!«

Ich blicke den Detektiv verwundert an – und stehe völlig auf der Leitung. Was meint er? Mir ist in diesem Moment noch gar nichts klar. Der Groschen fällt erst, als die Frau zu einer Dankesrede ans Mikrofon tritt.

»*Wir bedanken uns vielmals für diese Ehrung. Es ist ganz unglaublich, wie vielen Menschen wir mit unserer Arbeit in den vergangenen Jahren zu einem besseren Leben verhelfen konnten. Ich bin unglaublich gerührt von der unglaublich großen Spendenbereitschaft, die diese Arbeit erst möglich macht. Und wir möchten uns natürlich für die ganz unglaubliche Unterstützung bedanken, die …*«

»Das *ist* unglaublich!«, entfährt es mir völlig baff.

Mark Hermann und Lydia Bloch sind Hilmar und Natalie Betzing!

Und die sind nicht in Südamerika. Sondern hier. In Herbsterheck!

Das Video ist über zwanzig Jahre alt und natürlich haben sich die beiden äußerlich stark verändert. Weswegen ich sie auch zunächst nicht erkannt habe. Dazu braucht es schon jemanden mit einem so geschulten Detektiv-Auge wie Rory.

Hilmar Betzing war damals schlanker, noch nicht kahlköpfig und hatte einen Bart, seine Frau trug lange blonde Locken anstelle der grauen Kurzhaarfrisur. Zudem hat ihre Nase in dem Video einen auffälligen Höcker, den ich bei der aktuellen Natalie Betzing nicht wahrgenommen habe. Möglicherweise hat sie sich kosmetischen Operationen unterzogen, um ihr Aussehen zu verändern. Aber auch, wenn sie heute eine ganz andere Erscheinung ist, eine Sache hat sie nicht ablegen können: ihre unselige Vorliebe für das Wort *unglaublich.*

In meinem Kopf beginnt es zu rattern und auf einen Schlag fügt sich eins ins andere und alles ergibt einen Sinn!

»Das war die *interessante Sache,* der Amanda Kent auf der Spur war«, sage ich aufgeregt zu dem schüchternen Detektiv. »Wissen Sie noch, was sie in diesem Interview zur Beobachtungsgabe erzählt hat: dass sie sich noch Jahre später an den Eindruck erinnern kann, den eine Person bei ihr hinterlässt? Sie muss dieses Video auch irgendwann einmal gesehen haben. Und dabei hat sie Lydia Bloch beziehungsweise Natalie Betzing als nervende Persönlichkeit in ihrem Gedächtnis abgespeichert, weil sie andauernd *unglaublich* gesagt hat.«

»Ja«, wispert Rory, nickt bestätigend und sagt mit nachdenklicher Miene: »Und dann, öhm, trifft sie mehr als zwanzig Jahre später bei einem Zwiebelkuchenessen auf eine Frau, die genau diesen sprachlichen Tick hat. Deswegen wirkte sie während des Essens so grüblerisch. Dieses ständige *Unglaublich* dürfte eine vage Erinnerung in ihr wachgerufen haben. So vage, dass sie sie zunächst nicht zuordnen konnte. Amanda Kent hat wahrscheinlich die ganze Zeit über gerätselt, wo und wann sie schon einmal jemanden gesehen hat, der das Wort auch so häufig gebraucht hat. Und später, als sie alleine auf ihrem Zimmer war, kam ihr plötzlich die, öhm, die Erkenntnis. Worauf sie mitten in der Nacht ins Tal gelaufen ist – wahrscheinlich um das Anwesen der Betzings in Augenschein zu nehmen. Vielleicht hat sie gehofft, dort auf etwas zu stoßen, das ihre Vermutung bestätigen würde. Aber dabei wurde sie von dem Ehepaar ertappt und …«

»Die Betzings halten sie auf ihrem Anwesen gefangen!«, platzt es aus mir raus. Und noch ein weiterer Gedanke schießt mir durch den Kopf: »Die Koffer! Die wollen nicht in den Urlaub fahren, die wollen sich absetzen! Kommen Sie! Schnell!« Ich fahre herum und stürze zur Tür.

»Äh, warte bitte, Matilda. Was, äh, hast du vor?«, bremst mich der schüchterne Detektiv.

»Na, wir müssen ins Tal und verhindern, dass die Betzings fliehen. Und wir müssen Amanda Kent befreien! Worauf warten Sie?«

»Öhm, nein, nein«, sagt er. »Das könnte gefährlich werden. Diese Leute haben Amanda Kent gefangen gesetzt. Wer weiß, wozu sie noch in der Lage sind. Und ich möchte nicht dafür verantwortlich sein, dass dir etwas, öhm … Wir haben den Fall aufgeklärt. Alles Weitere sollten wir Kommissar Valko und seinen Beamten überlassen. Die sind geübt darin, Kriminelle zu verhaften.«

Im ersten Moment bin ich zugegebenermaßen enttäuscht und lasse resigniert die Schultern hängen. Aber natürlich hat Rory recht: Sicherheit geht vor! Wir haben unseren Teil zu diesem Fall beigetragen. Das Festsetzen der Täter sollte man Menschen überlassen, die was davon verstehen. Das ist nur professionell.

Wir sind hier ja nicht in einem *Nordwedder*-Roman von Lars Blodstroem.

Aber schade ist es irgendwie schon.

Ich nehme mein Smartphone, wähle die Nummer des Kommissars und …

»Keine Verbindung!«, lasse ich den Detektiv wissen. »Er ist noch immer im Funkloch. Und was jetzt? Wir können doch nicht warten, bis er wieder Empfang hat.«

»Öhm, nein«, stammelt Rory mit erschrockenem Gesichtsausdruck. »Aber … du bleibst hier. Ich werde alleine …«

»Dann müssen Sie mich schon einsperren«, verkünde ich. »Ich lasse Sie nicht alleine gehen. Wir sind ein Team. Außerdem ist unsere Chance, die Betzings aufzuhalten, zu zweit viel größer.«

Der Detektiv trippelt nervös von einem Fuß auf den anderen und scheint innerlich mit sich zu ringen, bis er schließlich nachgibt. »Also gut. Wahrscheinlich könnte ich dich sowieso nicht aufhalten.«

»Dann los! Verlieren wir keine Zeit mehr!«

»Was geht denn jetzt ab?«, fragt der völlig verdutzt dreinblickende Bodo Kiesewind, als wir an ihm vorbei zur Haustür stürmen.

»Kommissar Valko ist gerade in einem Funkloch. Versuchen Sie weiter, ihn zu erreichen«, gebe ich dem Verleger auf. »Amanda Kent wird von den Betzings gefangen gehalten. Sagen Sie dem Kommissar, er soll mit seinen Leuten so schnell wie möglich dorthin fahren und das Ehepaar verhaften! Informieren Sie ihn darüber, dass Rory und ich auch unterwegs sind.«

»Ähm, was?«, erwidert er und wirkt völlig überfordert.

»Keine Zeit für Erklärungen«, keuche ich. »Tun Sie bitte, was ich gesagt habe. Ach, und … passen Sie doch bitte noch mal auf Doktor Herkenrath auf.«

Mein Cockerspaniel ist überhaupt nicht damit einverstanden, auf diese Weise abserviert zu werden, schielt mich vorwurfsvoll an und fiept beleidigt.

Aber mir bleibt nichts anderes übrig. Das Risiko, dass er sich auf dem Grundstück der Betzings vor irgendwas erschreckt und uns dadurch verrät, ist einfach zu groß.

Und ganz so weit ist es mit seinem Beleidigt-Sein auch nicht her. Das eingeschnappte Winseln macht einem freudigen Hecheln Platz, als ich Bodo Kiesewind beim Hinauslaufen zurufe: »Fleischwurstverbot ist aufgehoben!«

~ 17 ~
Ob Lug, ob Trug, ob Gaunerei

Angefangen hat dieser Fall wie ein *Inspector Joyce*-Roman. Aber jetzt fühlt es sich an wie in einem *Liv Nordwedder*-Krimi: Wir sind auf uns allein gestellt. Wir müssen handeln. Schnell und entschlossen. Die Frage ist nur …

»Haben wir eigentlich so was wie einen Plan?«, will ich von dem Detektiv wissen, während wir über den abschüssigen Trampelpfad talwärts schlittern.

»Ähm, sicher« keucht er, gleitet aus und rudert wild mit den Armen, um nicht das Gleichgewicht zu verlieren. »Wir schleichen uns an und dann, äh … dann, öhm … dann wird uns schon was einfallen.«

»Irgendwas wird uns einfallen? Toller Plan. Da fühle ich mich ja gleich viel besser«, entgegne ich in sarkastischem Ton, rutsche in diesem Moment ebenfalls weg, kiekse erschrocken und kann einen Sturz nur dadurch vermeiden, dass ich mich an Rorys Arm klammere.

»Ähm, leise bitte, Matilda«, wispert er. »Ein wesentlicher Teil beim Anschleichen ist, dass es lautlos stattfindet.«

Ja, ja, denke ich. *Das sagt sich leicht, wenn man ein Samtpfötchen ist.*

Nachdem wir den halsbrecherischen Abstieg in Rekordtempo hinter uns gebracht haben, laufen wir über die Holzbrücke und rennen in geduckter Haltung über die Straße zum Anwesen der Betzings. Dort suchen wir Deckung hinter einem Gestrüpp am Rand der Pferdekoppel und sondieren die Lage.

Der Jeep steht mit geöffneten Türen und geöffneter Heckklappe vor dem Haus, und ich kann sehen, dass er mit Koffern beladen ist. Offenbar sind die Betzings im Aufbruch begriffen.

Unglücklicherweise hat der Schimmel uns wahrgenommen. Als er in unsere Richtung getrabt kommt, wird mir ganz anders, weil ich befürchte, er könnte wiehern und das Betrüger-Paar auf uns aufmerksam machen.

Verblüfft sehe ich, dass Rory dem Tier in die Augen blickt, den Finger an die Lippen legt und leise *Psst!* macht.

Worauf sich meine Verblüffung noch steigert, denn der Schimmel scheint verstanden zu haben, schnaubt nur kurz, schüttelt seine Mähne – und trottet davon.

»Wow! Sind Sie auch noch so was wie ein schüchterner Pferdeflüsterer?«, wispere ich, aber der Detektiv geht nicht darauf ein, sondern deutet zu einem der Nebengebäude.

»Wir müssen da, öhm, rüber. Von dort haben wir einen besseren Überblick und können nicht so leicht entdeckt werden.«

Wir robben auf dem Bauch am Rand der Koppel entlang, versichern uns mittels eines kurzen Blicks, dass uns niemand beobachtet, flitzen zehn Meter über den Hof und gelangen durch ein offen stehendes hölzernes Rolltor in ein Nebengebäude, in dem sich sechs leere Pferdeboxen befinden.

Im nächsten Moment sehe ich, wie Hilmar Betzing aus der Haustür tritt und den nächsten Koffer in den Jeep hievt. Anschließend verschwindet er wieder im Haus.

»Jetzt oder nie! Wenn wir jetzt nicht handeln, sind sie weg«, flüstere ich dem Detektiv zu.

»Aber was, öhm, was, ähm …?«

»Ich ziehe den Zündschlüssel ab«, sage ich.

»Äh, nein. Das ist viel zu, öhm, riskant«, protestiert Rory, aber da bin ich schon aus der Deckung gesprungen und sprinte über den Hof auf den Wagen zu. Entschlossen wie Liv Nordwedder.

Leider nicht ganz so erfolgreich wie sie: Ich bin nur noch ein paar Meter von dem Wagen entfernt, als ich zum Haus blicke und eine Bewegung hinter einer Fenstergardine wahrnehme.

»Verdammt!«, entfährt es mir, ich fahre auf dem Absatz herum und flitze zurück in das Nebengebäude.

»Was ist?«, fragt Rory erschrocken.

»Natalie Betzing! Ich bin mir nicht ganz sicher, aber … ich befürchte, sie hat mich gesehen«, stoße ich außer Atem hervor, greife nach dem Arm des Detektivs und ziehe ihn mit in eine der Pferdeboxen. »Kopf runter!«

Wir kauern uns nebeneinander in die Box. Im nächsten Moment bestätigt sich meine Befürchtung, als ich Natalie Betzing kreischen höre: »Hilmar! Da schleicht jemand über den Hof!«

Vorsichtig strecke ich den Kopf aus der Box, um zu sehen, was vor sich geht.

Hilmar und Natalie Betzing kommen aus dem Haus gerannt. Hilmar Betzing blickt sich hektisch nach allen Seiten um und fragt seine Frau in mürrischem Ton: »Bist du sicher?«

»Natürlich«, sagt sie, »unglaublich sicher sogar. Es war die kleine Göre, die mit dem Detektiv bei uns war. Sie muss irgendwo hier sein. Worauf wartest du? Suchen wir sie und sperren sie zu den anderen.«

Ihr Gatte bewaffnet sich mit einer Mistgabel, die an die Hauswand gelehnt war, hält sie wie einen Dreizack vor sich und kommt über den Hof gestapft.

Mir klopft das Herz bis zum Hals, ich traue mich kaum, zu atmen. Zu meiner Erleichterung hält Hilmar Betzing aber auf das andere Nebengebäude zu, verschwindet kurz darin, kommt wieder ans Tageslicht und erklärt kopfschüttelnd: »Da ist niemand. Bist du dir wirklich sicher, dass du es dir nicht nur eingebildet hast, Natalie? Was machst du da?«

»Die Kleine hat mir doch ihre Telefonnummer gegeben. Ich rufe sie an.«

Als ich sie das sagen höre, wird mir schwarz vor Augen und ich habe das Gefühl, mich übergeben zu müssen. Hektisch grabsche ich nach dem Smartphone in meiner Manteltasche, um es stumm zu stellen – aber es ist zu spät. Lautstark tönt die *Sherlock*-Titelmelodie, die ich als Klingelton verwende, durch die Box.

Rory seufzt resigniert und gibt dabei ein Geräusch von sich, das klingt, als würde Luft aus einem Luftballon entweichen.

»Tut mir leid«, wispere ich zerknirscht, doch da nähern sich schon schnelle Schritte. Und einen Augenblick später habe ich eine Mistgabel vorm Gesicht!

»Unglaublich!«, befindet Natalie Betzing mit einem finsteren Blick auf Rory und mich, während ihr Gatte drohend brummt: »Raus da! Mitkommen! Und die Hände hinter den Kopf, wo ich sie sehen kann!«

Uns bleibt nichts anderes übrig, als uns in unser Schicksal zu fügen. Wir kommen, wie befohlen, aus der Box heraus und gehen mit erhobenen Armen über den Hof auf das Haus zu, während Hilmar Betzing uns mit der Mistgabel antreibt. »Los! Schneller!«

Es ist ein ausgesprochen mulmiges Gefühl, zu wissen, dass

die Zinken einer Mistgabel auf einen gerichtet sind. Außerdem frage ich mich natürlich, was die Betzings mit uns vorhaben. Mir geht ganz schön die Düse.

Jeder Mensch reagiert anders, wenn er Angst hat: Einige beginnen zu zittern, manche verstummen vor Furcht, anderen kommen die Tränen, wieder andere versuchen, ihre Angst zu überspielen, indem sie in einem fort plappern.

Ich gehöre zu letzterer Sorte.

»Sind ja eine Menge Koffer«, bemerke ich, als wir an dem Jeep vorbeikommen. »Sieht danach aus, als würde es ein etwas längerer Urlaub werden.«

»Halt den Mund, du unglaublich dummes Kind«, fährt Natalie Betzing mich an.

Aber so einfach bin ich nicht zu stoppen. »Und wo geht es hin?«, frage ich in so freundlichem Plauderton, als wären wir beim Teetrinken. »Ins schöne Südamerika? Und unter welchem Namen haben Sie vor, zu reisen? Betzing? Oder Bloch? Oder Hermann? Oder haben Sie sich ganz neue falsche Papiere besorgt?«

Natalie Betzings Gesicht wird zornesrot und Rory wispert erschrocken: »Ähm, Matilda, ich denke es wäre besser, du würdest jetzt aufhören zu, öhm …«

»Als Bodo mich anrief und erzählte, dass Sie in der Sache ermitteln, wusste ich, dass es eng für uns werden könnte«, unterbricht Natalie Betzing den schüchternen Detektiv in gereiztem

Ton. »Schließlich sind Sie bekannt dafür, alle Ihre Fälle zu lösen. Aber … wie sind Sie uns auf die Spur gekommen?«

»Das, öhm … Nun … genauso, wie Amanda Kent Ihnen auf die Spur gekommen ist. Ihre kleine sprachliche Eigenart hat Sie verraten«, antwortet Rory. »Der, ähm, häufige Gebrauch des Wortes *unglaublich.*«

»Ich sage dir schon ewig, dass du dir das abgewöhnen sollst«, knurrt Hilmar Betzing in Richtung seiner Gattin. »Weil es einen zu Tode nervt. Und jetzt hat es uns auch noch verraten.«

»Kein Grund, sich so unglaublich aufzuregen!«, faucht sie. »Wir haben die Situation doch unter Kontrolle. Wir sperren die beiden zu den anderen in den Keller, und bevor sie gefunden werden, sind wir über alle Berge.«

Hilmar Betzing scheucht uns die Stufen zur Haustür hoch und dirigiert uns in die Küche. Dort hält er uns mit der Mistgabel in Schach, während seine Frau einen Tisch zur Seite rückt und einen Läufer zusammenrollt. Darunter kommt eine Falltür zum Vorschein.

Ich spüre, wie sich meine Nackenhaare aufrichten. Nach der Lektüre zahlreicher Krimis weiß ich: Wenn eine Falltür ins Spiel kommt, bedeutet das nichts Gutes.

Rory versucht derweil, Zeit zu schinden, und stottert: »Ich, öhm, ich sollte Sie fairerweise darüber informieren, dass, ähm, dass die Polizei weiß, dass wir hier sind. Und dass Sie Amanda Kent hier gefangen halten. Und wahrscheinlich auch, *räus-*

per, Karola Driskopp. Es wäre für Sie daher eher von Nachteil, wenn Sie Matilda und mich, ähm … Ich an Ihrer Stelle würde darüber noch einmal in Ruhe nachdenken und, öhm …«

Hilmar Betzing wirkt für einen Moment verunsichert und blickt fragend zu seiner Frau, aber die zischt: »Blödsinn! Der blufft doch nur.«

Sie bückt sich, um die Falltür zu öffnen, als plötzlich der durchdringende Ton einer Polizeisirene zu hören ist.

Wie von der Tarantel gestochen fahren die Betzings zusammen und tauschen einen ungläubigen Blick – während der schüchterne Detektiv den kurzen Moment ihrer Verwirrung nutzt, entschlossen vorspringt, Hilmar Betzing vor die Brust stößt und ihm die Mistgabel entreißt!

Wenn es hart auf hart kommt, kann er alle Schüchternheit ablegen.

Wenn auch nur für einen Moment.

Als er die Zinken der Mistgabel auf die beiden richtet, wirkt er schon wieder schwer verlegen und wispert verschämt: »Bitte, ähm, verhalten Sie sich vernünftig. Falls es Ihnen keine allzu großen Umstände macht. Es wäre mir wirklich sehr unangenehm, wenn ich Sie mit der Gabel, öhm, piksen müsste.«

Keine Minute später kommen vier Polizeiwagen auf den Hof gerast, Kommissar Valko und ein Dutzend Polizeibeamte springen aus den Fahrzeugen und stürmen das Haus.

»Ich habe mich noch nie so gefreut, Sie zu sehen, wie heute«, begrüße ich ihn erleichtert.

Er bedenkt mich mit einem skeptischen Gesichtsausdruck, befiehlt einem der Beamten, den Betzings Handschellen anzulegen, blickt Rory forschend an und murmelt: »Dieser Kiesewetter hat mich angerufen und –«

»Kiesewind«, korrigiere ich ihn.

»Meinetwegen auch Kiesewind«, murmelt er. »Jedenfalls ... er klang ziemlich aufgeregt und sagte, dass ich schnellstens hierherkommen und die Betzings verhaften soll. Jetzt hoffe ich mal, ich habe diesen Leuten nicht ohne Grund Handschellen anlegen lassen. Und wo ist Amanda Kent? Erklären Sie mir, was hier los ist, Shy!«

»Gerne«, entgegnet Rory mir einem höflichen Lächeln und stellt die Mistgabel zur Seite. »Wenn Sie vielleicht so freundlich wären, mir dabei zu helfen, die, öhm, Falltür zu öffnen?«

Kaum ist das geschehen, blicke ich auf Amanda Kent und Karola Driskopp, die gefesselt und geknebelt in einem dunklen, niedrigen Keller unter der Küche hocken und ob des plötzlichen Lichteinfalls die Augen zusammenkneifen.

Rory und der Kommissar steigen über eine schmale Stiege in den Keller hinab. Dann macht sich Kommissar Valko daran, Karola Driskopp von ihren Fesseln zu befreien, während Rory das Gleiche bei Amanda Kent tut.

»Mein Retter!«, schmachtet Karola Driskopp den Kommissar an und fällt ihm vor lauter Glück um den Hals. »Ich wusste es schon, als Sie mich befragt haben: Sie sind wie Inspector Joyce. Sie haben die richtige Spürnase.«

»Aha?«, macht der Kommissar, und ich sehe amüsiert, dass er rot wird und verlegen schnieft. »Aber wenn ich ehrlich bin … Es war Rory Shy, der Sie aufgespürt hat.«

Worauf Karola Driskopp auch den Detektiv mit einem dankbaren Lächeln beschenkt und die Zeit für ein *Inspector Joyce*-Zitat für gekommen hält: »Das Böse wird niemals siegen, solange es mutige Menschen gibt, die sich ihm entgegenstellen.«

Das ist aus *Band 13: Die Irrlichter auf der Heide.*

Amanda Kent wirkt deutlich weniger euphorisch. Als Rory ihr den Knebel aus dem Mund nimmt und ihr hilft, die Stiege hochzuklettern, knurrt sie unfreundlich: »Das wurde aber auch höchste Zeit, Jungchen. Hab schon gedacht, ich müsste in diesem Keller verrotten.«

»Ähm, Entschuldigung«, stottert der Detektiv eingeschüchtert. »Schneller, öhm, ging es leider nicht und wir, ähm …«

»Kriegen Sie sich mal wieder ein, Jungchen! War doch nur ein Witz. Mann, ich bin total erleichtert, dass Sie uns gefunden haben.« Die Autorin lacht dröhnend und tätschelt Rory die Wange, als wäre er fünf und sie seine Kindergärtnerin.

»Ein, äh, Witz? Ach, ja. Hi, hi«, macht der Detektiv verlegen und lächelt nervös.

»Die Kollegin da vorne hat eine Ausbildung als Rettungs-Sanitäterin«, sagt Kommissar Valko zu den beiden Frauen und deutet auf eine Beamtin mit Zopf. »Gehen Sie mit ihr ins Wohnzimmer rüber. Sie wird Sie kurz durchchecken, um zu sehen, ob bei Ihnen gesundheitlich alles in Ordnung ist.«

»Nicht nötig, Jungchen. Mir geht es bestens«, entgegnet Amanda Kent in brummigem Ton.

Aber da ist sie bei dem Kommissar an den Falschen geraten. »Das ist Vorschrift und das wird so gemacht«, kommandiert er. Worauf selbst die raubeinige Autorin eingeschüchtert wirkt und der Beamtin ohne weiteren Protest ins Wohnzimmer folgt.

Frau Driskopp betrachtet den Polizisten daraufhin mit einem verzückten Blick und wispert mir zu: »Hach, was für ein durchsetzungsfähiger Mann. Über den sollte wirklich mal jemand eine Buchreihe schreiben.«

Während Amanda Kent und Karola Driskopp von der Sanitäterin untersucht werden, betrachtet der Kommissar die Betzings mit einem finsteren Blick. Dann wendet er sich Rory zu, druckst ein wenig herum und nuschelt: »Sieht aus, als müsste ich Abbitte leisten, Shy. Offenbar habe ich mich getäuscht und Frau Kent hat ihr Verschwinden doch nicht inszeniert.«

»Was war denn mit Ihrer heißen Spur?«, bohre ich nach. »Mit der verwirrten Frau, die der Förster im Wald gesehen hat?«

»Ach, das …«, wiegelt der Kommissar ab und schnieft verlegen. »Das war nur eine Pilzsammlerin. Eine, die sich offenbar nicht so gut auskannte. Sie hat ein paar Pilze probiert, die sie besser nicht probiert hätte. Daraufhin wurde sie orientierungslos und ist durch den Wald geirrt.« Kommissar Valko fixiert Rory mit einem forschenden Blick. »Und wie sind Sie darauf gekommen, dass Amanda Kent hier bei diesen beiden Galgenvögeln ist? Und warum haben die sie eigentlich eingesperrt? Und dazu noch Frau Driskopp? Was hat die mit der Sache zu tun?«

»Ich, öhm, ich beantworte Ihre Fragen natürlich gerne«, sagt der Detektiv und wird ein wenig rot. »Aber ich, ähm … ich fühle mich hier etwas unwohl. Wäre es möglich, dass wir das oben auf dem Hügel, im Haus von Herrn Kiesewind, ähm …?«

»Gute Idee, Jungchen«, poltert Amanda Kent, die in diesem Moment aus dem Wohnzimmer zurückkommt. »Nach dem Knebel brauche ich einen ordentlichen Schluck Whisky, um mir den Mund auszuspülen. Und der gute Bodo hat ja ein beeindruckendes Sortiment an edlem Feuerwasser.« Dann geht sie zu den Betzings hinüber, die, von einem Beamten bewacht, trotzig vor sich hinstarren, und sagt mit Donnerstimme: »Wo ist mein Handy? Raus mit der Sprache, ihr Vollhonks!«

»Es … es ist in der Schublade vom Küchentisch«, nuschelt Hilmar Betzing eingeschüchtert, worauf seine Frau ihn anblickt, als würde sie ihm gerne an die Gurgel gehen.

Die Autorin nimmt das Smartphone aus der Schublade, schaltet es ein und sagt zu mir: »Ich muss jetzt erst mal meine Tochter anrufen. Die Arme macht sich wahrscheinlich riesige Sorgen.«

In diesem Moment bekommt der Kommissar einen Anruf der Polizeipräsidentin und geht, um die Vertraulichkeit des Gesprächs zu wahren, mit seinem Handy auf den Hof hinaus.

»Genau genommen war es Miriam, die uns beauftragt hat, nach Ihnen zu suchen«, erkläre ich Amanda Kent derweil.

»Das gute Kind«, seufzt Amanda Kent und alles Knurrige weicht für einen Moment von ihr. Verschämt wischt sie sich eine Träne aus dem Augenwinkel.

»Miriam ist bei Charlotte Sprudel«, lasse ich die Schriftstellerin wissen, worauf sie verstehend nickt und darauf wartet, dass die Verbindung aufgebaut wird. Als sie sich meldet, kann man einen ausgelassenen Jubelschrei am anderen Ende der Leitung hören.

Nachdem Amanda Kent das Gespräch beendet hat, verkündet sie: »Miriam und Charlotte kommen gleich zu Bodo. Charlottes Chauffeur bringt sie.«

»Ach, ähm, Charlotte kommt auch?«, wispert der Detektiv und läuft knallrot an.

»Ja. Wieso?«, fragt Amanda Kent. »Kennen Sie Charlotte Sprudel etwa?«

»Ach, nur, ähm, *räusper, räusper,* flüchtig«, stammelt der

Detektiv und blickt verlegen auf seine Schuhspitzen. »Ich, ähm, bin ihr während eines Falls begegnet.«

Kommissar Valko kommt zurück, steckt das Handy weg, zieht die Nase hoch und kommandiert mit einem Blick auf die Betzings: »Dann mal los!«

Als das Ehepaar in Handschellen an mir vorbeigeführt wird, starrt Natalie Betzing mich wütend an.

Worauf ich sie freundlich anlächele und ihr einen der gereimten Sinnsprüche, die sie so sehr liebt, mit auf den Weg gebe: »Ob Lug, ob Trug, ob Gaunerei – am Ende kriegt dich Rory Shy!«

~ 18 ~
Tee und Gurkensandwiches

Die Betzings werden auf die Rückbank eines Polizeifahrzeugs verfrachtet, Kommissar Valko lässt sich auf den Beifahrersitz fallen und der Wagen braust davon.

Rory, Amanda Kent, Karola Driskopp und ich steigen in einen zweiten Polizeiwagen. Erst da wird mir bewusst, dass die beiden Damen überraschend friedlich miteinander umgehen. Man sollte doch annehmen, dass nur ihre Fesseln sie daran gehindert hätten, in dem Keller aufeinander loszugehen. Schließlich hat Karola Driskopp vor nicht einmal achtundvierzig Stunden Messer und Gabeln in Richtung der Autorin geworfen. Aber nicht nur, dass die beiden wie zivilisierte Menschen miteinander umgehen – sie sind sogar per *Du.*

»Amanda und ich haben uns ausgesprochen«, sagt Frau Driskopp, die meine Gedanken zu erahnen scheint. »Zum Essen haben uns die Betzings für eine halbe Stunde von Fesseln und Knebeln befreit. Und da haben wir uns unterhalten und …«

»Karola hat mir gesagt, dass Sie in dem Fall ermitteln«, unterbricht Amanda Kent sie und haut dem verdutzten Rory ihre Rechte auf die Schulter. »Von da an habe ich mir keine großen Sorgen mehr gemacht. Schließlich wusste ich ja, dass der schüchterne Detektiv jeden Fall knackt. Und siehe da: Sie haben es mal wieder geschafft. Sie können stolz auf sich sein, Jungchen!«

»Ach, öhm, ach, äh …«

»Jedenfalls habe ich mich bei der Gelegenheit bei Amanda entschuldigt«, nimmt Karola Driskopp ihren Bericht wieder auf. »Ich habe ihr erklärt, dass ich nur so reagiert habe, weil ich völlig unter Schock stand: Der arme Inspector Joyce! Ich konnte ihr verdeutlichen, wie sehr sein Tod Leserinnen und Leser in aller Welt in Verzweiflung stürzen würde. Und da hat sie …«

»Na ja«, brummt die Autorin. »Ich habe noch mal drüber nachgedacht. Vielleicht war meine Entscheidung ein bisschen vorschnell. Ein paar Bände *Inspector Joyce* wären vielleicht noch drin. Und Karola hat mich auch direkt auf die Idee für eine neue Geschichte gebracht: In dem Fall könnte es um eine Doppelgängerin von Winifred Joyce gehen.«

Karola Driskopp starrt die Autorin so glücklich an, als hätte sie einen Volltreffer im Lotto gelandet.

»Wie sind *Sie* eigentlich in dem Keller gelandet?«, will ich von ihr wissen.

»Ich hatte doch keinen Zucker mehr im Haus. Erinnerst du dich?«, sagt sie. »Also bin ich gestern Abend zu den Betzings rüber, um mir welchen zu borgen. Und gerade, als ich bei ihnen in der Küche stand, ist es Amanda gelungen, ihre Fesseln ein wenig zu lockern. Sie hat gegen die Wand ihres Verstecks geschlagen. Und als ich Natalie überrascht gefragt habe, was das für Geräusche wären, haben sie und Hilmar mich gepackt – und im nächsten Moment fand ich mich auch im Keller wieder.«

Als wir an Karola Driskopps verfallenem Fachwerkhaus vorbeikommen, bittet sie den Polizisten, der den Wagen steuert: »Würden Sie bitte kurz anhalten?«

»Was, öhm, haben Sie denn vor?«, fragt Rory verdutzt.

»Mir ist zum Glück gerade eingefallen, dass ich noch eine Platte mit Gurkensandwiches im Kühlschrank habe«, teilt sie frohgemut mit. »Und bei *Inspector Joyce* ist es doch immer so: Wenn der Fall gelöst ist, gibt es Gurkensandwiches und Tee.«

Während sie ins Haus läuft, beugt Amanda Kent sich zu dem Detektiv und mir vor und flüstert in verschwörerischem Ton: »Wir sind uns sicher alle einig, dass diese Winifred II den totalen Sockenschuss hat. Aber – es ist ja einer von der netteren Sorte.«

Als wir (bepackt mit einer Riesenplatte Gurkensandwiches) bei Bodo Kiesewind ankommen, werden wir bereits erwartet. Der Verleger, Olivia Paddington und Lars Blodstroem haben sich vor dem Haus eingefunden, um Amanda Kent zu begrüßen.

»Bin ich froh, dich zu sehen«, entfährt es Bodo Kiesewind und er umarmt die Schriftstellerin erleichtert.

»Geht mir auch so, altes Haus«, entgegnet sie. »Und wahrscheinlich wird es deine Freude noch steigern, wenn ich dir sage, dass ich beschlossen habe, Inspector Joyce doch noch ein bisschen leben zu lassen.«

»Aber das ist ja … Das ist fantastisch«, jubiliert der Verleger begeistert.

Lars Blodstroem hat es offenbar aufgegeben, Amanda Kent gegenüber den knallharten Typen zu spielen. Schüchtern und mit einem entschuldigenden Lächeln heißt er sie willkommen.

Olivia Paddington schwebt auf ihre Kollegin zu und säuselt: »Auch wenn wir in der Vergangenheit unsere Differenzen hatten – ich freue mich, dass es dir gutgeht, Amanda.«

Die Allergietabletten zeigen offenbar Wirkung: Die Katzenkrimi-Autorin klingt nicht mehr verschnupft und wirkt wesentlich entspannter. Liebevoll streichelt sie Brutus übers Fell. Der ist mittlerweile ganz klein mit Hut und blickt immer wieder ängstlich zu Doktor Herkenrath, dessen gesammelte Konzentration aber darauf ausgerichtet ist, ein Stück Fleischwurst zu verputzen.

»Würde mir jetzt vielleicht mal jemand erklären, was eigentlich los ist?«, fragt Bodo Kiesewind und wirkt stark verwirrt. »Dieser Kommissar hat die Betzings in Handschellen in die Bibliothek geführt. Ich kann nicht glauben, dass die beiden … Und … warum?«

»Das wird der schüchterne Detektiv gleich alles erklären«,

sagt Amanda Kent, fährt sich mit der Hand durch ihr struppiges Haar und fordert die Anwesenden auf: »Gehen wir doch in die Bibliothek. So wie es sich zur Auflösung eines Kriminalfalls gehört.«

Die Betzings hocken mit grimmigem Blick auf einem der Sofas. Neben ihnen hat ein Polizist Stellung bezogen. Die beiden Autorinnen und der Autor nehmen ebenfalls Platz, Karola Driskopp geht mit einem Tablett herum und bietet den Anwesenden (mit Ausnahme der Betzings) Gurkensandwiches an. Bodo Kiesewind serviert Tee und hat dem schüchternen Detektiv ein Kännchen mit dünnem Kaffee gemacht.

Alle blicken gespannt zu Rory, der behutsam an seinem Kaffee nippt, nachdenklich die Kreideumrisse auf dem Boden betrachtet und sich umständlich räuspert. Gerade als er seinen Vortrag mit einem lang gezogenen *Öööhm* einleiten will, fährt vor dem Haus eine schwarze Elektrolimousine vor.

Bodo Kiesewind eilt zur Haustür und drei Sekunden später kommt Miriam Kent in die Bibliothek gerannt. Sie fällt ihrer Mutter jauchzend um den Hals. »Mama, ich bin so froh, dass es dir gut geht!«

Dann betritt auch Charlotte die Bibliothek und begrüßt die Autorin.

Kommissar Valko guckt irritiert und fragt: »Frau Sprudel? Was haben Sie denn mit der Sache zu tun? Sie erinnern sich an mich? Kommissrar Valko! Ich habe damals im Fall um Ihre verschwundene Perle ermittelt.«

»Ich bin eine Freundin von Miriam Kent«, entgegnet Charlotte freundlich lächelnd. »Ich habe sie bloß hierher begleitet. Und natürlich erinnere ich mich an Sie, Herr Kommissar. Weil Sie in meinem Fall mit Ihrer Theorie zum Tathergang ja unglücklicherweise so gewaltig danebenlagen.«

»Na ja …«, murmelt der Kommissar und schnieft verstimmt. »Dann dürften Sie sich sicher auch noch an Rory Shy erinnern.« Er deutet mit einer Kopfbewegung in Richtung des Detektivs.

»Aber natürlich«, wispert Charlotte mit einem scheuen Blick auf Rory. »Weil er ja mit seiner Theorie zum Tathergang richtiglag.« Sie reicht dem Detektiv die Hand, zwinkert ihm unmerklich zu und sagt: »Ich freue mich, Sie wiederzusehen, Rory.«

»Ähm, äh, ebenfalls«, haucht er verschämt und möglichst neutral, kann es aber nicht vermeiden, für einen Sekundenbruchteil wie ein verliebtes Seepferdchen auszusehen.

»Sind wir jetzt mit den allgemeinen Nettigkeiten durch?«, moppert Kommissar Valko. »Dann können wir uns ja endlich mal der Lösung des Falls zuwenden. Shy?«

Der Detektiv hüstelt mehrfach und wispert: »Es, ähm, es ist mir immer ein wenig unangenehm, wenn ich vor einer Gruppe von Menschen sprechen muss. Und daher … Würdest du, öhm, vielleicht, Matilda?«

»Sicher. Gerne«, entgegne ich und beginne, auf dem Teppich

mit den Kreideumrissen langsam auf und ab zu gehen. Das machen Detektive in Krimis immer, wenn sie darlegen, wie sie auf die richtige Spur gekommen sind. Ich weiß auch, wieso: Weil gleichmäßige Bewegung tatsächlich dabei hilft, seine Gedanken zu ordnen und klar zu formulieren.

»In diesem Fall gab es zunächst mehrere Theorien darüber, was geschehen war«, beginne ich. »Kommissar Valko hat vermutet, Frau Kent hätte ihr Verschwinden inszeniert. Was aufgrund der Faktenlage auch gar nicht unwahrscheinlich erschien.«

»Sag ich doch«, murmelt der Kommissar. »Deswegen habe ich ja … Wegen der Fakten …«

»Für seine Theorie sprach auch, dass eine anonyme Anruferin die Presse über das Verschwinden von Amanda Kent informiert hatte. Er vermutete, sie selbst sei das gewesen. Die Frage ist in diesem Fall zwar nur nebensächlich, aber … Nun, da wir wissen, dass sie es nicht war, frage ich mich, wer das gewesen sein könnte.«

Ehrlich gesagt habe ich diesbezüglich schon eine ganz bestimmte Ahnung und nehme Olivia Paddington ins Visier, die daraufhin beginnt, nervös an ihrer Turmfrisur herumzuzupfen. Einen Moment lang scheint sie zu überlegen, ob sie diese Geschichte (so wie die mit der Lakritze) ihrem Brutus in die Schuhe schieben kann. Bis ihr wohl die Erkenntnis dämmert, dass ein telefonierender Kater nicht so wirklich glaubwürdig wirkt.

»Ja. Das … das war ich«, gesteht die Katzenmami in reumütigem Ton. »Ich, äh, ich hatte gehofft, dadurch auch ein paar Schlagzeilen zu bekommen. Oder ein paar Minuten im Fernsehen. Schließlich war ich eine wichtige Zeugin. Aber das hat ja nicht geklappt, weil die Polizei die Journalisten nicht zum Haus gelassen hat.« Sie blickt entschuldigend zu Amanda Kent und sagt mit belegter Stimme: »Tut mir leid. Das war dumm von mir.«

»Jedenfalls … Rory und ich sind anders an den Fall herangegangen«, nehme ich den Faden wieder auf. »Wir haben uns gefragt, wer ein Motiv hatte. Wer hatte am Verschwinden von Amanda Kent ein Interesse?« Ich lasse den Blick über die Gesichter der Anwesenden wandern und erkläre: »Dem ersten Anschein nach war Karola Driskopp die Hauptverdächtige. Schließlich hatte jeder mitbekommen, wie wütend sie auf die Autorin gewesen war. Dass sie ihr gedroht hatte. Aber sie hatte für die Zeit von Frau Kents Verschwinden ein Alibi. Weswegen sich unser Interesse auf Lars Blodstroem und Olivia Paddington richtete. Beide waren offenbar nicht gut auf ihre Kollegin zu sprechen. Und beide haben während der Befragung die Unwahrheit gesagt. Wie sich herausstellte, geschah dies aber aus Gründen, die nichts mit dem Fall zu tun hatten, sondern –«

»Aus, öhm, aus Gründen, die nichts zur, ähm, Sache tun«, wirft Rory behutsam ein und gibt mir mit einem Blick zu verstehen, dass er es nicht für nötig hält, diese Gründe näher zu erläutern.

Er ist wirklich die fleischgewordene Diskretion, denke ich. Lars Blodstroem und Olivia Paddington wissen seine Verschwiegenheit jedenfalls zu schätzen, werfen dem Detektiv dankbare Blicke zu und wirken extrem erleichtert, dass weder Katzenhaarallergie und nächtliche Zimmerdurchsuchung noch Selbsthypnose-Programm und fehlender Motorrad-Führerschein zur Sprache kommen.

»Was uns auf die richtige Spur brachte, war dann das«, verkünde ich und halte den gelben Notizzettel in die Höhe. Dann wende ich mich Amanda Kent zu. »Ich denke, Sie sollten an dieser Stelle übernehmen, Frau Kent, und uns die Ereignisse aus Ihrer Sicht schildern. Vielleicht beginnen Sie mit dem Zwiebelkuchenessen?«

»Alles klar, Kindchen.« Die Autorin schließt für einen Moment die Augen, um sich zu sammeln, dann erfüllt ihre kraftvolle Stimme den Raum: »Es war einer jener Herbsttage, an denen der Nebel wie ein graues Tuch über Herbsterheck lag. Gegen Abend kam ein Wind auf, wirbelte trockenes Laub durch die Luft und schüttelte die kahlen Äste der Bäume. Nur in dem Anwesen auf der Hügelkuppe brannte Licht. Drei in dicke Mäntel gehüllte Besucher näherten sich zu dieser Stunde dem Haus und –«

»Ähm, Mama?«, wirft Miriam Kent ein und stupst die Autorin in die Seite. »Ich glaube, es geht eher um eine sachliche Schilderung der Ereignisse. Nicht darum, einen Roman über die Angelegenheit zu schreiben.«

»Wirklich?«, fragt Amanda Kent überrascht und wirft einen Blick in die Runde. »Na schön. Dann eben die Kurzversion.« Sie nimmt einen ordentlichen Schluck Whisky und berichtet: »Bodo hatte mir gesagt, dass zu dem Essen auch drei Nachbarn von ihm kommen würden. Eine Frau Driskopp und ein Ehepaar Betzing. Wir wurden einander vorgestellt, nahmen am Tisch Platz und … Nun ja, Olivia und Lars keiften sich die ganze Zeit an, aber zwischen Bodo, Karola und den Betzings entwickelte sich ein Gespräch. Schon nach drei Minuten war ich unendlich genervt von Natalie Betzing.« Sie wirft einen kurzen Blick auf die Dame, die mit mürrischer Miene neben ihrem Mann hockt und Löcher in die Luft stiert. »Es gab fast keinen Satz, in den sie nicht ein *Unglaublich* packte: ›*Ich habe gestern eine Heizdecke zu einem unglaublich günstigen Preis bekommen. Ganz unglaublich, wie fruchtig der Federweißer schmeckt. Ach, dieser Kater ist ja unglaublich niedlich …*‹«

»Sehen Sie?«, ruft Olivia Paddington mit einem Blick auf Rory dazwischen. »Das habe ich Ihnen doch gesagt. Dauernd hat sie dieses *Unglaublich* verwendet. Mir ist es auch aufgefallen.«

»Jedenfalls …«, Amanda Kent kratzt sich nachdenklich an der Stirn, »… irgendwie hat das bei mir eine – wenn auch nur sehr unscharfe – Erinnerung ausgelöst. Irgendwann in der Vergangenheit hatte ich schon einmal eine Frau gehört, die den Begriff ständig gebrauchte. Die hatte mich auch enorm genervt. Aber ich kam einfach nicht darauf, wer das gewesen war. Während ich darüber nachgrübelte, habe ich die Betzings verstohlen beobachtet. Und je länger ich sie betrachtet habe, umso stärker wurde bei mir das Gefühl, die beiden auch schon einmal irgendwo gesehen zu haben. Aber wo? Und gerade als ich das Gefühl hatte, es würde mir einfallen, hat Karola mich angesprochen und mich aus meiner Konzentration gerissen.«

»Wofür ich mich noch mal entschuldigen möchte, liebe Amanda«, säuselt Karola Driskopp, spielt verlegen an ihrer Holzperlenkette und schiebt sich ein Gurkensandwich in den Mund.

»Als ich dann später auf meinem Zimmer war, konnte ich nicht aufhören, darüber nachzugrübeln, warum mir Hilmar und Natalie Betzing so bekannt vorkamen«, fährt Amanda Kent fort. »Und dann machte es auf einmal *Klick* und ich wusste es: Der *Wüste zu Wasser-Skandal!* Ich … ich konnte es zuerst gar nicht glauben und habe es ganz reflexhaft auf diesem Zettel notiert. Wie, um mir meine Erkenntnis noch einmal vor Augen zu führen.«

»Der Wüste-zu-was-Skandal?«, fragt Bodo Kiesewind verdutzt – worauf ich den Wikipedia-Eintrag vorlese, um alle auf den gleichen Wissensstand zu bringen.

»Moment mal«, sagt Kommissar Valko und schnippt mit den Fingern. »Ich erinnere mich an den Fall.« Er sieht mich forschend an, deutet auf die Betzings und knurrt: »Du willst sagen, das sind in Wirklichkeit Mark Hermann und Lydia Bloch? Weltweit gesuchte Millionenbetrüger?« Der Polizist blickt mit großen Augen zu Rory und schnaubt durch die Nase. »Puh, da ist Ihnen ja … Da ist uns ja ein Paar ganz dicker Fische ins Netz gegangen.«

»Ähm, erzählen Sie uns doch, was Sie dann getan haben«, bittet Rory die Krimiautorin.

»Ich war stark aufgewühlt von meiner Entdeckung. An Schlaf war nicht zu denken«, berichtet sie und greift dabei nach der Hand ihrer Tochter. »Aber mir fehlte jeder Beweis für meine Vermutung. Und da habe ich beschlossen, dem Anwesen der Betzings im Schutz der Dunkelheit einen Besuch abzustatten. Ich kann nicht einmal genau sagen, was ich zu finden gehofft habe, aber … Ich habe den Schlüssel vom Haken in der Diele genommen, habe mich aus dem Haus gestohlen und bin ins Tal hinabgestiegen.«

»Ich glaube, den hier haben Sie bei der Gelegenheit verloren.« Ich ziehe den Tintenkuli hervor und halte ihn der Schriftstellerin vor die Augen.

»Ja«, bestätigt sie überrascht. »Das ist meiner. Ich bin ausgerutscht und gestürzt. Dabei muss er mir aus der Manteltasche … Aber bleiben wir beim Thema. Ich soll mich ja kurzfassen. Als ich bei den Betzings ankam, waren sie zu meiner Überraschung noch wach. In der Küche brannte Licht. Ich schlich mich unters Küchenfenster und hörte, wie sie stritten: Hilmar Betzing war nämlich aufgefallen, dass ich die beiden während des Abendessens beobachtet hatte. Er befürchtete, ich hätte sie erkannt, und wollte sich so schnell wie möglich absetzen. Seine Frau dachte, er würde nur Gespenster sehen, und hat gekeift: ›*Wir wissen doch beide, dass du eine blühende Fantasie hast. Unglaublich, wie leicht du in Panik zu versetzen bist. Krieg dich mal wieder ein, du Angstschisser!*‹ In dem Moment wusste ich, dass ich mit meiner Vermutung ins Schwarze getroffen hatte. Ich wollte gerade abhauen und die Polizei anrufen, als ich dummerweise auf eine Harke getreten bin, die im Weg lag. Es gab ein lautes *Plong*, das die beiden natürlich alarmiert hat. Im nächsten Moment kamen sie aus dem Haus gestürzt und haben mich überwältigt. Dann haben sie mir das Handy abgenommen, mich gefesselt und geknebelt und in den Keller gesperrt.« Die Autorin verzieht das Gesicht. »Da roch es nach fauligen Kartoffeln. Auf jeden Fall … Gestern Abend gelang es mir, die Fesseln etwas zu lockern. Und als ich plötzlich die Stimme von Karola Driskopp hörte, habe ich gegen die Wände meines Gefängnisses getreten, um auf mich aufmerksam zu machen. Was rückblickend betrachtet nicht besonders schlau war und leider nur zum Ergebnis hatte, dass sie Karola ebenfalls in den Keller gesperrt haben. Während wir dort hockten, trafen die Betzings Vorbereitungen für ihre Flucht. Tja und dann … erschienen der schüchterne Detektiv und die Polizei auf der

Bildfläche und holten uns da raus. Ende gut, alles gut. War das kurz genug?«

»Vielen Dank«, sage ich, während Rory einen scheuen Blick auf die Betzings wirft, sich räuspert und in sanftem Ton vorschlägt: »Vielleicht wäre dies ein guter Zeitpunkt, um Ihr Gewissen zu erleichtern. Möchten Sie uns nicht sagen, wie …«

»Keinen Ton sage ich«, zischt Natalie Betzing alias Lydia Bloch.

Ihr Mann sieht zunächst auch nicht so aus, als wollte er reden. Bis Kommissar Valko anmerkt: »In den meisten Fällen stimmt es Richter milde, wenn Angeklagte ein umfassendes Geständnis ablegen. So was wirkt sich günstig auf das Strafmaß aus. Es ist in Ihrem eigenen Interesse, wenn Sie auspacken.«

Hilmar Betzing nimmt einen tiefen Atemzug und sagt seufzend: »Na gut«, worauf seine Gattin böse faucht:

»Du bist so ein unglaublicher Waschlappen!«

Aber ihr Mann ist offenbar entschlossen, reinen Tisch zu machen. »Ja, wir sind Mark Hermann und Lydia Bloch«, gesteht er. »Wir haben einen Großteil der Spenden, die die *Wüste zu Wasser*-Organisation erhalten hat, zweckentfremdet.«

»Zweckentfremdet?«, knurrt Amanda Kent. »Bringen wir es doch mal auf den Punkt: Sie haben die Hilfsbereitschaft von Menschen ausgenutzt, sie betrogen und sich persönlich an den Spenden bereichert. Ich möchte gar nicht wissen, wie viel Geld Sie auf irgendwelchen dubiosen Konten versteckt haben.«

»Wir haben Unterlagen gefälscht, um den Betrug zu verschleiern«, fährt Hilmar Betzing, beziehungsweise Mark Hermann, fort. »Aber dann ist dieser Journalist auf Ungereimtheiten aufmerksam geworden, als er eine Dokumentation über die Organisation drehte. Ein Informant bei der Polizei hat uns gesteckt, dass gegen uns ermittelt wird. Wir hatten von Anfang an einkalkuliert, dass wir auffliegen könnten, hatten daher Konten im Ausland angelegt und uns falsche Papiere verschafft. Mit deren Hilfe gelang uns die Flucht nach Südamerika. Dort haben wir als Hilmar und Natalie Betzing, Auswandererpaar aus Deutschland gelebt. Völlig unbehelligt. Vierzehn Jahre lang.«

»Und ... wieso sind Sie dann zurückgekommen?«, frage ich verwundert.

»Heimweh«, gesteht Hilmar Betzing verschämt. »Nach ein paar Jahren bekam ich Heimweh. Immer nur Sonne und immer dreißig Grad sind ja eine Zeit lang ganz schön. Aber ... irgendwann habe ich Dinge vermisst: den Wechsel der Jahreszeiten, den Geruch von Herbstfeuern auf den Feldern, den Schnee ... Wir waren uns sicher, dass nach so langer Zeit genug Gras über den *Wüste-zu-Wasser-Skandal* gewachsen war. Außerdem hatten wir unser Aussehen während der Jahre in Südamerika mithilfe kosmetischer Operationen verändert. Wir dachten, niemand würde uns mehr erkennen. Also haben wir nach einem abgelegenen Ort gesucht, um uns niederzulassen. Und als wir auf den alten Bauernhof in Herbsterheck stießen, schien uns das optimal. Fünf Jahre lang lief ja auch alles völlig problemlos. Bis …«

»Halt endlich die Klappe!«, fährt Natalie Betzing ihren Gatten an. »Musst du jetzt die große Lebensbeichte ablegen? Du bringst uns in Teufels Küche. Kein Wort mehr ohne Rechtsanwalt. Herrgott, du bist so *unglaublich* erbärmlich.«

»Nein, du hältst die Klappe«, motzt er zurück. »Ohne dein dämliches *Unglaublich* säßen wir jetzt gar nicht hier.« Hilmar Betzing versucht, sich zu sammeln, und erklärt: »Bei dem Abendessen hatte ich gleich ein ungutes Gefühl. Mir fiel auf, dass Amanda Kent uns beobachtete. Ich ahnte, dass sie uns erkannt hatte, und habe meine Frau nach dem Essen davon zu überzeugen versucht, dass wir so schnell wie möglich abtauchen sollten. Aber sie hat das als Panikmache abgetan. Und während wir noch darüber stritten, hörte ich ein Geräusch vor dem Haus und … Den Rest kennen Sie. Natürlich konnten wir Frau Kent nicht gehen lassen. Wir haben sie in den Keller verfrachtet und ich habe mich darangemacht, neue falsche Papiere zu organisieren. Ich, ähm, ich kenne jemanden, der auf Fälschungen dieser Art spezialisiert ist.« Mit einem Blick auf Rory sagt Hilmar Betzing: »Gestern, als Sie wegen der Befragung bei uns waren, hatte ich die Papiere gerade besorgt. Gestern Abend kam dann dummerweise Karola vorbei und hörte, dass jemand in unserem Keller war. Weswegen uns nichts anders übrig blieb, als sie ebenfalls einzusperren.«

»Warten Sie mal«, meldet sich Lars Blodstroem, der bisher nur stiller Zuhörer war, erbost zu Wort. »Sie wollten sich absetzen und die beiden Frauen einfach ihrem Schicksal überlassen? Die wären doch in ihrem Verlies verhungert und verdurstet.«

»Nein, nein«, wehrt Hilmar Betzing entschieden ab und schüttelt den Kopf. »Natürlich hätte ich ihnen Fesseln und Knebel abgenommen und ihnen Wasser und Nahrung für vierzehn Tage dagelassen. Wir wollten wieder nach Südamerika. Sobald es uns gelungen wäre, dort mithilfe neuer Identitäten unterzutauchen, hätte ich anonym bei der Polizei in Deutschland angerufen und sie darüber informiert, wo Amanda Kent und Karola Driskopp zu finden sind. Ich wollte doch nicht ... Ja, wir sind Betrüger. Aber wir sind keine Mörder!«

Nach seinem Geständnis herrscht für einen Moment völlige Stille, bis Kommissar Valko die Nase hochzieht und dem Polizisten, der die Betzings bewacht, befiehlt: »Abführen!«

Kaum hat der Beamte das Betrüger-Paar aus dem Raum geführt, erhebt sich auch der Kommissar aus seinem Sessel, nimmt sich das letzte Gurkensandwich von der Platte und verkündet kauend, schmatzend und ausgesprochen selbstzufrieden: »Das war es dann wohl. Mann, hätte mir einer gesagt, dass am Ende dieses Falls die Verhaftung von zwei Millionenbetrügern steht ... Die Polizeipräsidentin wird begeistert sein. Da hatten wir beide ja eine richtig gute Spürnase, Shy. Also, man sieht sich.«

~ 19 ~
Ballade vom schüchternen Jägersmann

Doktor Herkenrath tut eigentlich nichts, außer mit dem Schwanz auf den Teppich zu klopfen und freundlich in die Gegend zu schielen, aber Brutus hat seit ihrem letzten Aufeinandertreffen gehörigen Respekt vor meinem Cockerspaniel und zieht es vor, einen Sicherheitsabstand zwischen sich und ihn zu bringen. Als seine *Katzenmami* einen Moment nicht aufpasst, verkrümelt er sich und schleicht auf leisen Sohlen zur Tür hinaus.

Doch nicht nur bei ihm herrscht Aufbruchsstimmung. Karola Driskopp verabschiedet sich mit zahlreichen Worten, vielen guten Wünschen und einem Wangenküsschen von der *lieben Amanda* und lädt die Autorin ein, sie doch demnächst mal in ihrem *Inspector Joyce*-Häuschen zu besuchen.

Amanda Kent bedankt sich für die Einladung – ihr Lächeln wirkt aber eher gequält. »Sicher, liebe Karola. Sobald ich Zeit dafür finde. Aber du weißt ja, wie das ist bei Autoren: Ein

Abgabetermin jagt den nächsten. Stress! Stress! Stress!« Nachdem Frau Driskopp den Weg ins Tal angetreten hat, schüttelt sie den Kopf und murmelt: »Die Winifred von Herbsterheck. Wahrscheinlich hat sie vor, mich mit Pasteten und Gurkensandwiches zu füttern, bis ich platze. Und mir dabei neue Ideen für *Inspector Joyce*-Romane zu unterbreiten. Keine zehn Pferde bringen mich dahin.«

Anschließend bedanken sie und Miriam sich bei Rory und mir für unsere Arbeit. »Erstklassige Leistung von Ihnen, Jungchen«, knurrt die Schriftstellerin, bedenkt mich ebenfalls mit einem anerkennenden Blick und sagt: »Und von dir natürlich auch, Matilda. Vielen Dank für eure Hilfe!«

Eigentlich steht auch Amanda Kent der Sinn nach Abschied. »Nach der ganzen Aufregung brauche ich ein bisschen Ruhe. Machen wir uns auf die Socken«, sagt sie zu ihrer Tochter und zieht den Schlüssel für den zerbeulten Kombi aus der Jackentasche.

Aber da kommt Bodo Kiesewind auf sie zu und versucht sie umzustimmen: »Ruhe? Du kriegst nirgendwo mehr Ruhe als hier. In Herbsterheck. Bleib doch noch ein paar Tage und erhole dich. Und Miriam ist natürlich auch eingeladen, zu bleiben. Außerdem …« Der bärtige Verleger winkt Lars Blodstroem und Olivia Paddington zu sich herüber und erklärt dem Autor und den Autorinnen »Ich … also, ich habe den Eindruck, dass die Ereignisse der letzten Tage auch etwas Gutes bewirkt haben. Dass sie uns einander etwas nähergebracht haben. Vielleicht wäre das der richtige Moment, um die, äh, Konflikte der Vergangenheit hinter sich zu lassen und ... Ich hätte da eine Idee für ein ganz neues Projekt. Könntet ihr euch vorstellen, gemeinsam ein Buch zu schreiben?«

»Zu dritt?«, fragt Lars Blodstroem verwundert.

»Ja. Das würde ein Verkaufsschlager werden.« Bodo Kiesewind reibt sich freudig erregt die Hände. »Die drei bekanntesten Autoren des *BK-Krimi-Verlags* schreiben zusammen ein Buch. Das wird *der* Kracher!«

»Ja, aber ... Worüber denn?«, fragt Olivia Paddington mit skeptischem Gesichtsausdruck.

»Da habe ich auch schon eine ganz konkrete Idee«, entgegnet der Verleger, wirft einen kurzen Blick auf Rory und flüstert den Autorinnen und dem Autor zu: »Wir reden später darüber.«

»Na ja, könnte man mal drüber nachdenken«, befindet Amanda Kent – und entschließt sich tatsächlich, noch zu bleiben.

»Ich muss mich dann aber leider empfehlen«, sagt Charlotte, die sich die ganze Zeit über dezent im Hintergrund gehalten hat. Sie umarmt Miriam und Amanda Kent zum Abschied, dann blickt sie zu dem schüchternen Detektiv und haucht in unschuldigem Ton: »Soll ich Sie und Ihre Assistentin in der Limousine mitnehmen, Rory? Sie müssen doch sicher auch zurück in die Stadt.«

»Ähm, nur falls es keine, öhm ...«

»Macht es nicht«, entgegnet Charlotte mit einem Lächeln. »Ganz und gar nicht.«

Bevor wir gehen, bedenken die Autoren Rory und mich noch mit signierten Ausgaben ihrer Werke. Bodo Kiesewind beschenkt Doktor Herkenrath mit einem letzten Stückchen Fleischwurst.

Als Amadeus die Limousine in Richtung Tal steuert, drückt Charlotte ihrem Freund einen Kuss auf die Wange und sagt: »Das war erstklassige Arbeit, Samtpfötchen.«

Worauf Rory tomatenrot anläuft und sich verschämt räuspert. »Ach, das, öhm, war doch gar nicht so, äh, das, ähm …«

Doktor Herkenrath hüpft auf die Polster und wirft durch das Rückfenster einen letzten wehmütigen Blick auf das Haus von Bodo Kiesewind – bis sein ganz persönliches Fleischwurstparadies am Horizont verschwindet.

In den nächsten Tagen beherrscht nur ein Thema die Medien: Das Verschwinden (und Wiederauftauchen) von Amanda Kent und die damit einhergegangene Verhaftung des Betrüger-Paars. Die Befreiung der Autorin und die Festnahme der Betzings werden in den Medien als großer Erfolg für Rory und für Kommissar Valko gefeiert. Letzterer freut sich, diesmal auch etwas vom Ruhm abzubekommen, und gibt mit stolzgeschwellter Brust Interviews.

Was gibt es sonst noch zu berichten?

Doktor Herkenrath ist weiterhin begeisterter Tänzer. Seine mutige Kampfeslust-Phase hat aber nicht lange angehalten. Vielleicht schafft er es auch nur gegenüber rothaarigen Katern, mutig zu sein. Gestern, als ich mit ihm spazieren war, ist er jedenfalls jaulend vor einer Elster geflohen.

Mit Papa und Mama telefoniere ich täglich. Die beiden sind zuversichtlich, bald zurückfliegen zu können.

Die Geburtstagsfeier von Frau Zeiglers Schwester ist leider nicht ganz reibungslos über die Bühne gegangen – wovon sie mir lang und breit berichtet, als ich am Freitagmorgen in die Küche komme: »Auf die Geburtstagstorte musste Hetty leider verzichten. Mein Raimund hatte an dem Tag nur eine Aufgabe und die bestand darin, die Torte beim Konditor abzuholen. Aber natürlich … Herrgott, dieser Mann schafft es nicht, eine Sahnetorte von A nach B zu transportieren, ohne dass eine Katastrophe passiert.« Sie guckt verwundert, als sie bemerkt, dass ich nicht frühstücke, sondern nur einen Kakao trinke. »Was ist mit dir, Kind? Hast du keinen Hunger?«

»Nö«, erkläre ich kurz und knapp, räume die Tasse in die Spülmaschine und sage: »Ich drehe mit Doktor Herkenrath eine Runde im Flora-Park.«

»Ist gut, Kind. Aber –«

»Halte den Hund von den Enten fern«, vollende ich ihren Satz. »Mach ich. Bis später, Frau Zeigler.«

Natürlich war das mit dem Spaziergang im Flora-Park geflunkert. Tatsächlich bin ich bei Rory und Charlotte zum Frühstück eingeladen. Bevor die beiden dann endlich zu ihrer Wanderung auf dem Rotwerd-Pfad aufbrechen. Falls nicht wieder in allerletzter Sekunde was dazwischenkommt.

Als Doktor Herkenrath und ich in der Agentur ankommen, steht ein roter Mini-Cooper vor der Tür: Miriam Kent ist auch da.

Es bietet sich mir das gleiche Bild wie beim letzten Mal: zwei gepackte Rucksäcke im Flur, Rory und Charlotte in fescher Wanderkleidung, durch die Wohnung weht der schwache Duft von dünnem Kaffee.

Ich habe Rosinenmürbchen mitgebracht. Miriam Kent steuert zum Frühstück selbst gemachte Marmelade bei.

»Wie geht es deiner Mutter?«, möchte Charlotte von ihrer Freundin wissen, als wir um den Tisch zusammensitzen.

»Bestens!«, sagt Miriam lachend. »Sie hat schon wieder ganz zu ihrer üblichen knurrigen und ruppigen Art zurückgefunden. Was ich mal als gutes Zeichen werte. Mama ist noch immer bei Bodo in Herbsterheck. Sie, Olivia Paddington und Lars Blodstroem schreiben tatsächlich zusammen einen Kriminalroman.«

»Drei Autoren, ein Buch? Wie geht das denn vonstatten«, frage ich neugierig.

»Sie schreiben immer abwechselnd einen Absatz«, erklärt Miriam. »Erst Mama, dann Olivia Paddington, dann Lars Blodstroem. Und so weiter. Und wo wir gerade bei dem Thema sind …« Sie zieht ein paar bedruckte Blätter aus ihrer Umhängetasche und übergibt sie dem verwirrt dreinblickenden Detektiv. »Bodo lässt fragen, ob Sie mal einen kurzen Blick auf den Text werfen könnten. Weil Sie ja ein Experte für das Thema sind.«

»Experte für, öhm, was?«, fragt der Detektiv verdattert.

»Lesen Sie selbst«, sagt Miriam Kent mit amüsiertem Gesichtsausdruck.

Charlotte und ich lassen es uns natürlich nicht nehmen, dem schüchternen Detektiv rechts und links über die Schulter zu schauen, während seine Augen über den Text wandern.

Robby Line
Der scheue Kommissar
von
A. Kent / O. Paddington / L. Blodstroem
Kapitel 1
Knurrig, knallhart und auf leisen Sohlen

»Verdammt!«, knurrte Kommissar Line, zog in aller Eile sein Jackett über, schob sich hastig ein Stück kalter Pastete in den Mund und rief seiner Gattin Kunigund im Hinausgehen zu: »Ich

muss los. Habe einen Anruf bekommen. Ein vergifteter Standesbeamter im Honeymoon-Hotel.«

Er huschte auf leisen Sohlen auf die Straße hinaus. Seine Kollegin sollte ihn mit dem Wagen abholen. Jedes Mal, wenn er ein Motorengeräusch hörte, richtete er erwartungsvoll die Ohren auf und reckte den Kopf. Doch Kommissar Line wartete vergebens. Seine Kollegin erschien nicht. Er gab ein trauriges, maunzendes Geräusch von sich und fühlte sich mit einem Mal ganz deprimiert.

Reiß dich zusammen, Junge!, dachte er im nächsten Moment. Deprimiert zu werden, bringt gar nichts. Du musst knallhart sein! Du musst handeln! Jetzt! Er beschloss, die vierzig Kilometer bis zum Tatort zu laufen. Doch als ein Motorrad in hohem Tempo an ihm vorbeischoss, sprang er kurzentschlossen hinter den Fahrer auf das Zweirad und brüllte ihm ins Ohr: »Zum Honeymoon-Hotel. Fahr zu!«

»Ähm, ich weiß nicht …«, stammelt Rory verlegen. »So richtig, öhm, scheu wirkt dieser Kommissar auf mich eigentlich nicht.«

»Ich richte Bodo aus, dass die Sache noch ein bisschen überarbeitet werden sollte«, kichert Miriam und steckt das Manuskript wieder ein. »Bis bald. Ich wünsche euch eine schöne Wanderung.«

Kurz darauf verabschiede ich mich ebenfalls von Rory und Charlotte, die versprechen, mir eine Postkarte vom Rotwerd-Wanderpfad zu schicken.

»Schön«, sage ich erfreut, als vor meinem inneren Auge ein beunruhigendes Bild auftaucht: Frau Zeigler, die eine an mich adressierte Postkarte aus dem Briefkasten fischt, die mit *Rory Shy* unterschrieben ist. Das würde Fragen aufwerfen, die ich nur schwer beantworten könnte.

»Ihr dürft nicht mit euren echten Namen unterschreiben«, gebe ich den beiden mit auf den Weg. »Rory jedenfalls nicht.«

»Keine Sorge«, sagt Charlotte lächelnd und streicht dem Detektiv zärtlich über die Wange. »Da fällt uns schon was ein.«

Am folgenden Dienstag trudelt die Ansichtskarte vom Rotwerd-Pfad bei mir ein.

»Post für dich«, informiert mich Frau Zeigler, als sie vom Briefkasten zurückkommt, und studiert die Karte eingehend.

»Wenn Sie meine Post schon lesen, dann können Sie das auch laut tun«, seufze ich.

»Das ist ja kein Brief, sondern nur eine Postkarte. Postkarten darf man lesen. Sonst wären sie in einem Umschlag«, eröffnet sie mir ungerührt und beginnt, mit durchdringender Stimme vorzulesen: *»Liebe, Matilda! Viele Grüße vom Rotwerd-Pfad. Gestern haben wir das Rotwerd-Schüchternheits-Museum am Rand des Wanderweges besucht, heute übernachten wir im Gasthof* *zur stillen Einkehr und morgen besichtigen wir das Weingut »Scheue Traube«. Ganz liebe und schüchterne Grüße von …«* Frau Zeigler hebt den Kopf und bedenkt mich mit einem misstrauischen Blick. »Wer ist denn Charlotte?«

»Eine Klassenkameradin von mir. Sie unternimmt mit ihren Eltern eine Wanderung auf dem Rotwerd-Pfad.«

»Aha? Und wer bitte schön ist *Samtpfötchen?«*

»Das ist Charlottes Kater«, flunkere ich, ohne mit der Wimper zu zucken.

»Deine Klassenkameradin geht mit ihrem Kater auf eine Wanderung?«

»Ja, das machen doch jetzt viele«, versichere ich ihr ernsthaft. »Wandern mit der Katze. Ist gerade schwer angesagt. So wie Hundetanz.«

»Ich frage mich, was denen als Nächstes einfällt«, murmelt Frau Zeigler, schüttelt den Kopf, händigt mir die Karte aus und verschwindet in der Küche.

Behutsam drehe ich die Postkarte. Auf der Vorderseite ist ein Denkmal zu sehen, das man Johann-Christian Rotwerd zu Ehren am Startpunkt des Wanderweges errichtet hat. (Was dem scheuen Poeten wahrscheinlich sehr peinlich gewesen wäre.)

Unter der Statue des Dichters, deren Blick schüchtern auf den Boden gerichtet ist, findet sich eine Marmortafel, in die die erste Strophe seiner *Ballade vom schüchternen Jägersmann* eingraviert ist.

Einst lebte scheu ein Jägersmann,
der war beliebt bei Hirsch und Sau.
Ihn mochten Hase, Reh und Vogel
und auch der Fuchs in seinem Bau.
Kam er in den Wald geritten,
drohte keiner Kreatur Gefahr.
Weil er zum Schießen viel zu schüchtern
und außerdem zu höflich war.
Er mochte der Vögel Lieder,
nicht lauten Knall und Rauch.
Er fand es peinlich, auf Tiere zu schießen.
Das fanden die Tiere auch.

»Der Meinung kann man sich doch nur anschließen, oder?«, sage ich, blicke fragend zu meinem Cockerspaniel und deute es einfach mal als Ausdruck der Zustimmung, dass er augenblicklich auf die Beine springt und zu einem ungelenken Tanz ansetzt – der wie üblich mit einem satten Bauchklatscher endet.

»Gaaanz toll, Doktor Herkenrath«, lobe ich und kraule ihm die Ohren. »Ganz toll!«

Danksagung

Ein großes Dankeschön an meine Frau Birgit, an Anna Mechler von der Literaturagentur Lesen & Hören, an Kathleen Neumann für das Lektorat, sowie an das gesamte Team des Ueberreuter Verlags.

Und natürlich an alle jungen (und auch älteren) LeserInnen, die die Abenteuer des schüchternen Detektivs verfolgen.

© Fotostudio NEVA Düsseldorf

Oliver Schlick wurde 1964 in Neuwied/Rhein geboren. Nach Abitur und Zivildienst studierte er Sozialarbeit an der FH Düsseldorf. Seit mehreren Jahren ist er in der stationären Jugendhilfe und der Flüchtlingsarbeit tätig. Oliver Schlick lebt in Düsseldorf, und wenn er nicht schreibt, verbringt er die Zeit mit dem Sammeln von Schneekugeln und Blechspielzeug sowie dem exzessiven Hören von »The Cure«. Von Oliver Schlick sind bislang neben den »Rory Shy«-Bänden bei Ueberreuter folgende Bücher erschienen:

»So kalt wie Eis, so klar wie Glas«
»Miranda Lux. Denken heißt zweifeln oder warum jede Geschichte zwei Seiten hat«
»Wächter der Meere, Hüter des Lichts«
»Penny Maroux und das Geheimnis der 11«

Kennt ihr schon

»Penny Maroux und das Geheimnis der 11«

von Oliver Schlick?

»Penny Maroux ist etwas ganz Besonderes. Nicht nur, dass sie sich fragt, ob das Rauschen des Windes in den Bäumen eine Sprache ist, die wir nicht verstehen. Oder ob Blumen so ihre Launen haben und montags genervt und freitags übermütig sein können.
Sie mag auch Geschichten über schüchterne Detektive und ist die erste Leserin von Rory Shy. Man könnte fast sagen, Penny ist diejenige, die mich auf die Idee zu Rory und seinen Abenteuern gebracht hat.«

Oliver Schlick

Hier geht's zur Leseprobe! →

LESEPROBE
»Penny Maroux und das Geheimnis der 11«

1

Mein Name ist Penny Maroux, ich lebe in Winderbusch und mag Waldmeisterbrause, Erdbeereis und Pizza Funghi. Außerdem bin ich mir ziemlich sicher, dass das Rauschen des Windes eine Sprache ist, deren Worte wir nicht verstehen. Manchmal frage ich mich, ob Küchenkräuter sich immer gleich fühlen. Oder ob Basilikum montags möglicherweise genervt, mittwochs schwer gelangweilt und freitags auch mal übermütig sein kann. Vor allem aber frage ich mich, warum sich nicht jeder diese Fragen stellt.

Heute ist mein elfter Geburtstag. Donnerstag, der elfte Juli.

Normalerweise reißt mich das Klingeln des Weckers um sieben Uhr aus dem Tiefschlaf, worauf ich mich widerwillig aus dem Bett erhebe, unter die Dusche schleppe, warmes und kaltes Wasser auf mich einprasseln lasse und dabei versuche, ganz allmählich in die Gänge zu kommen. Aber heute Morgen schlage ich die Augen auf, bevor sich der Wecker meldet – und bin schlagartig so hellwach, als hätte ich eine Tüte Kaffeepulver inhaliert.

Elf Minuten vor sieben, stelle ich beim Blick auf das Ziffernblatt fest. Was für ein witziger Zufall: mein elfter Geburtstag, der elfte Juli und ich werde um elf vor sieben wach.

Dabei habe ich keine Ahnung, dass in genau elf Minuten eine noch viel merkwürdigere Sache passieren wird.

Aber schön der Reihe nach: Als ich mit nassen Haaren aus der Dusche steige und in meine Klamotten schlüpfe, höre ich es unten in der Küche poltern. Tante Kirsten kramt das gute Frühstücksgeschirr aus dem Schrank. Kein Geburtstagsfrühstück ohne gutes Geschirr, Tiefkühltorte und *Happy Birthday.* Mit den halb aufgetauten Torten habe ich mittlerweile zu leben gelernt, aber wenn mir jemand ein Geburtstagsständchen singt, rollen sich mir vor lauter Peinlichkeit die Zehennägel auf. Letztes Jahr, an meinem zehnten Geburtstag, war ich so todesmutig, bei Tante Kirsten anzufragen, ob wir in Zukunft nicht auf das Ständchen verzichten könnten. Schwerer Fehler! Sie hat augenblicklich ihr Beleidigte-Leberwurst-Gesicht aufgelegt und gezischt: »Wenn jemand Geburtstag hat, dann wird ihm zu Ehren ein Ständchen gesungen. Das gehört sich so!«

Wenn jemand weiß, was sich gehört, dann Tante Kirsten. Sie hat zu allem eine Meinung. Und sie hat gerne recht. Weswegen man ihr möglichst nicht widersprechen sollte. Sie hat nicht nur *gerne* recht, sie hat *immer* recht. Und kommandiert dabei Leute rum. Kirsten ist Leiterin der Kindertagesstätte in Winderbusch. Was bedeutet, dass sie nicht nur die armen kleinen Kindergartenkinder, sondern auch sämtliche Erzieherinnen rumkommandieren darf.

Ich schnüre meine Chucks, ziehe die Jeansjacke über, schiebe mir meine grüne Samtkappe auf den Kopf und werfe einen kurzen Blick in den Spiegel. Und wie beinah jedes Mal frage ich mich, ob das Mädchen, das mir entgegenschaut, wirklich nur mein Spiegelbild ist. Könnte es nicht auch ein völlig fremdes Mädchen sein, das in einer geheimnisvollen Welt hinter dem Spiegel lebt, mir zufällig aufs Haar gleicht und mich verhohnepipelt, indem es immer genau das tut, was ich gerade tue? Zugegeben, das Mädchen sieht mir zum Verwechseln ähnlich: braune Locken, braune Augen, Sommersprossen um die Nase, T-Shirt, Jeansjacke. Sie trägt sogar die gleiche Kappe wie ich. Die grüne Samtkappe mit schmalem Schirm, die meiner Mutter gehört hat. Die Kappe ist mir ein bisschen zu groß, was aber nicht weiter auffällt, wenn man sie nur weit genug aus der Stirn schiebt. Dem Mädchen im Spiegel passt sie auch nicht.

Zeit für eine Runde Spiegel-Duell, denke ich. *Zeig mal, was du draufhast, Spiegel-Mädchen!*

Ich blicke meinem Spiegelbild tief in die Augen, dann wende ich mich langsam ab, schaue interessiert in eine Ecke, so als gäbe es dort was unglaublich Spannendes zu sehen, und dann – werfe ich blitzschnell den Kopf herum und beobachte, was das Mädchen im Spiegel macht. Das Mädchen ist clever. Bisher habe ich es noch nie bei einem Fehler erwischt. Es tut immer genau das, was ich tue. Auch diesmal. *Aber fühl dich besser nicht zu sicher*, denke ich. *Früher oder später kriege ich dich*, *Spiegel-Mädchen!*

»Penny? Kommst du?«, höre ich Papa von unten rufen. Gefolgt von Tante Kirstens vorwurfsvoller Stimme:

»Wie lange will uns das Geburtstagskind denn noch warten lassen?«

»Komme gleich«, rufe ich.

Aber vorher muss ich noch den Tag begrüßen. Wie man das macht, hat Mama mir gezeigt, als ich ganz klein war.

Sie ist seit fünf Jahren tot. Kurz nach meinem sechsten Geburtstag ist sie plötzlich schwer krank geworden und wenige Monate darauf gestorben. Man sagt, die Erinnerung an einen Menschen verblasst immer mehr, je länger er fort ist. Aber meine Erinnerungen an Mama sind bunt und voll knalliger Farben. Immerzu hat sie sich verrückte Geschichten für mich ausgedacht. Oder Lieder mit Nonsens-Texten, die wir dann gemeinsam gesungen haben: *Wenn der Kammerjäger Urlaub hat, freuen sich die Kakerlaken. Und hängen ihre Sorgen fürs Erste an den Haken …* Und die Erinnerung daran, wie Mama mir beigebracht hat, den Tag zu begrüßen, steht mir so deutlich vor Augen, als hätte sie es erst gestern getan. *»Wenn du möchtest, dass der Tag dein Freund wird, solltest du so höflich sein, ihm Guten Morgen zu sagen«*, hat sie mir erklärt.

Das Begrüßungsritual geht folgendermaßen: Ich gehe vor dem Fenster in Position, dann ziehe ich den Vorhang mit einem entschlossenen Ruck zur Seite, reiße das Fenster weit auf, nehme einen tiefen Atemzug und blicke dem jungen Tag ins Gesicht. Und nachdem ich mir einen ersten Eindruck davon verschafft habe, wie er so drauf ist, begrüße ich ihn. Zum Beispiel mit: »Hallo, sechster Mai. Freut mich, dich kennenzulernen. Und mach dir keine Gedanken wegen des kleinen Regenschauers. Ich mag Frühlingsschauer. Und du riechst total umwerfend. Nach Maiglöckchen!« Oder: »Guten Morgen, zweiter August. Wow, du bist echt heiß!« Manche Tage muss man ein bisschen trösten. Besonders in der kalten Jahreszeit: »Es darf auch graue Nebeltage geben. Du bist völlig in Ordnung, dritter November. Du bist eben ein Tag zum Lesen und In-eine-Decke-Kuscheln. Ist doch auch was.«

Der heutige Tag braucht keinen Trost. »Es ist mir ein Vergnügen, elfter Juli«, begrüße ich ihn. »Du bist eine echte Schönheit!« Und das meine ich genau so, wie ich es sage: Hinter unserem verwilderten Garten bahnt sich der leise murmelnde Brixbach seinen Weg durch die Landschaft. Der große Kirschbaum, der vor meinem Fenster aufragt, wirft einen langen Schatten auf die Obstwiese hinter dem Haus, die noch von Tau bedeckt ist. Jenseits des Baches erheben sich dicht bewaldete Hügel mit gewaltigen Laubbäumen. Die Morgensonne kitzelt meine Nase, ein paar Schnecken haben sich zum Frühstück im Salatbeet versammelt, der Himmel ist blau, nur vereinzelt segelt ein gut gelauntes weißes Wattewölkchen durch den Morgen. Viel besser kann ein Sommertag nicht starten. Und ein Geburtstag auch nicht.

»Penny, wenn du nicht bald kommst, sind die Kerzen runtergebrannt!«, reißt mich Kirstens beleidigte Stimme aus meinen Betrachtungen. Wenn ihr Tonfall von vorwurfsvoll zu beleidigt wechselt, wird es gefährlich.

»Komme!«, brülle ich und will das Fenster gerade schließen – als ich mitten in der Bewegung innehalte und mit offenem Mund in den Kirschbaum starre. Einen kurzen Moment lang glaube ich, ich hätte eine Halluzination. Aufgespießt auf einen kleinen Zweig steckt ein grüner Briefumschlag!

Er hat das gleiche Grün wie die Blätter um ihn herum, deswegen habe ich ihn nicht sofort wahrgenommen. Aber jetzt erkenne ich, dass jemand mit einem Filzstift eine *11* auf das Kuvert gekrakelt hat. Und darunter prangt – ebenso krakelig – mein Name: *Penny Maroux.*

Wie festgewachsen stehe ich da und stiere auf den grünen Umschlag. Ist das etwa eine Geburtstagskarte? Für mich? Aber wer deponiert eine Geburtstagskarte in einem Kirschbaum? Papa bestimmt nicht. Und Tante Kirsten erst recht nicht. Wer kommt auf so eine Idee?

Ich schließe kurz die Augen und kneife mich in den Unterarm, um sicherzugehen, dass ich mir den grünen Umschlag nicht einbilde. Aber als ich die Augen öffne, ist er noch immer da.

Also, wenn das so ist …

Ich atme einmal tief durch, dann schwinge ich mich kurz entschlossen aufs Fensterbrett, halte mich am Fensterkreuz fest und angele mit der anderen Hand nach dem mysteriösen Kuvert. Aber wie weit ich meinen Arm auch ausstrecke – zwischen Fingerspitzen und Umschlag fehlt ein guter Zentimeter. Da hilft nur noch eine halsbrecherische Akrobatik-Einlage: Ich klammere mich mit der Linken weiter fest, lasse mich so weit aus dem Fenster hängen, wie es geht, und schwinge mit dem Oberkörper vor und zurück, während meine rechte Hand versucht, die Karte zu erhaschen. Wahrscheinlich sehe ich dabei aus wie ein Schimpanse mit Sonnenstich. Und wüsste Tante Kirsten, was ich gerade tue, würde sie schon mit Feuerwehr und Notarzt telefonieren. Zweimal streifen meine Finger die Karte – beim dritten Versuch bekomme ich sie endlich zu fassen.

Ich ziehe die Stirn kraus und schnuppere vorsichtig an dem Umschlag. Begegnet einem etwas Merkwürdiges, ist es immer ratsam, erst mal daran zu schnuppern. Das Kuvert riecht nach Kirschen. Was nicht besonders verwunderlich ist. Schließlich hat es im Kirschbaum gesteckt.

Mit angehaltenem Atem öffne ich den Umschlag. Im Inneren findet sich, wie erwartet, eine Karte. Als ich sie zögerlich herausnehme, rieseln bunte Konfettiteilchen aus dem Kuvert und verteilen sich auf die Dielen.

Die Karte entpuppt sich als eine der Jux-Geburtstagskarten, wie man sie in jedem Schreibwarenladen bekommt. Auf der Vorderseite stehen die Worte *Herzlicher Glückwunsch*, darunter ist ein grünes Männchen (ein Alien? ein Kobold? ein Elferich?) zu sehen, das ein Partyhütchen auf dem Kopf trägt und so dermaßen heftig schielt, als ob es schon etliche Gläser Geburtstagsbowle intus hätte. Neugierig klappe ich die Karte auf und zucke zusammen, als eine quäkende Fanfare ertönt: Bäbbädäbäbb däbäbb däbäbb däbäbbdä bäää!

Na super! Eine singende Karte. Fast genauso peinlich wie ein Ständchen, denke ich. Dann fällt mein Blick auf einen handgeschriebenen Glückwunsch. Jeden Satz in einer anderen Schrift. So als hätte eine ganze Reihe von Leuten abwechselnd daran geschrieben. Noch viel merkwürdiger aber ist, *was* dort steht!

Liebe Penny,

ALLES GUTE ZUM ELFTEN GEBURTSTAG!

Willkommen in der Elfer-Welt!

Leider haben wir kein Geschenk für dich. Dafür aber ein paar Ratschläge. Und genau genommen sind gute Ratschläge auch so was wie Geschenke. Ganz genau genommen sind sie sogar die besten Geschenke.

Eigentlich sind aller guten Ratschläge elf, aber wir wollen es für den Anfang nicht übertreiben und fangen erst mal mit zwei an.

Also, hier kommt Ratschlag Nummer eins: Halte in den nächsten Tagen Augen und Ohren auf. Achte darauf, wo und wann dir die 11 begegnet. Du wirst überrascht sein, wie häufig du sie triffst.

Wahrscheinlich denkst du jetzt gerade so was Ähnliches wie: Häh? Was soll das? Gut, es ist mein elfter Geburtstag, aber was in aller Welt soll dieses Elfer-Gerede? Und dass du das denkst, ist schon mal ein prima Anfang. Fragen zu stellen, ist immer gut.

Was uns zu Ratschlag Nummer zwei führt: Denk über die 11 nach! Stell Fragen! Hast du dich schon mal gefragt, warum die 11 als Zahl der Narren gilt? *Oder warum es zehn und nicht elf Gebote gibt?* Oder warum von wirklich allem in der Welt eine Top-Ten, aber niemals eine Top-Eleven existiert?

Einen spannenden elften Geburtstag wünschen dir

DIE ELFER-KINDER

Fassungslos glotze ich auf die Unterschrift und mache wahrscheinlich ein ziemlich unintelligentes Gesicht. Wer sind die Elfer-Kinder? Was ist das für eine seltsame Botschaft? Wer hat sie in den Baum gesteckt? Ist das irgendein schräger Witz? Was sollen diese penetranten Hinweise auf die 11?

Achte darauf, wo und wann sie dir begegnet …

Blitzartig schießt mir durch den Kopf, wann ich heute Morgen aufgewacht bin: um elf vor sieben. Am elften Juli. Meinem elften Geburtstag. Und … unsere Adresse lautet: Am Brixbach 11.

»Penny! Wie lange willst du uns denn noch warten lassen?«, ruft Tante Kirsten nach oben und hört sich dabei so gereizt an, als stünde sie kurz davor, in die Geburtstagskerzen zu beißen.

»Ich … bin sofort da.« Ich werfe einen letzten verwirrten Blick auf die Karte, klappe sie hastig zusammen, verstaue sie in meiner Schultasche, schließe das Fenster und stürme aus dem Zimmer.

Die Treppenstufen knarren mitleiderregend, als ich nach unten steige. Unser Haus ist ein Holzhaus. Und nicht nur die Außenwände, das Dach und die Veranda bestehen aus Holz, auch innen gibt es jede Menge davon: Treppen, Böden, Täfelungen, Geländer … Holz, wohin man sieht.

Ich wohne jetzt seit fünf Jahren hier. Am Anfang fand ich es ein bisschen unheimlich (besonders nachts), weil es ständig irgendwo knarzt, knarrt, knackt oder klopft. Aber mittlerweile habe ich mich an die Geräusche gewöhnt und finde es hier urgemütlich.

Das Haus am Brixbach ist Papas Elternhaus. Er und Tante Kirsten haben es von meinen Großeltern geerbt. Papa ist in Winderbusch geboren und zur Schule gegangen. Aber dann hat es ihn in die Ferne verschlagen: Er hat studiert, bei einer Zeitung zu arbeiten begonnen, Mama kennengelernt und dann kam ich auf die Welt. Alles in der Ferne. Und da wären wir wahrscheinlich auch geblieben. Wenn Mama nicht gestorben wäre. Nach ihrem Tod wollte Papa nach Winderbusch zurück. Das heißt, eigentlich war es Tante Kirstens Idee, dass wir hierher ziehen. Sie ist Papas ältere Schwester und hat kein besonders großes Vertrauen in seine erzieherischen Fähigkeiten: »Ein Mann kann doch ein kleines Mädchen nicht alleine aufziehen. Ihr zieht zu mir!«, hat sie damals bestimmt und mir mit zuckersüßem Lächeln erklärt:

»Ich weiß natürlich, dass ich deine Mutter nicht ersetzen kann, Liebes. Aber ich werde deine beste Freundin sein!«

Das Problem ist: Ich möchte nicht, dass Kirsten meine beste Freundin ist. Weil sie einem ständig sagt, was man zu tun und zu lassen hat, und dabei nervt wie nichts Gutes.

Als ich die Tür zur Küche öffne, fällt mein Blick als Erstes auf die Schwarzwälder-Kirsch-Tiefkühltorte, auf der elf bunte Kerzen brennen. Tante Kirsten sieht beleidigt aus, weil sie auf mich warten musste, entschließt sich dann aber doch, wieder meine beste Freundin zu sein. Sie zwingt sich ein Lächeln ins Gesicht, hüpft von ihrem Stuhl auf und beginnt voller Inbrunst, *Happy Birthday* zu schmettern. Während ich das Ständchen über mich ergehen lasse, blicke ich zu Papa, der nur leise mitbrummt und dabei ziemlich verlegen aussieht. Ihm ist die Singerei genauso peinlich wie mir. Aber er hat auch gelernt, dass man problemloser durch den Tag kommt, wenn man tut, was Kirsten für richtig hält.

»Herzlichen Glückwunsch, Liebes!«, jauchzt sie, als das Gesinge endlich vorbei ist, und fällt mir um den Hals.

Dafür, dass Papa und Tante Kirsten Geschwister sind, sehen sie sich nicht besonders ähnlich. Papa ist groß und kräftig, hat glattes Haar und ist der eher bedächtige Typ, während Tante Kirsten klein und wuselig und mit einem krausen Lockenschopf gesegnet ist. Wären sie Bälle, dann wäre Tante Kirsten ein Flummi und Papa ein Medizinball.

»Alle Gute, Penny«, sagt er leise. Auf seinem Gesicht erscheint das traurige Lächeln, das ich jedes Mal bemerke, wenn er mich anblickt. Er umarmt mich und ich drücke ihn ganz fest. Papa sieht immer etwas schwermütig aus, und ich frage mich, wann ich ihn das letzte Mal lachend gesehen habe. Seit Mamas Tod wirkt er ein wenig verloren: Die meiste Zeit über vergräbt er sich in seine Arbeit und es gibt Tage, da wirkt er völlig abwesend. Dann nimmt er außer seiner Arbeit nichts und niemanden wahr. Manchmal nicht einmal mich.

Papa räuspert sich ausgiebig, kratzt sich nervös am Hals und zaubert ein Geschenk hinter seinem Rücken hervor. »Ich hoffe, es ist das Richtige«, murmelt er.

»Wow! Danke!«, entfährt es mir, nachdem ich das Geschenkpapier aufgerissen habe – und ich drücke Papa gleich noch mal und gebe ihm einen dicken Schmatz auf die Wange. Auch wenn er manchmal abwesend wirkt, kriegt er offenbar sehr genau mit, was seiner Tochter gefällt: Freudestrahlend blicke ich auf einen Band von *Rory Shy – der schüchterne Detektiv.* Meine Lieblings-Buchreihe. »Das ist super, Papa! Und kommt genau zur richtigen Zeit. Ich bin gestern mit Band 10 fertig geworden. Danke, danke, danke!«

Dann setzen wir uns. Tante Kirsten hat schon mit dem schärfsten Messer Stücke von der gefrorenen Torte gesäbelt. Prüfend stochere ich mit der Gabel in meinem Tortenstück herum. Es ist höchstens zu einem Drittel aufgetaut. Papa und ich werfen uns über den Tisch hinweg einen kurzen Blick zu und verzichten fürs Erste auf den Tortengenuss.

Weil weder Kirsten noch Papa noch ich backen können, gibt es an Geburtstagen bei uns immer Tiefkühltorte. Und jedes Mal vergisst Tante Kirsten, sie früh genug aufzutauen. Was passieren kann und eigentlich nicht dramatisch ist. Aber es nervt wie Seuche, dass Kirsten niemals zugeben kann, einen Fehler gemacht zu haben. Stattdessen kaut sie mit Todesverachtung auf der tiefgefrorenen Torte rum, tut so, als wäre alles in bester Ordnung, und zwitschert: »Hmm. Ist doch lecker. Habt ihr keinen Appetit?«

»Öhm … Torte ist mir so früh am Morgen ein bisschen zu mächtig«, zieht sich Papa diplomatisch aus der Affäre.

»Ja … mir irgendwie auch«, murmele ich, woraufhin Kirsten ärgerlich die Nase rümpft. »Da kann ich mir die ganze Mühe demnächst ja auch sparen«, befindet sie eingeschnappt.

Welche Mühe?, denke ich. *Die Torte aus der Tiefkühltruhe zu nehmen?* Aber natürlich sage ich es nicht laut. Ich bin ja nicht lebensmüde.

Während Tante Kirsten sich die frostige Torte einverleibt, kreisen meine Gedanken um die geheimnisvolle Geburtstagskarte.

Die Elfer-Kinder? Willkommen in der Elfer-Welt?

Einen Moment lang überlege ich, Papa und Kirsten die Karte zu zeigen und zu berichten, auf welch seltsame Art sie zu mir gefunden hat. Aber dann denke ich: Besser nicht! Kirsten hat nicht viel übrig für seltsame Dinge. Sie würde mir kein Wort glauben und wahrscheinlich vermuten, dass ich die Karte selbst geschrieben habe. »Fantasie ist ja schön und gut, junge Dame. Aber du hast definitiv ein bisschen zu viel davon«, hat sie mir schon mehrmals erklärt. Tante Kirsten findet Fantasie verdächtig. Und Karten im Kirschbaum bestimmt auch. Nein, ich sollte vorläufig niemandem davon erzählen.

Was das Rätsel natürlich nicht kleiner macht. Warum schickt mir jemand diese Botschaft? *Achte auf die 11? Du wirst überrascht sein, wie häufig du sie triffst?*

Also schön. Fassen wir mal zusammen: Ich werde heute elf. Am elften Juli. Ich bin um elf vor sieben aufgewacht.

Unsere Hausnummer ist die 11. Was noch? Mal überlegen. Oh … mein Name. Er hat elf Buchstaben! Und addiert man die Ziffern meiner Körpergröße (146 Zentimeter) ergibt das ebenfalls 11. Und … Mein Blick bleibt an Papas Geschenk hängen und mir wird schlagartig bewusst: Band 11! Das ist Band 11 der *Rory Shy*-Buchreihe: *Rory Shy und der goldene Armleuchter.* Schon wieder die 11! Eine wirklich bemerkenswerte Häufung von Elfer-Zufällen …

LARS BLODSTROEM
KAROLA DRISKOPP
OLIVIA PADDINGTON
BODO KIESEWIND
NATALIE BETZING
HILMAR BETZING